日本文学の原風景

田村由美子
Tamura Yumiko

武蔵野書院

序

旅は現地での体験や見聞きしたことを楽しむものと思って来た。が、『源氏物語』を学び始めてから旅の概念が変わった。古典の舞台となる場所やいにしえの伝承が息づく地を訪れ、実際に歩き、自らの五感を通して感じること・考えることも多い。

物語の地や史跡を訪れ古典の描写を思い浮かべると、今と昔が二重写しになることや心情や情景が体感できることがある。まれには物語の過去と現在がつながったような不思議な感覚を得ることもあり、思わぬ発見や感動がある。日常を離れ古典の世界を逍遥することで五感が敏感になり、想像力が働いてイメージが膨らんで行くのだろう。旅によって時空を超えると古典の味わいがさらに増していく。

社会情勢や宗教観などが変化しても、人間の喜怒哀楽は『源氏物語』のころとそれほど変わらない。世代や立場ごとに喜びや悩みがあり、人と触れ合いながら限りある命を生きていくのだ。じっくり読むたびに、紫式部の描く壮大な構想の物語と、人物の心の機微や情感などの緻密な描写に感嘆する。人物の気持ちは場面に沿って自然に流れ、細やかな感情の変化に共感もできる。千年も前に書かれた日本文学に人生の真実を味わい、物語の奥深さに驚くとともに、感動を覚えた。そして『源氏物語』は精読に耐えうる素晴らしい作品であることが実感される。

外国の友人と日本文化の紹介などを通して様々なことを語り合ううち、日本の文化や美意識を意識するようになった。『源氏物語』を学びはじめて数年たつ頃から、この物語に描かれているのが日本の文化や美意識そのものではないかと思い始めた。『源氏』を学ぶほどその思いは強くなる。西洋とは大きく異なる日本文化。私が好きな古典文学や書道、着物や華道・茶道は日本独特のものである。日本の習慣や行事の意味と成り立ち、衣食住や季節感など、文化の源流をたどっていくと平安時代に行きつくように思う。具体的には、植物・景色・空模様の名前やその表し方・感じ方、食べものや着物の色彩感覚、小さな命・生き物に向ける眼差しと生死観、そして常なるものは無いという意識など…である。貴族によって洗練され花開いた繊細優美な日本文化は、そのルーツを平安時代に発し、現在に至ると思われる。その文化の経過や洗練されていく様子は歴史書や文化史などには記されていないが、紫式部の『源氏物語』に精彩を放ち見事に体現されている。

さらにその背景を見ることによって、日本人の思想や美意識の原風景が風土にあることも実感される。広い平野や草原はないが、四方を海に囲まれ美しい風景が各地にある。温暖な土地にはきれいな水が流れ、変化にとんだ四季が巡り、農耕や樹木によって豊かな実りがもたらされる。同時に地震や台風・火山活動などの自然災害も多く、いつ何が起こるかわからない風土でもある。これは今も昔も同じで、私たち日本人は良きにつけ悪しきにつけこういう風土に暮らし、長い間この国で命をつないで来た民族なのだ。そうした認識の上に立つと、日本文化は風土に根差したものであることがわかる。

変化の多い風土にありながら、千年も変わらない意識や風景がある。例えば鳴滝。千年以上前からの滝の流れが現在も見られる。周辺の景色は変わっても、鳴滝が歌に詠まれ、『蜻蛉日記』に書かれ物語になり、『今昔物語集』や今様歌が生まれ、『平家物語』の文学背景に精彩を与え、リズムを生じ、読者を文学の世界に誘う。その伝統は能楽を経て、歌舞伎の「勧進帳」にまで及んで現在に至り、今も観客の想像力を大いに刺激する（「四　鳴るは滝の水」参照）。

日本人の私たちが辿ってきた道も今ある姿も、西洋文化とは大きく異なるのだ。それぞれの文化が異なり、それぞれの良さを知れば知るほど、風土の保存はもとより、『源氏物語』をはじめとする日本本来の文化遺産をも、大切に後世に伝えて行きたいという思いが次第に強くなる。

第一章は、日本の古典文学に深く関わる現地の印象や、この目と心で感じたこと・後から考えたことなどを記した記録であり紀行文である。現在の場所から感じられる古典の味わいと風景を、日本文学の原風景と名付けてみた。

第二章は、日本文学の原点。私の古典学習の原点である『源氏物語』を軸に、『源氏』を学び始めて気づいたことや考えたことが、形になった文章である。学生の頃にはわからなかった古典の良さ・面白さが、今は身近になったこともうれしい。この古典文学の背景に、風土によって生まれた太古からの原風景がある。また、風土の異なるアメリカ人との交流がきっかけで、日本独特の文化のあることが分かった。

第三章は、日本と外国の文化の違いを考える契機となった日本文化の紹介である。アメリカ人との交流で、日本の文化や行事などを知りたいと聞き、微力ながら役に立ちたいと思った実践記録である。文化紹介や交流の合間にアメリカの夫人に問われたことは、「それはどういう経緯でできた行事や習慣か、始まりは何か、あなたはそれをどう思うか?」であった。日本人として個人として誠実に答えたいと思い、自分なりに調べ考えることで日本文化への思いも深まり、有意義であった。私にできることは何かと自問しながら、友人の協力を得て着付けや書道の体験講座など試み、文学の紹介も行った。日本の文化の紹介が今後も誰かの役に立つなら、幸せである。

時代を超えて長く読み継がれてきた古典は、読むたびに多くのことを教えてくれる。人生経験が豊かになれば、読み取れる内容もまた豊かになると思う。これからも長く深く学びたい。

日本文学の原風景　目次

Ⅰ　日本文学の原風景

○はじめに

『源氏物語』や『伊勢物語』、王朝日記等の古典を学んでいるうちに、その背景や現地の風景などにも関心が及び、京都を中心に、近江や阪南などの名所・旧跡を旅してみた。現在の風景は、時代と生活の変化によって開発や改修等を経ており、作品に描かれたころの風景とは大きく変わっている。それでも、現地を訪れるといにしえの面影を宿す場所もあり、まれには当時そのままの風景に出会い感慨に浸ることもあった。そうして今の風景から、古典を通して偲ぶことのできる原風景があることを実感した。古典の作品が生まれた風土の底に、古典の「原風景」が思われる。この章は、そういう原風景を偲ぶ旅であったようにも思う。

変化の多い風土にありながら、千年も変わらない意識や風景があると、鳴滝を例として序に述べた。一方、時代の変化によって風土への意識が変化する場合もある。例えば竜田川。「ちはやぶる神代」であった神中心の奈良の大和から、平安遷都後は人心が大きく変化し、人間中心の京の都になった（「十一　歌枕と伝承の地（2）…竜田川」参照）。

時代を超えて変わるものと変わらないもの、その違いは何だろう。人知を超えた淘汰だろうか――。

それぞれの風土の名残や現在の息遣いを体感しようと史跡を訪れ、各地の味わいを紀行文に記してきたのがこの章「日本文学の原風景」である。書いた場所は何度でも鮮やかによみがえるが、書かなかった場所は時間と共に記憶が薄れて行く。書くことは考えること。記すことは生きた証、そんなことも実感される旅の記録である。

一　近江紀行

㈠　序章

縁あって滋賀県の大津へ旅に出た。私にとっては初めての滋賀県である。二〇〇九年五月二～四日の二泊三日、日程は以下の通り。番号を付した場所での印象を順に記した。

一日目…横須賀出発、京都～大津着～㈡ **石山寺～草津泊**

二日目…草津～琵琶湖畔ランチ～湖畔散策～㈢ **義仲寺**～琵琶湖遊覧～草津泊

三日目…草津～㈣ **岩間寺**～戸隠神社～㈤ **三井寺**～㈥ **浮御堂**～京都駅～横須賀へ

以下はその時の印象を記したものである。

㈡　石山寺

＊滋賀県大津市石山にある真言宗の寺。天平宝字六年（七六二）ごろ造東大寺司の一部として成立

した。良弁の開創と伝える。西国三十三所第十三番の札所である。本堂・多宝塔のほか、縁起・文書・一切経など多数の文化財を所蔵している。

京阪石山寺駅で電車を降り、ゆるやかな瀬田川を眺めながら川沿いに一キロほど歩く。水辺の風景はいい。心が穏やかになる。五月の初め、桜は終わったがサツキや柳の若葉の美しい爽やかな時候である。

川沿いの道から少し入ったところに大きな山門「東大門」がある。山門までは明るく川沿いの感が強いが、一歩門を入るともう木深い林である。参道は若葉が日に透けて明るい緑のトンネルになっている。丈の高い真っ赤なキリシマツツジの咲く道に沿って奥へ行くと、湖の近い気配はふっつりと消え、目の前に荒削りな硅灰岩のそそり立つ奇岩懸崖が私たちを迎える。その名の通り、石山の寺であった。

石山寺　多宝塔と硅灰石

その伝承、『石山寺縁起』などに思いを馳せながら歩く。

『石山寺縁起絵巻』は全七巻で、絵巻の全体は本尊観音の三十三応現身にちなんだ数である三十三段にわけられている。巻一には、良弁僧正が東大寺大仏のための黄金を蔵王権現に祈ると近江滋賀の地に導かれ、そこで比良明神に石山の勝地を示されること（第一段）。その教えで良弁が石山の山中に草庵を建て、巌の上に聖武天皇の念持仏を安置して秘法を勤修すると、陸奥の国から砂金が掘り出され朝廷に献上されたこと（第二段）。その後、天皇の念持仏をもとに返そうとしたが仏は石の上を離れないので、整地をして観音を本尊として石山に伽藍を建立したこと（第三段）、など記されている。『石山寺縁起絵巻』は鎌倉末期成立と推測され、こうした伝承が既に鎌倉時代には成立していたといわれる（梶谷亮司氏「石山寺縁起絵巻と石山寺の古美術」〈『石山寺の美』所収、二〇〇八年一月刊〉による）。寺は思いのほか広く、道は奥へ上へと続く。そぞろ歩く耳には鳥の声、さわさわと鳴る木々、目には木の間から洩れる光、初夏の浅緑と美しい花々、そして新鮮な木々と土の香り、耳目の刺激に溢れる寺である。

観音堂・毘沙門堂を過ぎ、蓮如堂の前を通って本堂、どっしりとした建物である。晴天に慣れた目には木陰の本堂はほの暗く見える。通り過ぎてからおや、と引き返し「源氏の間」を見る。奥の方に紫式部人形が座り、執筆の姿勢でじっとこちらを見ている。『石山寺縁起』の巻四には、紫式部が選子内親王の意を受けて物語の構想を得るために石山観音に七日間参籠したこと（第一段）が語られている。ここが参籠の伝承となった部屋なのだ。後ろにいる女の子は女の童という説もあるが、私には娘の賢子のように見えた。紫式部人形はもうずっと長いこと同じ姿でここに座っているのだろう、木陰の部屋が暗いだけでなく人形の衣装もひどくくすんでいる。紫式部の美意識を思うとたとえそれが人形であっても痛々しい。お色直しをさせたい思いに駆られた。

ほどよく暗くゆったりとした本堂にはろうそくが何本も灯され、御前立ちの仏様がいる。今年〔平成二一年〈二〇〇九〉〕は花山法皇千年遠忌であり、三十三年に一度および天皇即位の時という本尊御開帳の重なる年でもあった。御前立ちの観音様を拝んだあと、奥の宝物と真後ろにあるご本尊を拝観するためには入山料とは別料金がいる。少々意外ではあったが、せっかくここまで来たのだし滅多にない好機と思い入った。御開帳の年とも知らず初めて来て、入ってみたら勅封の如意輪観世音菩薩が拝めたのは幸運であった。それだけで十分幸せな気分になり、観音様に手を合わせ頭を垂れた。

見上げる観音様はたいそう大きい。建物に対比しても大きい。頭部は天井につきそうである。仏様は台座に座っておられるものだと思っていたが、この仏様は黒々とした硅灰岩の上にじかに座っていらっしゃる。「石の上を離れず」の『石山寺縁起絵巻』のとおりである。御顔はふくよかで穏やかである。御身を飾る瓔珞も美しい。しみじみ眺めていると、仏様の左手中指と右手薬指には五色の糸が結んである。その糸の行く先をたどってみると、正面からは分らないが本堂正面の御前立ちの観音様の前、賽銭箱の上にある鰐口の綱に繋がっている。鰐口とは参詣者が布で編んだ綱を振り動かしてガラガラと打ち鳴らす、例の金属製の音響具である。たとえ勅封でご本尊のお姿は見えなくても、参詣者が観音様に繋がるその綱を振り動かして金鼓（こんく）を打ち鳴らして手を合せれば、如意輪観音がその願いを聞き届け、現世ご利益をもたらしてくれるのであろう。

五色の色糸が観音様の手につながるさまを見て、『栄花物語』の一節、藤原道長の臨終の様子を思い出した〔巻三〇「鶴の林」・巻一八「玉の台」〕。彼が最後に握りしめていたのはこのような五色の糸、阿弥陀仏とじかにつながる五色の糸であったのだ。道長の場合は現世ご利益ではなく、極楽往生のお願いであった。もちろん石山寺のこの糸は平安時代からのものでなく何代も変わったであろうが、千年も昔の物語の中の記述がそのまま現代まで生きていると実感できて感慨深い。

ご本尊以外の眷属や体内仏その他の宝物も様々見ることができて良かった。私には仏像の美術的な価値や時代による違いはよく分らないが、平安時代から伝わるこの大きな如意輪観世音菩薩は拝んで有難い仏様であった。別料金は法外ではなく、十分にその価値があった。

御前立ちの仏様を拝んだあと、右側からまわって御開帳のご本尊を拝み他の宝物を見て左側へ抜けて出る。また本堂の正面に戻り日の当たる縁先に出る。懸造りなので、清水寺や長谷寺と同じく、縁の下は崖である。その寺々もみな現世でご利益の観世音菩薩がご本尊であるというのもおもしろい。本堂は湖から近いのに水の気配はない。すぐ目の前まで木が生い茂りすっかり山の寺である。小鳥の声が遠く近くシャワーのように降り注ぐ。静かな森のなかの本堂である。木の葉を通して感じられる緑色の日の光と、木と山の気が私を浄化していくような気がして、思わず深呼吸した。爽やかだ。車や人が二酸化炭素を出し、水や空気を汚す現代でも感じられるこの清浄な空気と心地よさ。やはり特別な場所なのであろう。千年以上も前はさぞ霊験あらたかな場所であったに違いない。平安時代の貴族がこぞって詣でたのも頷ける。ゆっくり堂内をめぐり仏像を拝み、満足して本堂をあとにした。本堂下の道に沿った斜面一帯には姫シャガが満開であった。春らんまんである。

豊浄殿では春の展示「石山寺と紫式部展」を見た。剥落した絵に面白味はなかったが、数々の伝承や展示品にこの寺の三つの側面が見られて興味深かった。すなわち、『石山寺縁起』などに見られる厚い観音信仰の場、僧侶による経典や聖教など膨大な学問・修業と歴史の場、そして平安時代にはじまり現代まで続く文学の場である。特に『源氏物語』や紫式部に関する展示に興味のある私にとっては大変楽しい場所であった。閉館が近くなるまでゆっくり展示物を眺めて過ごした。石山寺がずっと千二百五十余年も学問の場として有り続けたことに驚き、『石山寺縁起』はもちろんのこと、平安時代に藤原氏が納めた経典その他の素晴らしさに感嘆し、その後の様々な時代の絵や巻物や書物などによる源氏物語の享受の歴史にも心惹かれた。『源氏物語』が千年の重みを持つ古典であることも改めて実感した。

豊浄殿を出て道行くたびに様々な花が私達を迎えてくれた。桜は既に終わっていたが、五月のはじめとて藤の花が満開であった。長い花房がそよ風にゆれる藤棚の下を歩くと、香り高い花に酔いそうである。藤壺を慕ってさまよう源氏のような気分になる。

紫式部の像を眺め、花に見とれながら歩いていると、ふと芭蕉の句碑に出会う。芭蕉はここで句を詠んだのだ。「曙はまだ紫にほととぎす」（石山寺句碑）。元禄三年（一六九〇）四月、芭蕉は早朝に石山寺を参拝している。詞書には「勢田に泊まりて暁石山寺に詣でかの源氏の間を見る」（真蹟画賛による）とある。明けはじめる直前の空が紫色になるころ、ホトトギスの声を聞きながら紫式部の昔に思いを馳せたのだろう（『芭蕉句選拾遺』には「曙やまだ朔日にほととぎす」の俳句がある）。

静かな石山寺にたびたび滞在もしたのだ、芭蕉庵もある。彼はここで瀬田川に映る月や橋、夕陽も眺めたに違いない。冬の句「石山の石にたばしるあられかな」（『麻生』）は、石山の黒い硅灰岩に降る霰の白さと寒さが際立つ句である。

光堂や源氏苑を過ぎ、道沿いに下って行くと菖蒲と水辺の美しい庭園「無憂苑」に出る。これらの花や東屋や橋などの日本らしい庭園はもちろん後の人の手になるものだが、どれも絵になる風景である。

石山寺は奈良時代の天平一九年（七四七）聖武天皇の勅願により、良弁僧正が聖徳太子の念持仏であった如意輪観音を石山の巌の上に祀り開基したと伝えられ、天平宝字五年（七六一）から国家的事業として造営がはじめられた。冒頭にも記した通り、成立は翌年の天平宝字六年（七六二）と伝えられる。成立から約一二五〇年――といってもあまりに長くてピンとこない。人生五〇年と数えると実に二五代もの子孫が受け継いだことになる――そんな気が遠くなるほどの遥か昔から現在に至るまで、代替わりしながら様々な人の手で大切にされ守られて来たのである。そのこと自体が驚異である。本堂は滋賀県最古の建物で国宝であり、寺内のものもみな宝物である。この歴史と文化の重みが、石山寺が尊ばれる理由であり、恐らくこれからも長く受け継がれていくであろう所以である。

午後いっぱいをここで過ごし、春の日が傾くころ石山寺をあとにした。山門前の土産店でいろいろなものを見る。ハンカチ、風呂敷、小物入れなど。土産が土地と時代を映すとはいえ、時代が変わっても女性が好むものには共通点がありそうである。手にとって嬉しいもの、小さいもの、細工や形の美しいもの。紫式部の時代にはどんなものを土産に求めたのだろうか。問うてみたいと思いながら、また瀬田川沿いを歩いて京阪石山駅に向かう。土産物屋を離れたところでふり返り、もう一度石山寺全体を心に焼き付けるべく、ゆっくり山門と木立を眺めた。初めて訪れたのに、なぜか懐かしく心惹かれる石山寺であった。

㈢　義仲寺

＊大津市馬場にある。天台系の単立寺院。木曽義仲を葬った場所に、天文二十二年（一五五三）六角高頼が創建。芭蕉の墓がある。

義仲の眠る寺、芭蕉が葬られた寺である。琵琶湖畔から交通量の多い国道を隔て、新しい街並みをおいて旧道沿いにひっそりと義仲寺はあった。ふつうの町並みの中の小さな敷地に、古き新しき墓碑と句碑が立ち並ぶ小ぢんまりした寺、池ではカメが日向ぼっこ。五月の連休の最中で旧道には車の往来も多かったが、寺はいかにも静かで俗世の喧騒を忘れさせる空気であった。

弟子の丈艸（じょうそう）の筆による「芭蕉翁」の端正な文字が刻まれた墓石を眺めながら、義仲眠る地を慕いここに骨をと望んだ芭蕉の気持ちを考える。芭蕉が亡くなったのは元禄七年（一六九四）一〇月一二日、忌日は「時雨忌」と呼ばれ、毎年一一月第二土曜日に「時雨忌」が催される。「木曽殿と背中あはせの寒さかな」には、師を葬った弟子又言（ゆうげん）の感慨が思われる。

静かな湖水をたたえる風光明媚なこの地の近くに、自分を慕う弟子や親しい門人と行く春を惜しみ、月を愛でて過ごした芭蕉。無名庵にも暮らし門人たちに囲まれ良い時間を持ったことでもあろう。

身は滅んでも歌は人の心に語り継がれ命を持ち続けている。「旅に病んで夢は枯野をかけめぐる」と詠んだ生涯漂泊の俳聖芭蕉は、死んだ後の魂の落ち着く先をここに求めたのだろう。

体を痛めながらもなお日本のあちこちを歩き、故事伝承をもとめ風流を味わい、故人の足跡をたどり幾度も涙したこの詩人の心には、病んだ体をさえ駆り立てる魂の呼び声があったのだろう。それが何のどういう声か私には解るすべもないが、仮の宿り・浮世の肉体を失った後にこそ、彼は魂の落ち着き先を見出したのではないだろうか。

私が見たのは湖の南側だけであったが、琵琶湖大橋の向こうにはなお南側の一〇倍の広さの湖が広がるという。南端から眺めると湖のたった十分の一の所に架かる琵琶湖大橋さえ、春の穏やかな空気にかすむほど広く大きく豊かな湖である。

なぜ近江か、なぜ義仲寺なのか？　近江をたずね琵琶湖を眺め、義仲寺を訪れてはじめてその思いに合点がいった。近江の国、この穏やかで豊かな果ての見えない湖にこそ、芭蕉は魂の安らぐ場所との確信を得たのではないか。ここに来て私は強くそう感じた。静かに視界に拡がる湖は佐渡やみちのくの険しい海や山とは異なるまろやかで穏やかな風景、彼を慕う弟子たちもいる。「行春を近江の人と惜しみける」（『猿蓑』）の名句も想起される。そしてまた義仲や義経を慕うのは、志半ばで散った悲運の武将に深く心を寄せたからであろう。「義仲の寝覚の山か月悲し」（『ひるねの種』詞書、燧山）。芭蕉自身も早くに主人を失い挫折を味わっているのである。

午前中、湖を俯瞰しながら食事をし、湖畔を歩いてその静かさに感じ入った。海とは全く異なる癒しがあった。こんなに心安らぐ水辺は初めてだった。芭蕉はなぜ水際でなく民家の中のお寺に葬るよう望んだのか、初めは不思議であり納得も行かなかったが、芭蕉の時代には義仲寺のすぐ目の前が水際であったと聞いた。入場券に描かれた絵を見ると湖はすぐ目の前である。

芭蕉の遺言の様子は路通の『芭蕉翁行状記』に記されている。

　時つもり日移れどもたのもしげなく翁は今はかかる時ならんと、あとの事も書き置く。日比とどこほりある事ともむねはるるばかり物がたりし、偖（さて）からは木曽塚に送るべし。ここは東西のちまた、さざ波きよき渚なれば、生前の契り深かりし所也。懐かしき友達のたづねよらんも便わづらはしからじ。乙州敬して約束たがはじなどうけ負ひける。

湖水のほとり、微風に打ち寄せられる波のかすかな音に、すべてを削ぎ落とした芭蕉の素の魂が癒されたに違いない。俳諧を芸術の域にまで高め焦風を確立しながらも安穏に落ち着かず病んでなお生涯旅に生きた芭蕉。地位も名誉もお金も求めなかった芭蕉の死に際してのたった一つの望みは、心の安らぎだったのではないだろうか。

遺言を託せば果たしてくれる弟子に後のことを言い置いて、旅先ながら芭蕉の最後は安らかだったに相違ない。義仲寺と琵琶湖を見てその思いが確信となった。芭蕉はきっとここにいる。今も静かに湖のそばで眠っている…そんなことを思いながら、数百年後を生きる現代の私も満たされた気持ちになった。湖と義仲を慕う芭蕉が安住の地を得たことを、我がことのように嬉しく思うのだった。ひたひたと寄せる淡水の波はやさしく控え目で、私をも癒すように飽くことなく岸に寄せる。

㈣ 岩間寺

＊大津市石山にある真言宗の寺。醍醐寺の末寺で、西国三十三所第十二番の札所。七二二年（養老六）泰澄の開創という。江戸時代に衰微し今は観音堂を残すのみ。

石山駅から車で二〇分、行けども行けども山と緑、遠い。地元の人もそれと知らない観音信仰の山というから、岩間寺は山の途中にある小さなお寺と思い込んでいた。

やっと案内板がその地と示す所に辿り着き、森の中の駐車場で車を降りる。山が深く木の香りが私を包む。山の空気は清浄である。静かだ。小鳥の声が優しく降り注ぎ、若かえでの葉が木洩れ日に透けて光る。道に沿って行くとお寺の地図がある。小さな山寺ではなかった。

由緒ある建物は観音堂を残すのみだが、後の手によって添えられた物も面白く、観音堂以外にも見所がある。龍神・雷神の伝承や建物、山の斜面いっぱいのシャガの群生、日本一という桂の大樹群、何心なく動かすと軽いが欲を持って触ると重い一願石など。下界を一望できる奥宮神社そばの展望台も良い。森の香りを楽しみながら、枯れて落ちた杉の小枝を踏んで、ふわふわする山の中の道を行く。道の真ん中に落ちた赤い椿が、ほの暗い小道に灯る明りのようである。木の香濃い山道を歩きながら思い出されるのは芭蕉の句「先ずたのむ椎の木もあり夏木立」（『幻住庵記』）である。

観音信仰の寺、岩間寺は山の中にゆったりとあった。人里離れた山の中ながら信仰の匂いは強く濃く、掃き清められ打ち水された寺のあちこちに人の手入れを感じる場所である。

芭蕉も訪れた観音信仰の霊場は今も信仰の厚い血の通った寺である。静かながら絶えない線香の香り、甲斐甲斐しく動く作務衣の人たち、御詠歌の流れる中お参りする人々。

山の中の岩間寺は、大きさや装飾はさほどでもないが、何だか親しみを感じるお寺だった。豪華で広く規模の大きい三井寺がどことなくよそよそしいのは、規模に見合う人の手が入らず血の通った信仰の場でないせいであろうか。不思議ではある。

ここは芭蕉が「古池やかはづ飛び込む水の音」と詠んだ寺との伝承もある。同じ句碑は深川の芭蕉庵にも義仲寺にもある。芭蕉池の傍に句碑があるのは良いとして、岩の上に大きなカエルの作り物を置くのはいかがなものか。しかもカエルの口から水を噴き出す仕掛け、これには閉口である。「かはづ飛び込む水の音」にいっそう山寺の静けさが際立つはずの場所で、絶え間なく水音がしていては静けさも台なしである。これだけが残念な印象であった。

㈤　三井寺

＊長等山園城寺。通称、三井寺・御井寺、大津市にある天台寺門宗の総本山。天武天皇十五年（六八六）大友皇子の子、大友村主氏の氏寺として開創。貞観元年（八五九）円珍（八一四～八九一）が再興して延暦寺の別院とした。その後円仁門徒と争った円珍の門徒が正暦四年（九九三）当寺に拠り独立した。山内は三院五別所で構成されている。

三井寺駅から琵琶湖疏水沿いに歩いて、南院の観音堂からお参りした。観音堂は見晴らしの良い高台にあり、傍には観月堂と百体堂がある。観月堂そばのベンチに座ると眼前に琵琶湖が広がり、気持ちが良い。明るく眺めの良い寺、というのが第一印象であった。

木洩れ日のなか小鳥さえずる三井寺の山道を歩きながら、今までの寺とは何かが違う、と思いながら歩く。石山寺は創建が古く規模が大きいが、義仲寺や岩間寺・浮御堂などは比較的新しく規模の小さい寺である。新旧大小の差はあるが、どの寺も人の気配がそこここに濃厚に感じられ、人々と共にある寺という印象を持った。しかし立派で規模の大きい三井寺はよそ行きの顔とでも言おうか、人の気配があまり感じられない。天智・天武・持統の三天皇が産湯を使ったという伝承があるくらいだから、もともと庶民的な場所でなく、公の或いはお公卿さん専用のハイカラな寺なのだろうか。創建は石山寺を遡ること七六年、六二六年生まれの天智天皇が産湯を使った霊泉となると千四百年近くも昔である。その割に寺全体に古めかしい感じはしない。それがまた不思議でもあった。

比較の対象となるかどうか分からないが、三井寺の山道を歩きながら、イタリアの教会や大聖堂と日本の寺との違いを思う。イタリアでは美しく整えられた石畳の道や広場の前に、左右対称の教会や大聖堂がある。道は真ん中にあり地面は可能な限り平らに整えられ、植物は幾何学的に整然と並び、或いは庭などが美しい芝生で覆われている。建物は大理石や漆喰で造られ、おびただしい数の彫刻や絵画・装飾に囲まれ、宗教の祈りの場としてそれらはある。無機物に丹精こめた人工美の極致である。

日本の三井寺は広い敷地の中にあり、山の地形そのままに高低差のある斜面を生かし、草や木の中に木造の建物が点在する。建造物同士はあまり緊密な関係を持たず、漫然と立ち並んでいるような印象で、修行や学問の厳しさをイメージさせるものはなくのどかに建っているようだ。木や紙や土で造られた建物はこれまた木や紙や布の装飾に囲まれている。神聖な祈りの場は、木や紙など有機物によって保たれ、山の空気や鳥のさえずりと共にある。人々の祈りは自然の中で自然と同化することを理想として行われるようだ。

ごく個人的な見解であるが、形は違っても洋の東西を問わず人の命は短いという観念は共通ではないかと思う。少し前なら人生五〇年、今だってどんなに長いと言ってもせいぜい一〇〇年あまりである。二〇〇年も生きた人の話は聞いたことがない。命は短く限りあるからこそ人は永遠のものに憧れあやかりたいと思う。その一つの形が宗教であろう。イタリアの場合は既に完成した美しい場の中に人の身を置くことで祈りもまたその形を整えるのではないか。

日本の場合は寺も神社も自然の中に神聖な場は作られているが閉じられてはいず、人が入りその場に組み込まれることによって完成するような気がする。どれも完成された形ではなく常にどこか開いていて、自分をその場に置くことでより積極的に完成に近付けていく、本人の主体性がより必要となる祈りの場ではないかと思う。

三井寺は、とにかく広い。中古以来、三井寺は全山を三院五別所に分けて経営されて来たという。鎌倉時代の弘安八年（一二八五）頃の記録には、南院百四十、中院七十四、北院百二十四の堂宇があったと言われ、中世の大規模な寺観がうかがえる。

冊子を読んで驚いたのは、のどかな外観とは裏腹に三井寺は度重なる平安時代の焼き討ちに遭い、その後も紆余曲折があったにも関らず大寺へと発展し、三井修験の活躍が平安末の観音霊場の形成に大きな影響を与えたことである（現在、三井寺観音堂は西国三十三所の第十四番札所である）。

これほど盛んだった寺が、文禄四年（一五九五）秀吉の闕所（廃絶）によって衰え、慶長期の復興によって再び蘇える。復興以後は三院四十九坊、五別所二十五坊と称される。

現在の三井寺は明治維新の廃仏毀釈でさらに縮小されたが、慶長の復興によって決められた寺観を維持し、三十五万坪を超える寺域に、観音堂を中心とする南院、中央部に唐院・金堂を擁する中院、北方に新羅善神堂を遺す北院、の三院によって構成されている（『三井寺』三井寺発行の冊子による）。

観音堂のある南院から見学し別所・中院と進んで行ったせいもあるが、建物相互の連携や統一感が感じられず、漫然と立ち並んでいる印象を受けたのも道理である。三井寺は何度も失われてはそのたび新しく建立・移築あるいは寄進を受け復興を繰り返し、結果として時代や趣の異なる建築物の集まりとなったのであった。

印象に残ったのは三井寺の名前ともなった霊泉、金堂の西側に有る。その覆屋として慶長五年（一六〇〇）に建てられたのが小さいながらも桧皮葺の閼伽井屋である。格子戸越しに中を見ると、しめ縄を張った岩がある。霊泉は今もコポコポと音を立てながら湧いていて不思議な力を感じた。閼伽井屋の正面上部には左甚五郎の名彫刻の竜がある。むかしこの竜が毎夜琵琶湖に出て暴れたので、作者自ら龍の眼に五寸釘を打ち込んで止めたという伝説も面白い。少し青みを帯びた大門（仁王門）は桧皮葺の屋根が優美で柔らかい印象ながら、組物は重厚で美しい。初夏の緑の中に有っていっそうその姿が引き立つように見えた。石に彫られた園城寺の碑と共に眺めると一枚の名画のようである。

観音堂以外は歩きつつ建物を眺めて通り過ぎたので、余りにたくさんの堂宇は印象に残っていない。三重の塔は落ち着いた感じが良かった。一切経蔵と中にある巨大な八角輪蔵が珍しい。

極彩色の毘沙門堂は近年彩色が復元されたようで往時の華麗な姿が甦ったと書いてあったが、木肌の古びた良さが感じられる建物群の中で却って違和感があり、これだけが別物のようであった。

ひびや擦り傷のある「弁慶の引摺り鐘」と「三井の晩鐘」で有名な鐘も忘れ難い。近江八景（＊後注）の中で三井の晩鐘だけが景色でなく音色である。三〇〇円を払うと一回だけ鐘を撞かせてくれるので、撞いてみた。胸に響く良い音であった。その時もらった小冊子『みいでらの鐘』（天台寺門宗　総本山園城寺事務所発行）によると、現在の鐘は弁慶の引摺り鐘の跡継ぎとして慶長七年（一六〇二）に鋳造され、古式を良く伝えているそうである。鐘は高さ二メートル余り、重さは六〇〇貫、なんと二・二五トンである。その大きな鐘を弁慶は比叡山まで引き摺り上げ、鐘を撞いたらイノー、イノー（帰ろう）と響いたからと怒って谷底に投げ捨てた、とは。伝承とは言え弁慶の力のほどが偲ばれる。大津弁で書かれている弁慶の引摺り鐘の伝説は、ぜひ古老の声でじかに聞いてみたいものである。

もう一つ、除夜の鐘の伝説として琵琶湖の龍神にまつわる話が記されていて興味深かった。

いじめられた蛇を助けた若者の元に女の姿として現れた龍神は若者と夫婦になり子を成すが、出入りを禁じた産屋を覗かれ異形の正体を知られたため、子供が無事に育つようにと自らの目玉を与え湖に帰ってしまう。残された赤子は玉をしゃぶりすくすく育つが、心ない領主に目玉を取り上げられ若者は困り果てて湖に佇む。そこへ件の龍神が現れ、子供のためにと残るもう一つの目玉を差し出し、頼みごとをする。自分は盲目となり子供の成長を見られなくなるので、毎日三井寺の鐘を撞いて子供の無事を知らせて欲しい、そして年の暮れには一年が過ぎたと分るように多く鐘を撞いて教えて欲しい、かわりに人々に幸福をもたらすから、こう約束して湖に帰ったという。以来三井寺では、大みそかの夜に龍神を慰めるために多くの灯明を献じ龍神の目玉にちなんだ目玉餅を供え一〇八に限らず多くの人が鐘を撞くという他寺と異なる儀式が行われ、現在に至るまで続いているという。

琵琶湖の穏やかな環境にふさわしく優しく切ない水辺の伝承である。こののち長く時が経って寺寺の建物や景色あるいは歴史は忘れても、心に響いた鐘の音とこの切ない龍神の伝説だけは長く心に残るであろう。

三井寺には松尾芭蕉も訪れていた。三井寺にちなむ芭蕉の俳句には、元禄四年（一六九一）八月十五日、義仲寺の無名庵で月見の折によんだ「三井寺の門たたかばやけふの月」がある（『雑談集』）。推敲の故事に由来する「僧は敲く月下の門」の句なども連想される。中秋の美しい月夜の場面である。元禄七年（一六九四）六月中旬、膳所にて詠んだ「湖や暑さを惜しむ雲の峰」（『笈日記』）も思い起こされる。

＊注　近江八景――琵琶湖南部にある八つの勝景。中国湖南省洞庭湖の南、瀟水・湘水付近の佳景「瀟湘八景」に擬して定めたもの。三井の晩鐘のほか、比良の暮雪、矢橋（やばせ）の帰帆、石山の秋月、瀬田の夕照、堅田の落雁、粟津

の晴嵐、唐崎の夜雨がある。

(六) 浮御堂

*大津市堅田にある臨済宗の仏堂。満月寺ともいい、阿弥陀の千体仏を安置する。琵琶湖の水面に浮かんだように造られている。長徳年間（九九五～九九九）源信の開創といわれ、近江八景の一つ「堅田の落雁」で知られる。千体仏堂。

横川の僧都のモデルとなった恵心僧都源信、『往生要集』を著して浄土教の理論的基礎を築いたその源信が、千体仏を作り民の安住と船の安全を願って作ったのがこの浮御堂である。オリジナルのお堂は遥か昔に失われ、後にも火災や台風で壊れ、平成の改修工事を経て今に至るという。いかにも静かなお堂である。ひたひたと寄せる水音が心地よい。源信はここで一心に仏を彫ったのだ。静かな湖水のほとりで千体もの仏を。

浮御堂で考えたこと、水には力があるのではないかということ。魂を鎮め、人を癒す力があるのではないか。湖は海水とは違うやわらかい真水の海、淡海（あはうみ）である。岸に寄せるその細波（さざなみ）を見ていると不思議に心が静かになる。辞書で見て初めて知ったのだが「細波」は琵琶湖の南西岸地方、また近江国の古名（細浪、楽浪とも）でもあった。うべなるかな、である。

静かな心で一心に祈れば、源信の民への救いも果たされたのではないか。対岸の建造物の景色は千年前とは似もつかないが、変わらない水と静けさと山の姿を見ながら源信の祈りを思う。

そして、ここでも芭蕉に出会った。正しくは句碑を見たのだ。しかしはじめに訪れた石山寺で芭蕉の句にあってから、義仲寺でも岩間寺でも三井寺でも、大津の名所ではどこでも芭蕉の句碑に出会った。それをよむたび俳聖芭蕉の気配を感じ、芭蕉の気持ちに寄り添ってしまった。ついには芭蕉の懐かしい姿に出会ったように感じるのであった。ここでも然り。

芭蕉は元禄四年（一六九一）八月十五日無名庵にて門人と月見をし、翌十六日、船で堅田に渡り成秀亭に遊ぶ。その時詠んだのが「鎖（じやう）あけて月さし入れよ浮御堂」（『堅田十六夜之弁』）の句であった。中秋にここを訪れ、歌を詠んだのである。名誉や地位・物に執着しない芭蕉が最も愛したのが自然の美しさであろう。そしてそれを俳句に詠むことに生涯をかけたのだ。もう一つ心に残ったのは冬の句、「比良三上（みかみ）雪さしわたせ鷺の橋」（『蕉翁句集』）。これも美しい風景である。芭蕉の俳句には気品があるように思う。

一〇〇〇年前の源信と三〇〇年あまり前の芭蕉の気持ちに寄り添いながら、遥か昔と二重写しになる浮御堂を眺め、しばらく水の風景に心を漂わせた。あちこちで出会った芭蕉は、はからずも素晴らしい俳句で私を導いてくれる身近な師となってしまった。芭蕉の名句によって名所旧跡の味わいもいっそう深まったように思う。

浮御堂から眺める三上山の姿が美しい。近江富士の名にふさわしく目を引くきれいな山である。山と水と祈りと。淡海は余計なもの思いをさせず、静かに豊かに、そこにある。

二　竹生島紀行――近江、ふたたび――

㈠　序章

五月の半ば、琵琶湖の竹生島を訪れた。

紫式部が父の藤原為時について越前に赴いたとき、琵琶湖を船で渡ったと聞いたことがある。どの辺りを通ったのだろう、竹生島を眺めて行っただろうか……。船路と時代は違っても琵琶湖の水路をたどってみたいと思った。

近江の竹生島は安芸の宮島・相模の江ノ島と並んで三大弁天と称される。最も古いのが竹生島弁財天社である。宮島は故郷に近いので何度も訪れた。厳島《いつくしま》神社の祭神、市杵島姫命《いちきしまひめのみこと》は天照大神《あまてらすおおかみ》と素戔嗚尊《すさのおのみこと》との誓《うけい》の際に生じた宗像三神の一であり、のちに弁財天と付会し、市神としても信仰される。藤沢の江ノ島もやはり宗像三神〈市杵島姫命・田心姫命《たごりひめ》・湍津姫命《たぎつひめ》〉を祭神とする。江の島は横浜に住んでいたころ幼い子どもたちを連れて訪れた。横須賀からも近いのでいずれまたゆっくり訪ねることも可能であるが、竹生島は遠い。この機を逃すと縁がなくなりそうで思い付いたら気がせいた。

品川から新幹線に乗り、京都手前の米原で新幹線から北陸本線に乗り換え、長浜に向かう。

五月の連休は過ぎたが、好天の土曜朝のせいか米原駅では二両のローカル線が乗り換えの人であふれるほど。乗客の多くはリュックサックを背負った年配者のグループで、押すな押すなの大混雑である。米原も長浜の駅も港もNHK大河ドラマ『江』にあやかる観光ツアーが目白押しらしく、大量の幟旗（のぼり）とともにあちこちで旗を持ったツアーコンダクターが待ち受けている。満員の列車を降りてほっと一息、長浜駅から長浜港に移動する。

(二) 竹生島

＊琵琶湖の北部にある島。長浜の湖岸から約六キロメートルの沖にあり、花崗岩からなる。周囲約二キロメートル、面積はおよそ〇、一四平方キロメートル。琵琶湖上で沖の島の次に大きい島。島の名前は神を斎き祀る島「斎く（いつく）島・住居（すまい）」が転訛し「つくすまい」「つくぶすま」の古名となり、竹生島になったとする説がある。

長浜港から竹生島まで一日五便。フェリーはひとつ逃すと一時間十五分待ちである。十時過ぎの第二便に乗って三十分、竹生島に渡る。風の静かな朝の往路は湖面が美しく、なめらかな水が日を照り返しキラキラと輝く。淡海の名の如く、琵琶湖は広い海である。湖面に出てしばらくすると港の景色は霞み、はるか後方、草津とおぼしき方向に「近江富士」の愛称で親しまれている三上山が見える。水上に浮かぶフェリーはぽつんと小さい。小さなフェリーが穏やかな水面を走り、白い航跡を残しながらゆるゆると進む。

竹生島の姿を写真で何度も眺めるうち、故郷の呉（広島県）と横須賀から眺める景色との共通点に気付いた。なんとなく慕わしいのは、どれも岸からそれほど遠くない所に浮かぶ親しい小島なのだ。

私は小島の浮かぶ瀬戸の海を眺めて育った。故郷の広島、呉の家からはいつも海の向こうに江田島が見える。呉湾には二つの小さな島がある。大麗女島・小麗女島（おおうるめ・こうるめ）である。そういえば、亡くなった父が時おり手にとって読んでいた小さな新聞が『うるめ』という名であった。はっきりとは覚えていないが確か呉の海上自衛隊ＯＢの発行する定期刊行物だったように思う。『うるめ』とは優しいひびきの新聞だなと平仮名のタイトルを眺めた記憶がある。

子育てをしながらの長い転勤生活で、一五年前に横須賀に来た。当初は一五〇余年前にペリーが上陸した海の近く久里浜に暮らした。四年経って官舎を離れ、今暮らす横須賀の家に引っ越して一一年になる。東京湾を抱きこむように狭まる浦賀水道が見わたせる集合住宅の一一階、横須賀新港の傍である。対岸に千葉を望み、目の前には猿島がある。猿島は横須賀の沖約一、七キロメートルに浮かぶ東京湾唯一の自然島で、周囲一、六キロメートルの無人島。近いのに、いや近いからか、まだ一度も行ったことはないが、今はフェリーの通う行楽地である。「猿島」の名は日蓮上人を導いた白い猿の伝承に由来するらしい。

海は私にとっていつも身近な存在であった。が、茫洋たる大海ではない。対岸がはっきり見えないほどひらけた琵琶湖の眺望は、むしろ雄大に感じられる。海と違うのは潮の香りがしないことだけ。淡海も海である。塩水でなく潮の香りがしなくても、これだけ広ければ立派に海である。フェリーから見える島影は碧く濃く、少し霞んだ山を背景にくっきりと湖に浮かぶ。

㈢　都久夫須麻《つくぶすま》神社（竹生島神社）と宝厳寺《ほうごんじ》

＊島内には、都久夫須麻神社と宝厳寺がある。古来、竹生島明神は弁財天の垂迹とされ、弁財天が信仰されたが、明治の神仏分離政策でわけられた。市杵島姫命《いちきしまひめのみこと》・浅井姫の命・宇賀神を祭神とする都久夫須麻（竹生島）神社と、日本三大弁天の一を祀る弁天堂・西国三十三所観音霊場第三十番札所の観音堂を有する宝厳寺である。開山は七二四年、弁財天は聖武天皇の勅命を受け僧行基が開眼したといわれる。

島はほぼ絶壁、フェリーを降りて港から土産物店を過ぎ拝観受付をするとすぐに階段である。本坊・月定院・護摩堂を過ぎ本堂（弁天堂）までの石段は一六五段、乗船パンフレットには「祈りの階段」と書いてある。「途中で振り返ると琵琶湖を一望」ともあるが人が続いて上がるので立ち止まらず、ただ上を見てせっせと上る。石段一段ずつが高く急勾配なのでフェリーから降りた客は一様にひるむ。今どき都会はどこもバリアフリーで便利だが、旅を楽しむためには元気でなくてはねぇ、などと考えながら、石段途中の展示は後回しにしてとにかく弁天堂まで上る。

五月半ばながら暑い日で、木陰で娘と息を整えながら汗を拭き、先ずは弁天様を拝む。といっても御開帳は六十年に一度らしく本尊の弁天様は厨子の中なので見えない。大きなお堂の中はゆったりしている。「諸天神の図」「飛天の図」は暗い堂内で見たせいか印象が薄かった。同行の娘が紙に願いごとを書いて、小さな弁天だるまに入れて拝むのを見守った。弁天堂を出て、二〇〇〇年に再建なった朱塗りの鮮やかな三重塔を眺め、対照的に古びた雨宝堂を過ぎ、宝物殿に入る。

宝物殿で印象に残ったのは足利尊氏の書状である。何百年経っても和紙に墨で書いたものは書いた人の個性と共に鮮やかに残るものだと感心した。入口においてある木彫りの大きな亀も妙にインパクトがあった。何の説明もなく、でんと沓脱ぎのそばに置いてある。受付の人に聞いても首をかしげるばかり。いつからそこにあるのか、どういう理由で置かれたのかも分からない。大きな玉とともに木で作られた厳（いか）つい顔の亀は鋭い爪の付いた足が龍のようにも見え、亀が蓬萊島を背に負う中国の伝説を思い起こさせる。もとは漆も塗られた工芸品のようである。見学者みなが撫でて行くのか、その厳つい顔がつるつるに光って愛嬌が出ていて微笑を誘う。ガラスケースの中の宝物より説明もない置物が印象に残るのも変な話だが、気になったせいか忘れられない。

宝物殿の横からの見晴らしが良い。木と木の間から見えるのは、遠くがかすむほど広い湖の景色である。娘としばらく眺めて写真を撮った。竹生島は最高点の標高が一九八メートル。宝物殿は島の中腹あたりと思うが、周りが海で島全体が樹木でこんもりしているせいか、切れ間から見る海はかなり急な斜面の下にあり、断崖絶壁の実感が湧く。神聖な神の島は生活に適した場所ではなさそうだ。樹齢四〇〇年のモチノ木は、伏見城から都久夫須麻神社本殿の移築をした際に、片桐且元が自ら植えたよし。世は無常ながら、植物は人より少し長生きだ。

階段を下りて国宝の唐門を見る。豊臣秀吉の遺命で秀頼が京都東山の豊国廟を移築したもの。唐破風は桃山時代の象徴、十六世紀後半の秀吉が政権を握った約二〇年間は中世から近世への過渡期でもある。ここでもしばらく外の眺めを楽しみ湖展望の景色をカメラに収め、中に入って観音堂で観音様を拝む。本尊は千手観音とのこと、ここも扉の中である。

観音堂から竹生島神社に続く三〇メートルの船廊下は重要文化財。なるほど天井を見ると船そのものだ。秀吉の御座船「日本丸」の船櫓を利用したそうで素晴らしく柔軟な発想とリサイクルである。廊下の突き当たりには神社が見える。神社の横顔を見ながら船廊下を歩き、廊下を抜け神社の左横から正面に出る感じ。神社正面で娘と二人手を合わせる。

神社本殿は伏見城の遺構と伝えられ国宝だ。正面の桟唐戸（さんからど）には一つずつ鳳凰や菊や牡丹の彫刻がはめ込まれ、細工の手間に圧倒される。重厚な組物が好みの筆者には装飾過剰な感じがするが、時代の好みが反映されているのだろう。祭神の浅井姫が女神のためか、正面上から赤い幕があしらわれて華やかである。

本殿の階段を下りて龍神拝所に入る。狛犬の代りに左右にあるのは蛇であった。かわらけ投げでも有名な場所らしい。白い素焼きの盃がたくさん積んである。かわらけは一人二枚。一つには名前を、もう一つには願いごとを書き、拝所から琵琶湖に向かう鳥居へ投げるという。願いごとに何と書こう…。しばらく考えて国家安泰と書いた。東日本大震災

竹生島神社本殿

から二か月余り、国が安泰でなければ個人のささやかな幸せもない。まずは日本が落ち着き安心できる世に。そう願ってかわらけを一枚ずつ投げた。かわらけが眼前の石鳥居を抜ければ願いは叶うらしいが、うまく飛ばなかった。三か月が経ってもなかなか震災復興が進まないのはそのせいか、気が揉める昨今である。

龍神拝所を出るころ、竹生島神社の本殿下にブルーシートを敷いて一〇人余りの人が端座して一斉に謡い始めた。謡曲『竹生島』らしい。拝所の横にいた神社関係者に聞いてみると、謡曲を奉納するために石川県から来たそうだ。竹生島明神は弁財天の垂迹とされる。弁財天は音楽・弁才・財福の神様である。奉納のためのお参り、そういうこともあるのかと感心し、謡曲『竹生島』をじかに聞きその内容を知りたいと思ったが、ずっと聞いているわけにもいかない。後ろ髪引かれつつ拝所を後にした。

島に上陸したときにうっかりして帰りのフェリーの出発時間を確認しなかった。拝観受付まで戻るころ放送があってあわてたが間に合わず、次のフェリーまで八〇分待つはめになった。最初に通り過ぎた展示館（月定院か）に戻り、見学。浅井家や豊臣・徳川家の家系図と共に、弁財天があった。本尊の弁財天は扉の中だが、別の時代につくられた弁天様で何体かある中の一つだそうだ。勝手に想像していたすらりとした女神の弁財天のイメージとはかなり違ったが、近くでじっくり見ることができて引き返した甲斐はあった。頭の上に宇賀神と鳥居を乗せてどっしりとしているのが珍しく印象的だった。

フェリー出港まで時間があるので土産物屋に行ってみた。絵葉書も神社・仏閣の案内書も見つけられず残念であった。お昼を食べていなかったが二時に近いころには名物のしじみご飯や定食はもう売り切れで、二人でおでんを食べた。おでんに甘辛い味噌だれが珍しくおいしい。ほやほやの社会人の近況など聞きながらのんびりフェリーを待つ。

復路の琵琶湖は風が出て波立ち、フェリーは多少揺れて窓に波がかかる。長浜港で短い船旅を終えフェリーを降りる。すぐに湖を立ち去るのは名残惜しく、二人で港の端まで行ってさざ波の寄せる様子を見て波の音を聞き、岸壁の葦とともにしばらく風に吹かれた。この日は娘の湖南のアパートに泊まるので、予定の時刻まで長浜の街を歩く。

長浜の街は、銀行の古い黒壁の建物が今はガラス細工の店になって街のシンボルのようであった。幾つかある黒壁ガラス館の建物でいろいろなガラス細工を見て、ガラス加工の面白さと繊細な器やアクセサリーをゆっくり楽しんだ。かわいい物・きれいな物を見て、母娘で好みや良し悪しを話しながら歩き退屈しない。ガラス館以外はあっさりと見て通り、老舗らしい店構えに惹かれて入った飲食店で遅い昼食。お勧めメニュー「焼き鯖そうめん」の「温」と「冷」を注文した。焼いた鯖とそうめんとは意外な組み合わせと思ったが、温はだしがきいてあっさり、冷はサラダのような麺料理で、同じ名前でも全く別物のおいしさだった。二人で半分ずつ両方味わって満足して街並みを後にした。

㈣　竹生島にかかわる伝承と文学

竹生島が出て来る伝承や記録、作品などを簡単に上げておく。

一、『近江国風土記』逸文、威服〔伊吹、いぶき〕岳の多多美比古《たたみひこ》命が、姪にあたる浅井岳の浅井比咩《ひめ》〔姫〕命と高さを競って負け、浅井比咩命の首を落としたところ、首が湖に落ちて竹生島ができたというもの。

二、『竹生島縁起』〔承平元年〈九三一〉書写『諸寺縁起集』所収〕、浅井比咩命の首が湖に沈むとき「都布都布」と音をたてたので「都布夫《つぶぶ》島」の名がついたというもの。

三、同（応永二十二年〈一四一五〉書写、群書類従・神祇部所収）、孝霊天皇二十五年に湖水はじめて成りこの島が顕れたとある。また、弁財天が湖の霊島に住んで比叡山の仏法を守護することを誓ったという話もある。

四、『拾遺往生伝』下、竹生島に住む僧が湖を渡って津布良尾峰に上り往生するというもの。

五、『江談抄』、竹生島を訪れた都良香が「三千世界眼前尽」とうたい、次の句を案じていたところ、「島主弁財天」が夢枕に現れ「十二因縁心裏空」と詠じたというもの。『十訓抄』巻一〇・『古今著聞集』巻四にも同話あり。

六、『発心集』第三、松室の僧がもとの弟子であった仙人に「三月十八日に、竹生島という処にて仙人集まりて楽をすること侍るに、琵琶をひくべきことの侍るが、え尋ね出し侍らぬなり。貸し給ひなんや」と乞われ、琵琶を貸すもの。僧は十七日に竹生島に参詣し、十八日の明け方、えもいわれぬ美しい楽の音を聞く。「雲に響き風に随ひて、世の常の楽にも似ず覚えてめでたかりければ、涙こぼれつつ聞き居」たが、琵琶の音が止まり琵琶を置く音がして朝見ると僧が貸した琵琶だった。僧は恐れ多いことと竹生島明神に琵琶を奉ったという話。

七、『平家物語』巻七「竹生島詣」、源義仲追討の副将軍であった平経正は詩歌管弦に長じた人で、途中竹生島に参詣する。島のありがたい様子に感動し「或る経の文に云く『閻浮提のうちに湖あり、其の中に金輪際よりおひ出たる水精輪の山あり。天女すむ所』といへり。即ちこの島の御事なり」と言い明神の前にひざまずく。また、経正が明神の御前で琵琶の秘曲である上玄・石上の二曲を弾くと、その素晴らしさに明神が感応して「経正の袖の上に白龍現じて見え給」うたという話。

八、『古今著聞集』巻一六、比叡山の僧らが竹生島に詣でての帰り、竹生島の僧の水練を見たいと所望したが、あいにく水泳の達者な若い僧はみな留守、遺憾ながら船で島を離れ二、三百メートルも行ったころ、七十歳を過ぎたと思われる老僧が衣を脛までたくし上げ水上を歩いて近寄り詫びを言い、また水上を歩いて去る。水泳よりも更に驚くべき水練を見た、という話。
九、『太平記』巻三八、康安二年（一三六二）箕浦（現在の坂田郡近江町）までの水上三里の間に道が出現、竜神の通路かと人々が怪しんだというもの。
十、謡曲『竹生島』、醍醐帝の御代に臣下が竹生島に参詣し祝福をうけるもの。漁師に身を変えていた龍神が湖上に出現し、臣下に「光も輝く金銀珠玉を捧げ」、「元より衆生済度の誓ひさまざまなれば、あるいは天女の形を現じ有縁の衆生の諸願をかなへ、または下界の龍神となって国土を鎮め誓ひを顕」すという話。諸神が弁財天を中心に混然一体となって漁民たちの信仰の対象となっていたことがうかがえる。
十一、『朝倉義景書状』、元亀元年（一五七〇）に越前の朝倉義景が竹生島参詣し、源頼朝から拝領したと伝える名刀を大聖院へ奉納したという内容。
十二、『信長公記』天正九年（一五八一）四月に、織田信長が安土城から長浜城までの十里を馬で、また長浜から竹生島までの「海上五里」を船で飛ばし、日帰りで参詣したという話。
十三、『竹生島心中』（青山光二、一九七六年双葉ノベルズ刊）、翌年の直木賞候補となった小説。
十四、絵本・滋賀の伝説(二)『まんまる月夜の竹生島』（文・今関信子、絵・鈴木靖将、一九九一年・京都新聞社発行）、美しい満月の夜、竹生島の弁天様を喜ばせようと琵琶湖の魚たちが踊りや歌を披露するが、一番弁天様を喜ばせたのは意外にも姿も声も良くないナマズたちが猛練習した一糸乱れぬ踊りと歌の成果だった、という伝承。ほかに童話三編。

ここにあげたものだけでも、竹生島にかかわる作品は古い伝承・縁起から説話・軍記物・語り物・謡曲などの芸能をも含めて現代に至るまで、時代に応じて形を変えながらたくさん存在し、現代文学にまで大きな影響を与えていることがわかる。弁財天・龍神信仰、湖・水・島と人との関わりなど、竹生島があることによって生まれた文学や作品であり、竹生島の存在意義を表すものともいえよう。

(五) 竹生島観光を終えて

湖は生きていくために欠かせない水を豊かに湛えた神聖な場所であり、雨や嵐・洪水・日照りなど、人智の及ばぬ不思議な力を秘めた場所でもある。人間の生死に関わる水の不思議を、竜神や弁財天を崇め祀ることによってなだめ鎮めようとした古人の素朴な思いが偲ばれる。見えないもの・はかりしれないものへの畏れと同時に、憧れと親しみも感じられる。ある場合には慰めであり、喪失を補ってくれるものでもあろう。湖を渡り湖面に身も心も浮かべて、初めてそれが実感できる。

近江でさまざまな神社仏閣に手を合せ、琵琶湖で波間に心を漂わせてニュートラルな精神状態を持つことができ、東日本大震災以来委縮してこわばっていた心が少し楽になった。竹生島の信仰と美しい湖のたたずまいに接して、心が安らいだ。

静かにこうべを垂れ、無心になる。悠久の時間と人智の及ばないものに思いを馳せる。そう、こんな静かな時間が足りなかったのだ。何かにすがり祈ること、偉大なものに畏れをもちわが身を省みること、そして亡くなった人々に寄り添い静かに祈ること。大昔から災害の絶えない日本で繰り返された祈りの姿勢である。竜神や弁財天への信仰も文学も、人が作りだした、人のための、美しい言霊《ことだま》であり祈りであり、温かく心を満たす光であると思う。

三　知るも知らぬも逢坂の関——みたび、近江——

長い間、行ってみたいと思いながら機会がなかった滋賀県の逢坂の関を十一月に訪れた。

今回歩いた場所は、京阪京津線の大谷駅から上栄町に至る蝉丸神社三社と逢坂の関に関連する遺跡と近隣の寺である。蝉丸神社がなぜ三つもあるのか、逢坂の関はどんなところか、この目で確かめようと数人で歩いた。時間にして二時間あまり、距離は二キロメートル前後であろうか、道を間違えて探しながら遠回りしたせいもあって、かなり歩いた気分である。文字通り自分の足で逢坂を越え、たいへん良い旅であった。以下に印象を記す。

(一)　序章

逢坂は大津市南部の逢坂一丁目・二丁目、東海道が通る坂である。北西に逢坂山（標高三二五メートル）がある。この山は「南は音羽、笠取、岩間の諸嶺に連なり、北は比叡山、比良山に続きて界嶺を成し、阪路は百五十米突（メートル）、（海水面）の隘処に通ず、大津町の湖岸は八十五米突（メートル）」とのことである（吉田東伍博士『大日本地名辞書』巻二、上方の「逢坂」の項。明治三三年初版・冨山房刊）。

逢坂山は狭義にはこの山のみをいうが、「広義には同山の南麓一帯〈大津市南西部と京都山科区の境付近〉をさし、歴史的には街道沿いの近江と山城との国境を逢坂と総称して用いられた」という（『滋賀県の地名』日本歴史地名大系第二五巻、平凡社刊）。逢坂越えの交通の要であり、古代には関がおかれたので関山ともよばれ、ぬさを手向けたので手向け山とも言われた。

『小倉百人一首』で良く知られた蝉丸は「これやこの行くも帰るも別れては知るも知らぬも逢坂の関」（『後撰和歌集』巻一五「雑一」一〇八九番歌では、三句「別れつつ」）と詠み、清少納言は「夜を込めて鳥の空音ははかるともよに逢坂の関はゆるさじ」（『後拾遺和歌集』巻一六「雑二」九三九番歌）と詠んだ。三条右大臣（藤原定方）は「名にし負はば逢坂山のさねかづら人に知られでくるよしもがな」（『後撰和歌集』巻一一「恋三」七〇〇番歌）と詠んだ。歌枕としても名高い。

増基法師こと、いほぬし（庵主）は、『熊野紀行』の「逢坂の関」で「雪と見る身の憂きからに逢坂の関もあえぬは涙なりけり」と詠み、『遠江の日記』の「関山」で「関山にまた衣手はぬれにけりふたむすびだにのまぬ心に」と詠んだ。

『源氏物語』関屋の巻（第十六帖）では、石山詣での源氏と常陸から京へ帰る空蝉の一行がこの逢坂の関で偶然出会う。また賢木の巻（第十帖）では、娘と伊勢に下る六条御息所が、逢坂の関から源氏宛に返信を送る。

逢坂の関に住む盲目の琵琶の名手蝉丸のもとに、源博雅が三年通い、やっと琵琶の秘曲を会得した話（『今昔物語集』巻二四、「源博雅朝臣行会坂盲許語第二十三」）もある。ただし出典と思われる『江談抄』三の六三（博雅三位習琵琶事）には蝉丸の名はない。

以上、逢坂の関は、蝉丸・紀貫之・清少納言・藤原定方・増基などの歌に、また文章の中では、『源氏物語』『枕草子』、菅原孝標女の『更級日記』、藤原道綱母の『蜻蛉日記』『今昔物語集』など、さまざまな作品に出てくる。

㈡　村社──蝉丸神社（「逢坂周辺地図」の2〈以下地図の番号を記す〉）

京都から敦賀行きのＪＲで山科へ行き、山科から京阪京津線で大谷駅下車。駅の北側五分くらいの所に静かなたたずまいの蝉丸神社がある。三メートル以上の石柱には村社蝉丸神社と刻まれ、その後ろに、青々とした大銀杏が十時前の朝日に映える。階段の上には石の鳥居が見える。上り口には蝉丸大明神と彫られた形の良い石灯籠がでんと据えてあり、階段寄りには狛犬が控えている。傍らの石碑（昭和五十八年〈一九八三〉建立）に、この石の灯籠は一七四〇年の建立と書いてあるから相当古い。

入口の石柱のすぐ横には柵の中に「車石」がおかれ、江戸時代の街道整備の実際がしのばれる。車の轍を刻んだ花崗岩の切石を敷き並べ、道がぬかるんで立ち往生しないように整備した敷石を車石と呼ぶそうだ。

「車石」の説明板はステンレス製らしい。錆はなく読みやすい文字で絵も刻んであるが、地表に設置されているので落葉と土に覆われて汚れ、内容が読めない。せっかくの表示なのにもったいない。少し拭いてみたら読めるので三人でせっせと拭いて綺麗になるまで汚れを落とし、写真に収めた。平成七年（一九九五）設置というと、説明板は一九年も経っている。定期的な手入れがされるとよい。

説明によると、安永八年（一七七九）には逢坂を越す牛車だけでも、年間一五八九四輛が通ったとあり、驚いた。大津側には逢坂峠、京都側には日ノ岡峠があり、通行の難所だったという。文化二年（一八〇五）に大津八町筋から京都三条大橋までの一二キロメートルの間に車石を敷き、牛車専用道路を築いたのだ。交通が盛んだった証しである。車石は二〇九年も前のもの、一万両をかけた工事は大事業だったことだろう。

階段を上がると神輿庫がある。右奥に拝殿、手前に手水舎がある。拝殿前は茶色の大きな葉が散り敷いて、まさしく秋である。奥のかわいい社には蝉丸神社と書かれた小さな提灯が左右に下げられている。祠の前に立ち、先ずはこまで来られたことに感謝し、いにしえの蝉丸さんにも手を合わせ、仲間と一緒に頭を垂れた。この社の右側には、小さくて古い石灯籠が一対あり、その真ん中に銅葺屋根のもっと小さな祠がある。下の由緒書きに、天慶九年（九四六）に蝉丸を主神として（現在の蝉丸上社・下社に）祀り、はるか後世の万治三年（一六六〇）に当社周辺の村々の鎮守として現在の村社蝉丸神社ができた由（後述の〈四〉参照）。街道の守護神の猿田彦命と豊玉姫命を合祀の旨が記されているので、銅葺の小さい祠はその二神を祀るのであろう。

(三) 逢坂の関――記念公園（地図の3）

村社蝉丸神社から国道一号線沿いに百メートルあまり行くと、道の脇にちょっとした場所が取ってあり逢坂の関記念公園がある。逢坂の関と関わる文学や大津の生産物である大津絵・算盤・針、前述の車石についての説明や周辺地図や写真の掲示物がある。分かりやすくてとても良い。

逢坂の関は交通の要衝であるし、歌枕としても名高いが、正確な位置は分かっていない。

記念公園の説明板によると、逢坂の関は『日本紀略』に初出し、平安京建都の翌年延暦十四年（七九五）に逢坂の関の前身が廃止された記事が載る。その後の京の都を守る重要な三つの関所（鈴鹿・不破・逢坂）として弘仁元年（八一〇）以降重要な役割を果したが、平安後期からは徐々に形骸化され形を失ったよし。逢坂の関の位置は、およそ現在の関蝉丸神社上社4から長安寺（関寺あと）6の周辺にあったらしいが、東海道が何度も掘られたせいでその位置は明らかになっていないという。
逢坂の関記念公園の少し先に、「逢坂山関址」の大きな石碑があり（地図の3）、隣に「逢坂常夜灯」と深々と彫られた大きな石灯籠がある。逢坂の関址は特定できなくても、峠に往時をしのぶよすがとなる碑があるのは喜ばしい。

少し離れた上社を探して国道一号線を道なりに歩くが、なかなか上社が見えてこない。一号線は車の往来が激しく、轟音もすごい。逢坂の関址の碑を過ぎて少し行くと、車道沿いの斜面は一部が崩れて歩道に迫りブルーシートが掛けてある。見れば昨年の日付で危ないと注意書きがある。危ないのだから一年も放置しては困るが、不景気ではそれも仕方がないのだろうか、わびしい思いで通る。そこを過ぎると、道はゆるい下り坂になる。下ってしばらくすると、車道より一段高くガードレールのついた歩道が無くなり、路肩に白線だけ引かれた車道の端を通ることになる。横をトラックや乗用車がビュンビュン通り過ぎ、おそろしい。グループでなければとても歩く気になれない所だ。信号の

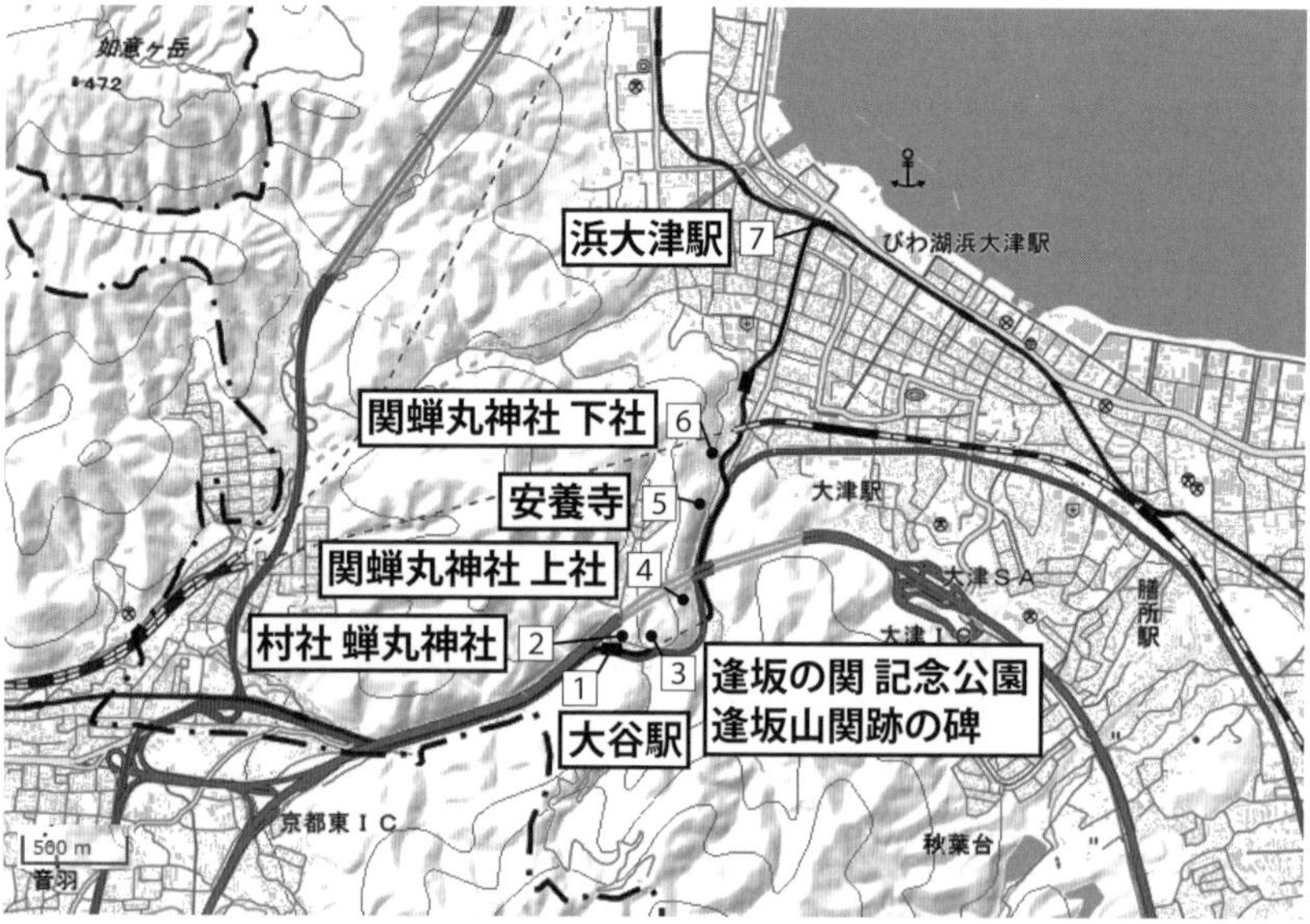

「地理院地図 / GSI Maps | 国土地理院」をもとに筆者作成

お蔭で時おり車が途切れ安心して会話ができるが、概ね交通量が多く、一号線が静かになることは少ない。車の切れ間に自転車で坂道をあがってくる男性がいる。車の通る上り坂を人力で上がる人を振り返りながら、こぐ足を見るとこちらも肩に力が入る。無言で見送りながら皆で無事を祈る。

(四) 関蝉丸神社——上社（地図の4）

数百メートルあまり行ったころだろうか、やっと上社が見つかりほっとする。参道入り口の石柱には郷社関蝉丸神社上社と大きく書かれている。見上げる上社は急勾配の階段の上、ずいぶん高い。石垣の上に三段に展開する上社の下段は、赤い手すりに黒い擬宝珠のついた囲いがある。手作りの竹の灯籠が数本置いてあり、祭りの様子などの写真も飾ってある。中段の手前に赤く塗られた鳥居があり、きれいに手入れがされている。良く見ると鳥居の根元は太い木だが下方で木が接がれ、上はほっそりとした鳥居である。真ん中に「蝉丸」の額を掲げてある。階段うえ、中段の拝殿の周りには、ちょうど腰掛けられる高さに新しい板がぐるりと張られ、ベンチのように作られている。ここは小さい神社ながら、上社・下社・分社の中で一番手入れが行き届いているようだ。

上段には本殿がある。両脇に関蝉丸神社と書かれた提灯が下げられ、真ん中に紅白の布が幾筋も下がっている。賽銭をあげ順番に手を合わせ拝む。しばし沈黙である。下の国道一号線は騒々しいが、上社の本殿は静かである。

下調べの段階で蝉丸神社が三つもあり不思議に思ったが、現地を訪れてやっとその理由が分かった。拝殿の左側に神社の由緒が掲示され、関蝉丸神社の由緒略歴の詳細がある。

八二二年、小野岑守が逢坂山の山上山下の二所（つまり上社と下社）に分けて坂神と名付けたのが起源である。上社は猿田彦命・蝉丸の霊を祭神として大津市上片原町に、下社は豊玉姫命あるいは道反大神・蝉丸の霊を祭神として大津市清水町に祭るとのこと。

なお、関蝉丸神社の上社・下社は郷社で、府県社の下に位し村社よりは格が上。

八五七年に文徳天皇が改めて逢坂の関を開設し坂神を関の明神と称したこと、

九四三年朱雀天皇の時に蝉丸の霊を合祀して関大明神蝉丸宮としたこと、

九七一年には円融天皇に音曲芸道祖神とされ免許状云々、と記されている。

平安前期には蝉丸の伝承は定まり坂神と合祀され、蝉丸神社と名付けられた。そののち音曲芸道の祖神として信心を集めるに至る。陸海路を守る祭神として、音曲芸道の祖神として、また髱(かもじ)の祖神としても信仰されたことが記されている。

さらに、大谷町の村社蝉丸神社は万治三年(一六六〇)郷社関蝉丸神社の上下社から分かれて、地元の三ヶ町(上大谷・中大谷・下大谷)の氏神として村社となったよし。村社の石碑には創建九四六年とあったが、今の場所に分社したのは一六六〇年だから三社の内では最も新しい。

ここまで来てやっと、上社・下社・分社の三つが存在する経緯がよく分かった。

上社から出て再び一号線に沿って歩くと、高架になっている名神高速道路の上下線二本の下に、それぞれ巨大な反り橋のような構造物が見える。いったいここに何を作るのかと不思議に思ったが、のちに名神高速道路の耐震補強のための建造物であるとわかって少々拍子抜けした。

さて次は下社だが、これがなかなか分からず困った。道行く人に聞こうにも誰も歩く人がいない。一号線沿いにずっと歩いて安養寺までは地図で分かるが、その先が難しい。

(五) 逢坂山安養寺（地図の5）

逢坂山安養寺は要予約、通りがかりには見学できず説明板だけ読んだ。関寺旧址のよし。本堂には阿弥陀如来座像があり蓮如上人の旧跡で上人「身代わり名号石」が残る。境内の「立聞観音」は『東海道名所図絵』にあり、有名と書いてあるのだが、身代わりの石や立聞観音がどんなものかの説明がなく、不親切である。なにを立ち聞きしたのだろうねと、皆で考えても分からない。寺の内には説明書きがあったかもしれない。残念だった。

旅ののち調べたところ、立ち聞き観音は前掲『今昔物語集』巻二十四・二十三話に出てくる源博雅の伝承に重なる話しである。蝉丸の庵に通った博雅が庵のそばで見かけた人物は、博雅と同様、蝉丸の琵琶を聞きに通った僧侶姿の観音様であった、という話。俗世の人ではない観音様が、妙なる調べを聞きに庵の物陰に通ったという人間臭さがほほえましい。身代わり石は、蓮如上人が斬られるところを何度か庇って動いたという石である。

持参した地図は簡略な物だったので、一号線と一六号線・京津線が交差するこの辺りは分かりにくい。京津線を越えて一番左手の山道を行く。ずっと上まで行って長等公園の方に迷った後、元の道まで引き返し、近くの店にやっと人をみつけて下社の場所を聞く。下社はすぐ先の一六号線そばの平らな街中にあった。関蝉丸神社・逢坂の関の神社なのにこんなに平らな所にあるとはどうも得心がいかない。首を傾げながら近づく。

㈥　関蝉丸神社——下社（地図の6）

下社にたどり着き、いざ見学。神社かたわらの石柱、関蝉丸神社と音曲芸道祖神の文字を撮影していると、京阪電車が通ってびっくり。下社の鳥居は踏切の向こう側である。鎌倉にある御霊神社を思い出した。鎌倉は江ノ電であるが、同じく踏切奥に神社がある。

石柱横の大きな石灯籠は正面に関清水大明神と彫られている。参道側の側面には蝉丸宮と彫ってある。踏切を越えて中に入るといよいよ関蝉丸神社下社である。広くゆったりした境内だが神社にほとんど人の気配を感じない。見学者が私たちだけという意味でなく、人の手が掛けられていない感じがする。神社に常駐する人がいないせいもあるだろう。

入ってすぐの場所に蝉丸の「これやこの……」の歌碑がある。少し入ると、次は紀貫之の歌碑「逢坂の関の清水に影見えて今やひくらん望月の駒」がある。

駒引きは、平安時代宮中で八月十五日に行われた御料馬天覧の儀式である。儀式用の馬を諸国の牧場から曳いて来ていた。天皇がご覧になった後には馬寮や大臣に分配した。諸国からの貢馬を、官人が逢坂の関まで出迎えるのを駒迎えという。鎌倉時代末から信濃の望月牧の馬だけになったが、貫之の時代にはまだ諸国の馬であった。

貫之のこの歌は、『拾遺和歌集』巻三「秋」の一七〇番歌で、詞書に「延喜御時月次御屏風に」とある。延喜御時とは醍醐天皇の御代（九〇一～九二三年）である。『古今和歌集』（九〇五年成立）を選定し、『土佐日記』を記した有名な貫之が、屏風に逢坂の関の駒迎えの絵が描いてあるのを見て詠んだ歌である。望月牧の馬が望月の夜にやって来て今ごろ関の清水にその影を映しているだろうという意。関の清水が豊かであった様子を彷彿とさせる歌である。壬生忠岑も「君が代に逢坂山の石清水木隠れたりと思ひけるかな」と詠んでいる（『古今和歌集』巻十九「雑体」一〇〇四番歌）

歌碑は蝉丸・貫之ともに連綿体である。往時は誰もが読めた歌や文字であっても、今は万葉仮名や連綿体を読める人の方が少ないのではないか。歌碑に解説があると親切だと思う。歌碑だけでは読めないであろうし、読みも意味も分からなければ、せっかく据えた歌碑の価値も伝わらない。

境内には、今は水が涸れているが有名な「関の清水」跡の石組みがある。そばには貴船神社もある。清水に因んで水の神である貴船の神を勧請したのだろうか。貴船神社と彫られた石柱の側面には大きく関清水蝉丸神社と彫られている。和歌にも有名な関の清水跡が確かめられてよかった。水がわき出ているともっと良いが仕方ない。鴨長明の『無名抄』（一二一一年ごろ成立）にも「……即昔の関清水の跡なりしに、今尋ぬるに定かならず」とあるから枯れて久しいのだ。

下社の拝殿は大きい。内側には大きな鶴の彫刻があり、鶴の下に草書で「関清水」と書かれた扁額が掛かっている。消えかかっているが明治十九年の奉納か。今から一二八年も前だ。

謡曲の奉納額も沢山ある。最古は明治四十年、次いで昭和二年のものもある。新しい物では昭和六一年、その後の物は見当たらない。謡曲の奉納がなくなって三〇年も経つのだろうか。久しく経って下社も荒れて来たのだろうか。

拝殿の傍らには、謡曲「蝉丸」の説明がある。髪が逆立つという異常を身に負う姉宮逆髪が、延喜帝第四皇子で盲目の弟宮蝉丸と逢坂山で再会し、身の不運を嘆き合い別れて行くというストーリーである（能の演目、「蝉丸」は狂女物）。姉宮の名前「逆髪」はすなわち「坂神」であろう。坂の神と盲目の琵琶法師が結びつき、のちに蝉丸の名が付されたと思われる。

奉納の最後の演目はどれも「蝉丸」である。ご当地、関蝉丸神社ゆえであろう。他には、高砂・羽衣・草子洗小町・竹生島などが記されている。謡曲「竹生島」を現地竹生島で聞いたことなどを思い出した（「二　竹生島紀行」参照）。

奥の本殿で手を合せる。合唱をやめて十数年になるから音曲とは遠くなったが、文学や和歌の道をもっと学べるように拝んだ。下社は三社のうちで一番広く、敷地の中にたくさんの碑・灯籠・狛犬などがあり、ゆったりした境内である。本殿の左奥には「時雨灯籠」がある。六角形の古い灯籠は鎌倉時代の様式で重要文化財とか。

本殿は社の左右に廊があり小さいながらも立派な檜皮葺の造りである。それなのに、本殿と廊を覆う桧皮葺の屋根は傾き崩れかけ、かなり傷んでいる。これは上下蝉丸神社・村社蝉丸神社に共通する。昔は村々の管理で人手も十分あったと思うが、近年は人口減少などによって各社とも手入れが行き届かないのだろう、特に下社に傷みが目立つ。由緒ある神社であるから、いかにも惜しい。拝殿の提灯には関寺町や長安寺町の名があるのでそれらの町の管理なのであろう。管理が行き届くことを、切に願う。

逢坂を蝉丸の歌の「行くも帰るも」になぞらえたかったが、行く人は私たち数人だけで帰る人もいない。名にし負う逢坂《あふさか》なのに誰にも会わず、道も聞けないまま残念であった。とは言え、逢坂と関蝉丸神社三社は、色々な事を教えてくれた。調べ物や現地の見聞で少しは逢坂の関を理解できた気がする。

特に逢坂の関・関の清水・蝉丸など、古典と関わる場所として現地を訪れ、昔の旅の実情の一端を知り、自分の足で逢坂を越えることができたのは有益であった。

蝉丸が実は盲目ではなく健常者であったことを、前述の吉田東伍博士の『大日本地名辞書』で知った。

蝉丸、東関紀行に延喜帝第四の皇子とあれど誤謬なり。今昔物語に宇田帝の御子敦実親王の雑色なりと云へり。又同書に源博雅は木幡に住める盲法師に琵琶を習ひけりと云は、此盲人に混じて蝉丸を伝したる也。蝉丸盲人にあらざる事は後撰集「これやこの」の歌の端書に「ゆききの人を見て」と有にて知らるる。（「蝉丸祠」の項）

吉田東伍博士がこう述べておられるので大いに驚いた。明治の文語文で難しいが風格のある文章だ。逢坂・相坂剗址（おうさかのせきあと）・蝉丸祠などの項を読むと無味乾燥な歴史的事実や事象の羅列でなく、文書・文学の考証や補説があり、内容も多岐にわたっているので、面白い。

郷社 関蝉丸神社下社 本殿

(七) 終章

その昔、「知るも知らぬも逢坂の関」や「よに逢坂の関は許さじ」を呟きながら『百人一首』の札を取った。どんな場所かは知らなかったが、下の句の「あふさか」という仮名文字に「逢ふ」が重なり、逢坂の関にはずっと馴染みがあった。また、「逢坂山のさねかづら」はどんな植物なのだろうと思ったりもした。さねかづらは、以前行った勧修寺の入口にあり、この歌の碑もあった。さねかづらの実物を見て感心したのも思い出される。

『百人一首』は常に身近にあった。『百人一首』で馴染んだ逢坂（あふさか）は、言ってみれば日本人である私たちの、「心のふるさと」と言って良い。そのふるさとを訪ねることができてたいへん嬉しい。ただ、そのふるさとは些か荒れている。それが残念だ。

一昨年（二〇一三年）世界遺産に登録された富士山は、芸術と信仰の源泉となった大自然の遺産である。

去年（二〇一四年六月）世界遺産に登録された群馬県の富岡製糸場と絹産業遺産群は、近代に入ってからの遺構である。日本が近代工業化世界に仲間入りする鍵となった場所と技術であり、保全管理体制も適切と認められて登録となったそうだ。富岡製糸場は一四二年前の建造物である。

大津市には、古くから伝わるものが文字通りごまんとある。逢坂は人と物流の要所として大きな役割を担い続けて来た。逢坂の関は古代の人が作った文化遺産である。逢坂の関に関連する千数百年以上の歴史と遺構が、今後も大切に保存され長く形を残していけるなら、日本人の心のふるさととして世界に誇る文化遺産となるのではないか。いや、どうにか努力して長く後世に残したい遺産だと思う。逢坂をこの足で歩き、間近に接した今、強くこう思う。

逢坂の関址といわれる長安寺そばの上栄町から、京阪京津線に乗って浜大津（地図の7）に出た。目の前は淡海《あわうみ》の琵琶湖である。東海道の隆盛に従い近世から逢坂峠はかなり掘り下げられ、今はそれほど高くない峠ではある。それでも、浜大津の駅上のデッキから琵琶湖を眺めると、逢坂山の峠を越えて海辺まで来たという実感が湧く。山の上下、峠とはよくも作った国字である。そういえば関蝉丸神社は初めから上社と下社があった。山の上と下にあり、道中を守護する坂神と考えれば尤もなことで、上社・下社にやっと合点がいく。

昼食のため駅近くの旧大津公会堂にあるレストランへ立ち寄った。

選んだ地下一階の店は、お箸で食べる美味しい洋食屋であった。石造りの古い公会堂を生かした店は数軒あったが、入口の掲示板と店の雰囲気に引かれて入ったところ、大当たりであった。女性店員の応対が実に感じよく感心していると、出された料理も手を掛け心のこもった美味しい品々であった。素材を生かして美味しく、値段も手ごろで満足である。ゆっくり楽しみながら昼食を取り、午前の疲れを癒し午後の活力を得て心身共にリフレッシュ。地域の小学生が参加したという大津市作成の近隣の名所地図を眺めながらの歓談も心が和む。店を後にしながら、とても良い店であったと皆の感想が一致した。ぜひまた訪れたい場所である。数年後に閉店と知り残念だ。

四　鳴るは滝の水

前項「三　知るも知らぬも逢坂の関――みたび、近江――」の旅に続く紀行である。旅の三日目は、右京区を巡る。午前中は嵐山周辺を歩き、午後は大覚寺と御室・鳴滝周辺を歩いた。鳴滝の印象を中心に、感想を記す。

(一)　化野念仏寺

京都駅から先ずはＪＲ山陰本線で嵯峨まで行き、そこから化野《あだしの》念仏寺へ向かう。化野は澄んだ朝日に照らされ、いかにも明るい。ここは葬送や火葬の地というイメージが強かったので、もっと木々が鬱蒼と繁って暗い所と思っていた。昔モノクロームの写真でみた化野の印象とは大きく異なり、今は小さな仏塔や供養塔がこぢんまりした四角い区画に行儀よく並べられ、いかにも「きちん」と納まっている。

緑から黄・紅へと変化する木々を眺めながら小道の奥へ行くと、水子地蔵や経堂・墓地があり、墓地の入口には「六面地蔵」があるとの表示。十一面観音のように顔が六つあるお地蔵さんかと思いつつ矢印の指す方向に進む。小道を上がって広い墓地に出ると、六面地蔵がある。近年作られたらしいお地蔵さんは、白く大きな六角柱の面それぞれに一体ずつ、六体据えてある。六道それぞれに慈悲を垂れ、衆生に手を差し伸べる地蔵菩薩であった。体一つに「顔が六つ」は勘違い、一人で苦笑した。墓地は整然として広く明るく、地元に貢献した名士を顕彰する大きな碑が据えられ、地域の歴史を語る。

訪れる人のまばらな朝の化野は、大そう静かである。すでに紅葉の始まった木々がひともとごとに秋のグラデーションを奏で、静けさと朝の光に美しく映える。やわらかな木漏れ日と紅葉を堪能しつつゆっくり歩む。

念仏寺から下る坂道の途中には、京都駅構内で見かける土産物屋の本店があり、小物の好きな私はつい目が離せなくなってしまった。所柄か店主の配慮か香が焚かれ、静かな店内に漂う香りも心地よい。京都駅構内よりも落ち着いた色合いの小物の品揃えが良く、色とりどりの和風小物が種類も豊富に並び、目にも楽しい風景である。ゆっくり品物を眺め手に取って使い勝手を確かめる合間にお茶をすすめられ、ありがたく頂いた。客をもてなすとはこういうことを言うのだろう。店の雰囲気に感心した。

化野から祇王寺と二尊院を経て清涼寺に行く予定のところ、中ふたつを割愛して昼食処に近い清涼寺に向かった。途中に中院山荘跡の立札がある。ここは鎌倉前期の武将で歌人でもあった宇都宮頼綱（蓮生）の別荘跡である。頼綱が山荘の障子に貼るために、定家に『百人一首』選定を依頼したという伝承がある。『小倉百人一首』は嘉禎元年（一二三五）ごろ成立のよし。

頼綱は定家の友人であり、頼綱の娘は定家の息子為家の妻でもある。今はその別荘を偲ぶよすがは何もないが、静かな嵯峨野の道を歩きながら、『百人一首』のいきさつに思いを馳せる。

清涼寺前の老舗で湯豆腐の昼食をとり、午後はジャンボタクシーで右京区を巡る。

(二) 大覚寺

午後の一番は、大覚寺。

数多い京都の寺院の中でも、静かで雄大なところが特に好きな場所である。もと嵯峨天皇の御所であったこの寺は、広大な敷地の中に大きな建物と庭と池が広がり、ゆったりしている。一一月中旬に訪れた寺では、嵯峨菊と呼ばれる花弁の細い可憐な菊が満開の見頃であった。たくさんの植木鉢が入口や途中の回廊横に一列に並べられ、見る者を歓迎してくれる。花は上から同じ高さに七輪・五輪・三輪のかたまりに切り揃えられている。丹精込めて育てられたひともと菊だ。そういえばここは花道の嵯峨御流の源でもある。花が大切にされているのも頷ける。清らかに澄んだ秋空のもと、菊は白・黄・朱・ピンク、色とりどりに整然と咲いている。

大覚寺の霊宝館では、彩色の美しい桃山時代の襖絵や書画、江戸・鎌倉時代の名品や仏像が展示されていた。何となく通り過ぎたあと「ここは南北朝時代に南朝の置かれた場所……」とつぶやく友人の声にはっとして引き返し、改めて説明を読んだ。なるほど、『太平記』に出て来る亀山天皇の大覚寺統と兄の後深草天皇の持明院統の争いを思い起こした。せっかく来たのにぼけーっと通り過ぎては勿体ない。

ともあれ、大覚寺はゆったりと在る。大覚寺の本堂にあたる五大堂の東面に広がる大沢の池は、中国の洞庭湖を模して造られた湖、広々とした眺めが雄大で好ましい。ここは人工の林や泉水のある日本最古の庭園という。五大堂を背にして池に張り出す広い濡れ縁に立ち、池を渡る風が水面にさざ波をつくるのを眺めると、心が静かに解放されて行く。空間的なゆとりは心にもゆとりをもたらすようだ。

公任の名歌「滝の音は絶えて久しくなりぬれど名こそ流れてなほ聞こえけれ」に詠まれた名古曾の滝跡を、次に来る時はぜひ見たい。「な」音を多用し、なだらかに詠まれたこの歌は、実際の名古曾の滝よりも歌に詠まれた名所として、今でも人口に膾炙する。中世の遺水が見つかり、滝の様相が復元されたとしおりに書いてある。

大覚寺をあとにし、再びジャンボタクシーに乗る。大沢の池を過ぎ、寛朝僧正強力の伝説（『今昔物語集』巻二十三「広沢の寛朝僧正の強力のこと第二十」）のある大きな広沢の池を通り過ぎて東に進み、宇多野の福王寺神社を右に見て、北西の周山街道に入る。

タクシーの中で聞いて印象的だった話題がある。金閣寺の辺りは京都駅周辺よりも五〇メートルほど標高が高いのだそうだ。東寺の五重塔が五五メートルで、相輪（仏塔の最上部にある装飾部分。九輪ともいう）を除く塔のてっぺんと同じくらいの高さという。そう聞くと、標高の差が実感される。京都で自転車に乗ると、南に行くのは容易だが、北に行くのは難儀だそうだ。気温は百メートルごとに〇、六度下がるから、気温差は約半分の〇、三度。顕著な違いはなくとも、鳴滝を覆うやさしいもみじが仄かに紅葉しているのを見ると、僅かながら差があるとわかる。金閣寺より少し低い鳴滝も、気温が下がるごとに京都駅周辺よりはわずかに早く紅葉するようだ。

㈢　鳴滝

次は鳴滝。鳴滝は私にとってのハイライトである。鳴滝という言葉に何故か心が惹かれ、鳴滝という響きにときめきを覚える。鳴滝が詠まれた和歌を以下に記してみる。

身ひとつのかくなるたきを尋ぬればさらにかへらぬ水もすみけり

鳴滝の岩間の氷いかならむ春の初風夜半に吹くなり
（『かげろふ日記』道綱母、鳴滝に参籠したときの歌）

しばしこそ人目つつみにせかれけれ果ては涙や鳴滝の川
（『曾丹集』曾禰好忠）

鳴滝や西の川瀬にみそぎせんいは越す波も秋やちかきと
（『山家集』西行）

（『続後撰和歌集』巻四「夏歌」二三七番歌、皇太后宮大夫俊成）

谷風に氷流れて鳴滝や西の川瀬も春はきにけり
（本居宣長）

鳴滝と言えば、『梁塵秘抄』が思い浮かぶ。

瀧は多かれど、嬉しやとぞ思ふ、鳴る瀧の水、日は照るとも絶えでとうたへ、やれことつとう。
（巻第二の四〇四、川口久雄・志田延義氏校注・日本古典文学大系『梁塵秘抄』一九六五年一月・岩波書店刊）

この今様歌は、『平家物語』巻第一「額打論」の中でも使われている。興福寺の観音坊・勢至坊二人が延暦寺の額を切って落として、さんざんにうち破り囃すのが、以下である。

嬉しや水、鳴るは滝の水、日は照るとも絶えずと歌へ。
（野村宗朔氏校註『昭和校訂　平家物語　流布本』二八頁、昭和二十三年十月初版・武蔵野書院刊）

また謡曲では、『翁』で千歳と地謡の掛け合いによって舞と共に、鳴滝が謡われる。

鳴るは瀧の水。鳴るは瀧の水日は照るとも。
絶えずとうたりありとうとう。
絶えずとうたり。常にとうたり。

君の千代を経ん事も。天つ乙女の羽衣よ。鳴るは瀧の水。日は照るとも。

絶えずとうたりありうとうとうとう。

同じく謡曲『柏崎』にも、若花の母が、鳴滝の謡に合わせて舞う場面がある。

鳴るは瀧の水・・・（謡曲の二項は高橋貢先生のご教授による。引用は佐成謙太郎氏著『謡曲大観』第一巻、『翁』七頁・『柏崎』六六〇頁、昭和二十八年十二月・明治書院刊）

前回は当地を訪れたとき、三宝寺川が御室川と合流する直前の「なるたきばし」の上からコンクリートで固められた川床を見て、昔の名残はないなあと（昔を知らないくせに！）思いながら、川上と川下の写真を撮った。近代の護岸工事で鳴滝はもう消滅したと思ったのだ。鳴滝と近くの般若寺あと・円融天皇陵にも行こうと計画していた。簡略な地図でも現地に行けばわかるだろうと安易に考えていたが探せず、このあたりのどこか近くにあるはずだがと御室川と鳴滝橋の近隣を眺めて沿道を行き、心を残しつつこの地を後にした。

今回も同じタクシードライバーに地図を添えて案内をお願いしたところ、前回の無念を汲んで三つの場所を確かめた上、私有地に立ち入る見学許可まで取っていただいた。一度は諦めたものの、鳴滝・般若寺あと・円融天皇陵を案内してもらうことになり、大そう嬉しい。ドライバーの好意に感謝している。

福王寺の交差点から国道一六二号線周山街道を北西に向かって約五〇〇メートル、三宝寺橋手前を左（西）へ曲がると橋がある。橋は「北音戸山橋」。道路わきに、五智山・鳴滝霊園への看板の矢印と共に示された、音戸山川西町内会案内図がある。地図によると鳴滝はすぐそばの川下側にある。タクシーを降りて橋の上から川下を見ると、滝があるとも思えない静かな流れが見え、紅葉の始まったもみじが手をかざすように優しく川を覆っている。

橋から眺めたあと、今車で通って来た道を車道に沿って歩いて少し引き返すと、家の切れ間の川端に緑色の金網がある。金網前には「芭蕉句碑」の小さな立札があり、金網横には下へおりる階段と小道がある。そして前方に、橋の上からでは分からなかった滝が見える。

「おお、鳴滝！」

周山街道の南側、鳴滝が、ちゃんとありました、ありました！

ずいぶん待ち焦がれやっとたどり着いた滝、これが鳴滝。流れが目に入ると同時に、大きな滝の水音がザーっと響く。まさしく、鳴るは滝の水……。

小道ももどかしく水の流れの近くまで行こうと気持ちが走る。が、慌ててはいけない、せっかく来たのに転げ落ちては洒落にもならぬ。はやる気持ちを抑えつつ、先ずは上からの眺めを写真に撮る。滝は小さく三つに折れて向きを変えている。階段下には、芭蕉の句碑らしき石の碑、その先の小道下には滝を見下ろす位置に小さな社がある。社の傍まで下りて行くと、足下

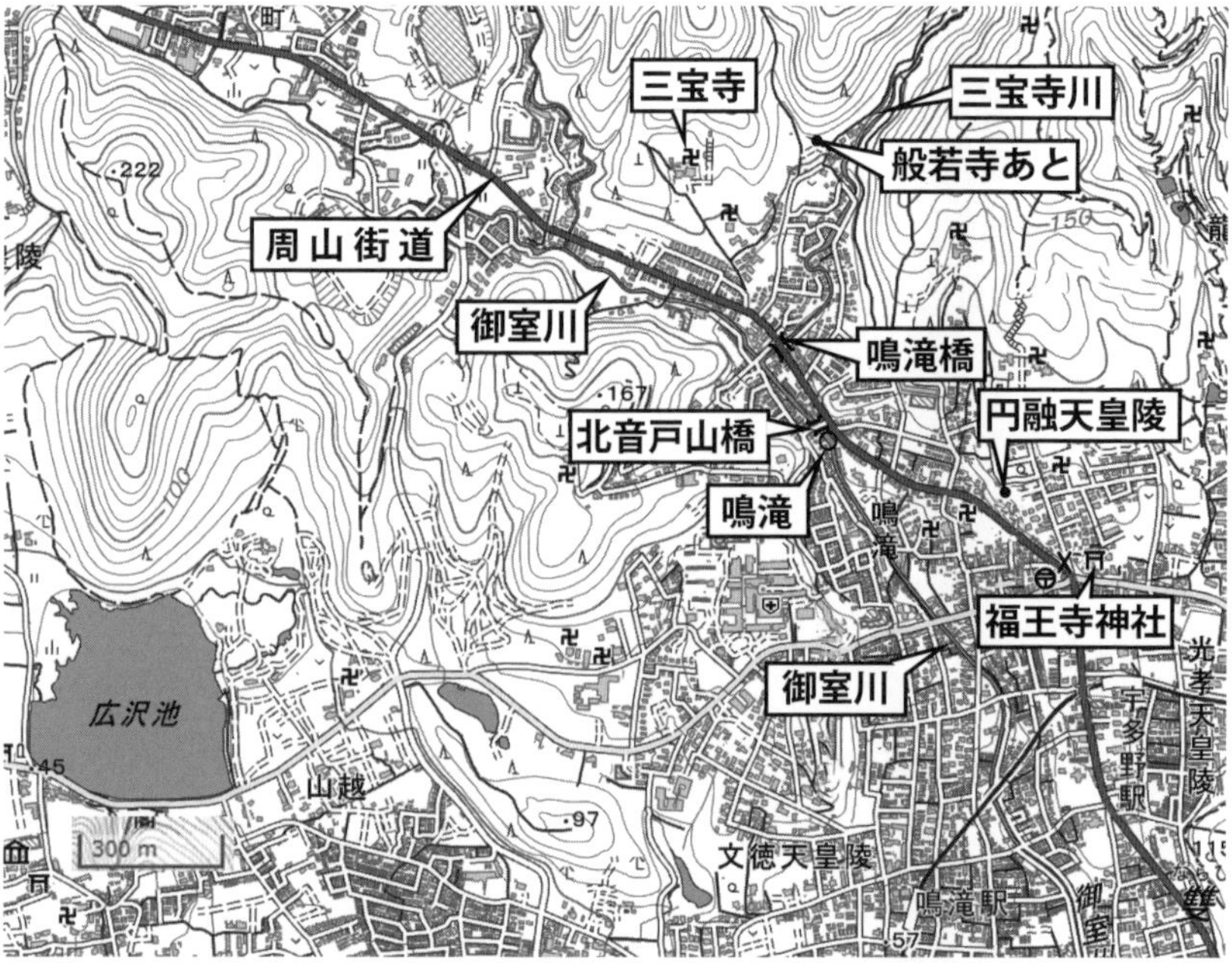

「地理院地図 / GSI Maps | 国土地理院」をもとに筆者作成

に岩の褶曲が幾重にも横に重なる岩場がある。水は横縞の岩の上を走り、向きを変えつつ三段に流れ落ちる。走る水は白いが、滝壷の淵は暗い。深いのだろう。飛鳥川と異なり、「きのふのふちぞけふは瀬になる」とも思えない深い淵、千年以上も淵はこのまま淵だったのだ（『古今和歌集』巻十八「雑歌下」九三三番歌。上の句「世の中は何かつねなるあすか川」）。淵の向こうは岩が壁のように聳えている。岩壁は褶曲が縦方向に密に走っている。

流れを前にしばらく佇む。鳴る滝の音を聞きながら、白く走る滝の流れを眺めながら。

水音だけでなく時の流れを聴こうとじっと耳を澄ませてみる。ずっとずっとはるかな昔を思い、心を澄みわたらせ時を遡ろうと集中する。鮭が川を遡上するように、体をここに残したまま思念の強さで心だけ時を遡上したい。千年の時を越えたら、その先に何が見えるのだろう、何が聴こえるのだろう。

ザーっという単調な、しかし

鳴滝

自在である水の音に、心を無にし、澄みわたらせる作用があるのだろうか。いにしえに強く思いを馳せ、何かを感じ取りたいと心を透き通らせた瞬間、ふと通じる思いもあるのだろうか――。

無心に滝を眺めるうち、水の流れと音に膨大な時の流れをも感じ、言葉にできない何かが皮膚や思考を通さず直接心の奥底にずーんと響くのを、感じた。以前、大原の音無の滝や比叡山の根本中堂で経験したのと同じような、不思議な感覚である。

鳴滝の正確な場所が分からず調べられなくて気になっていたころ、偶然古本屋で岡部伊都子氏著『鳴滝日記』(昭和四十三年四月・新潮社刊)を見つけた。作者が鳴滝の近くに暮らしたころのエッセイが綴られている。本には鳴滝の写真が載っていた(六七頁)。四十七年前の著者撮影のものである。前回探せず、もう当時の姿はないと思ったので、今回はその鳴滝を見て、岡部氏の本の写真と変わらぬことに感慨を覚えた。また同書には、鳴滝で一心に念仏を唱えつつ成仏した仁和寺の雑役係の少年の話が載っている。少年はこの川の水で身を清めたのである(出典は『今昔物語集』巻十五「仁和寺の観峰威儀師の従(とも)の童、往生せること第五十四」)。

『京都市の地名』(一九七九年九月・平凡社刊)には、鳴滝が「歌枕。鳴滝川(御室川)の谷に沿い、平安京の祓の場所の一つであった」と記されている。

祓《はらえ》の場所。水が豊かで神聖な場所である。やはり、ただ水の落ちるところではない。

小道の降り口に立っている芭蕉の句碑は「梅白しきのふや鶴を盗まれし　桃青」と彫られている。何度も口の中で読むが意味が解らず、皆で首をかしげるばかり。後日の宿題となる。

碑の裏には説明があり、この句は貞享二年（一六八五）二月松尾芭蕉が鳴滝の三井秋風の別邸花林園に招かれて半月ばかり留杖した時の吟のよし。「昭和五十六年（一九八一）再建之」というから一度は倒れたものらしい。上部が少し欠けている。高さは一二〇センチほどか。驚いたことに、倒れたこの碑を再び建てたのは、今回案内してくれたドライバーの同僚のお舅さんだそうである。

のちに調べたところ、この句は『甲子吟行（野ざらし紀行）』に載るものであった。

「京にのぼりて三井秋風が鳴滝の山家をとふ」とあり、「梅林」という題のもとにこの句がある。秋風の別荘を中国の林和靖の閑居に見立てている。林和靖は梅を妻に、鶴を子に見立て、生涯独身で優雅に暮らしたそうだ。白楽天の「偸将虚白堂前鶴。失却樟亭駅後梅。」を踏まえ、芭蕉は秋風に、梅は白く咲いて美しいが、鶴の見えないのはどうしたのであろう、昨日のうちに盗まれたのだろうかと呼び掛けた挨拶の句らしい。弟子の中には、芭蕉が秋風にへつらっているととった者もいたとか。もっとも、三宅嘯山の『俳諧古選』（宝暦十三年〈一七六三〉刊）によると、蕪村はこの句を「風調高華、意味優長」と嘆称したという。この情景をじっくり思い浮かべると、風雅を愛する富豪の秋風によみ掛けた句は、確かに白梅の香る早春の鳴滝にふさわしく、鶴との組合せでいっそう優雅を増すように思われる。

その時は何気なく写真を撮り帰ってから現像して気付いたのが、この句碑の裏側下に、小さな鳥居が立て掛けて置いてあったこと。川に近い小さな社には鳥居がなかったから、そこにあった鳥居だろうか、不思議ではある。

タクシーに戻る前に、先ほどの町内案内図と鳴滝霊園三五〇メートルの矢印を再び目にする。音戸山の上方には五智山と鳴滝霊園があり、下方にこの町内がある。この滝はもちろん鳴滝だが、この辺り一帯の地名にはかなり広範囲に鳴滝の名が冠せられている。

吉田東伍氏の『大日本地名辞書』（増補版、昭和四十四年十二月・冨山房刊）によると、鳴滝は「宇多川の上流、般若寺の南なる急湍をいふ。後世地名と為り広布して平岡（梅ヶ畑村大字）まで及ぼす。砥取山あり石材を出す」と記されている。鳴滝は初め滝の名だったものが、右京区東部のこの地に広く及んだのだ。

この辺りの粘板岩は砥石として用いられたようだ。ちなみに砥取山の項には「近世の砥山は鳴滝を盛なりとするも、古は高雄の堺に在り」云々（同書）とある。

鳴滝を後にし、再び車上の人となる。

滝の音を心に反芻しつつ白く走る水と暗い淵を思い浮かべる。この項の冒頭に示したように、平安朝の道綱母や西行（一一一八～一一九〇）や俊成（一一一四～一二〇四）に詠まれた鳴滝がいまも存在し、音高く流れていることに感慨を覚える。

とりわけ歌舞伎の『勧進帳』の末段が思い起こされる。これは謡曲の『安宅』を歌舞伎に発展させたものであろう。弁慶一行が安宅の関の通過を許されて喜び、小躍りして舞うとき、この『梁塵秘抄』の歌の「瀧は多かれど、嬉しやとぞ思ふ、鳴る瀧の水」が引用され、鳴滝がうたわれるのである。「これなる山水の、落ちて巌に響くこそ、鳴るは滝の水、鳴るは滝の水、……」長唄が音吐朗々と響き、「滝流しの合方」と呼ばれる三味線の演奏もいっそう盛り上がり、舞台はクライマックスを迎える。弁慶自身の口からも「鳴るは滝の水、日は照るとも絶えず、とうたり、とくとく立てや、たつかゆみ（立・手束弓）の……」と言葉が紡がれる。

『梁塵秘抄』の原形とは異なるが、早くから物語や日記に、後には謡曲・歌舞伎に至るまで、鳴滝が導く言葉は「嬉しや」と「絶えずとうたり」に帰結する。数多い滝の中でも、鳴滝は日照りの時も滝の水が豊かで絶えることがないのをことほぐものであり、滔々と流れるさまをいうのであろう。弁慶の延年の舞を伴っての詞章は、主人である義経の延年を願うものであり、また難を逃れた「嬉しや」の表現でもある。喜びを込め軽やかに舞う弁慶の姿に、結末がわかっていても胸が躍る人は多いだろう。否、わかっているからこそ息詰まる前段をやり過ごし、大団円を安心して迎えられるとも思える。安宅の関を通る許可が出たところで、「とくとく立てや、たつかゆみの……」とうたわれる所は、とうとうと流れる滝の音に響かせ、さあさあ油断せず急いで急いで立ち去れよという歯切れの良いラストシーンにうってつけの詞章でもある。

鳴滝の水音をいにしえの人が聞き、和歌を詠み、今様にうたわれ、長の年月を経て謡曲となり、歌舞伎や長唄にもなり愛され、うたい継がれて来た。そして今、現代に生きる私が流れを目にし、水音を耳にする。また鳴滝の流れがとうとうと続いてきたように、現代でも和歌や今様・謡曲の詞章を読み、歌舞伎で鳴滝を聞くことができるのだ。鳴滝そのものと、古典に息づく鳴滝が、ともに「絶えずとうたり」と今に至るまで続いているのである。滝だけでなく滝をうたう人の心も、時の流れを越えて変わらず続くものがあるということを、強く意識する。

『源氏物語』が現代にまで影響を与えているとはしばしば言われることであるが、鳴滝も今に伝わり、十分影響を与えていると思われる。古典の伝統の力と、それを繋いで行く日本人の心を、つくづくと感ずるのである。

㈣　般若寺跡

次に目指すは、今はなき般若寺跡。鳴滝から約五〇〇メートル。近くまで来ながら前回探し当てられなかった般若寺跡へ向かう。

身ひとつのかくなるたきを尋ぬればさらにかへらぬ水もすみけり　　道綱母

ここは『かげろふ日記』中巻に、作者道綱母が参籠した場所（前項の鳴滝に掲載）として描かれている。当時は大きな伽藍を有した大寺院だったようだが、今はない。礎石もなく神社になっている。ともかくも長い間探せなかった般若寺跡が判明して嬉しい。

現在は私有地、木村農園の敷地内にある。傍の造園事務所に告げて般若寺跡を見学することができた。ドライバーに感謝しつつ、待望の般若寺跡にたどり着く。

簡素な木の鳥居をくぐると「不許酒肉五辛入門内」と深く彫られた一メートルほどの石碑があり、側面に五台山般若寺と刻まれている。裏には延宝四年（一六七六）の年代が書いてある。その下に何と書かれているかは判読できない。

今は小さな社があり、ささやかな稲荷神社となって注連縄が張られている。皆で手を合わせたあと、それぞれ静かに思いを巡らせる。般若寺は、平安の昔は

般若寺跡

大きな寺だったと、『今昔物語集』の巻十九「般若寺の覚縁律師の弟子の僧、師の遺言を信《おもん》ぜること第二十三」が伝える。

今は昔——般若寺に覚縁律師がいた。千攀《せんばん》僧都に学んだ東大寺の優秀な学僧で、後に東寺の僧になり、広沢の寛朝僧正に弟子入りして真言を習い、やがて大寺院般若寺の頂点に立つ……寺は隆盛を極めたが、覚縁律師のいまわの際に、「わが亡き後は寺院を守れ」と言われた弟子の公円は偏屈者であった。なぜこんな弟子にと周りの僧は納得いかない様子だったが、勢い盛んだった般若寺はその後衰退の一途をたどる。寺が衰え並み居る弟子が一人もいなくなったあとも、公円一人が良く師の言いつけを守り、四十余年の間般若寺に住み続け、弥陀の念仏を唱え、命を終えた。今ここには礎石が残るばかりである、という。

寺の盛衰はつまびらかでない。近世に入り寛永初年（一六二四）頃に、京都の富商端氏某によって再興され（『京羽二重織留』）、天明七年（一七八七）刊『拾遺都名所図会』には再興後の姿が看守されるが、その後廃絶したよしである（前掲『京都市の地名』「般若寺跡」の項）。

時を越えて、残るものと残らぬもの。この二つを分かつ人智の及ばぬものは何であろう。

㈤　円融天皇陵

般若寺跡から周山街道を戻り、宇多野の福王寺神社方面に向かう。円融天皇陵はその神社の少し手前、民家の間に在る。鳴滝・般若寺に近いので、この機会に訪れてみたかった。街道から坂道を少し山の方に上がる。坂道からはこの辺りに陵《みささぎ》があるとは感じられなかったが、民家の建つ中に陵は在った。入口に円融天皇陵を示す立札が掲げられ、道の奥、石の鳥居の後ろに松と広葉樹が鬱蒼と繁る一角がある。鳥居近くまで進むと鳥居の前には石の柵に囲まれた一段高い白砂があり、その奥に天皇陵がある。周りは緑濃く低い生垣にぐるりと囲まれ、生垣の外側はきれいに掃き清められており、いかにも静かな佇まいである。

『円融院御集』に収められた円融院の和歌はどれも優しい歌である。円融天皇陵の静謐に接し、今は亡き円融院の心も穏やかだったのではないかと偲ばれる。より深く御歌を理解させて下さいますようにと静かに手を合せ、頭を垂れた。

帰る頃には日が傾いてきた。冬の日は短い。一一月中旬、寒さに向かう候ではあったが、穏やかな日差しである。前回訪ねることができなかった鳴滝・般若寺跡・円融天皇陵を訪れることができ、満足であった。現地でじかに遺跡を体感することができたからである。

現地での経験は何物にも代え難い。五感を総動員して、全身で歴史や人物・できれば人物の思念までを感じ取りたいと集中する。旅の非日常で感覚も感情も鋭敏になる。訪ねた土地ならではの気候・風物・古典との関連など、思いを馳せるものも多い。百聞は一見に如かずと、しみじみ感じる旅である。気の合う仲間と共に歩き、時を置かず感じたことを話し合う。語り合う仲間のいる幸せも、心を内から温める。

人という字は象形文字である。ひとの立った姿を描いたもので、もと身近な同族や隣人仲間をも意味したという(『改訂新版　漢字源』)。人と人が支えあっているような形に見えるのも不自然ではないであろう。感動も感激も分かち合う人あってこそ、自身の心も豊かに広がって行くように思う。

天気に恵まれ皆が元気に全行程を終え、旅は大成功であった。現地での経験にも満足しつつ、穏やかな気持ちで帰途につく。

五　初瀬紀行――心うるおす水の旅――

(一)　序章

五月の半ば過ぎ、『源氏物語』ゆかりの地を歩いた。京都からさらに近鉄で移動すること一時間、奈良県桜井市の長谷寺駅に下り立つ。

駅は街の一番高い所にある。眼下に家々が連なり街は下方に広がっている。長谷寺は駅の右手奥、北東の方向にある。近鉄が去った後の駅は静かだ。目の前に迫る山が初瀬山。標高は五四八メートル。まぶしい日差しのなか青々と茂る木々の中に、黄緑色の若葉がひときわ映える。したたる緑は色さまざま、とりどりに美しい。

長谷は初瀬とも記す。「はつせ」は長谷の古称である。『万葉集』には「隠国《こもりく》の泊瀬《はつせ》」とうたわれ（巻一の四五番・七九番、あるいは巻三の四二〇番・四二八番）、また『古事記』（下）にも記されるとおり、ここは山にこもる国、山に抱かれた静かな里である。

駅前の長い階段を下り、坂道を下って長谷寺に向かう。初めに渡る橋は参急橋、初瀬川に掛かる赤い橋である。奥にもう一つ赤い太鼓橋が見える。新緑に朱が映えて美しい。皆で写真を撮り川下をみる。たっぷりと豊かな清流、水辺には若草がそよぎ、水鳥が二、三羽遊んでいる。いかにものどかな風景だ。水音も日差しも心地よい。

古い街並みを眺めながら、長谷寺への道をゆっくりと歩く。奥まで見通せない庭のたたずまいが気になって、何となくみんなで足を止めたのは登録有形文化財と立札のある食事処である。少し早めだがお昼にしようと中に入った。小さいながら庭には木が茂り奥行きを感じる。明るい木漏れ日のさす飛び石を踏んで小池を越えると、すぐに建物だった。沓脱ぎ石に靴を脱いで知り合いの家のように縁側から上がり、椅子に座って一息つく。上がった部屋は昔なつかしい和風建築である。二間の和室には欄間があり襖もあるが庭に向かう面は全開、部屋も廊下も庭も一続きのような開放的な空間となっている。

先ずは昼食を注文。今日一日のコースを確認し、楽しくお喋りしながら食事をする。にしんそばと柿の葉寿司が美味であった。畳にテーブルと椅子が置いてある室内には、壁に扁額や版画が飾られ、棚には器や冊子が置いてある。その中の雑誌に目が止まり手に取った。これから行く長谷寺にまつわる記事がある。「他では読めない奈良の魅力を探る」という表紙の言葉にも引かれ、あとで読もうと思い地元の月刊誌『大和路ならら』を購入した（二〇一一、五、一〈通巻一六四号〉、地域情報ネットワーク株式会社〈奈良市杉ヶ町〉発行）。

食後はコーヒーと会話を楽しみ、すっかり旅モードである。

再びゆるい坂道を登り、長谷寺を目指す。通りの左右には、酒屋・宿屋・食事処・陶器・イカや焼き餅・草餅屋・小物・土産屋・乾物・甘味処など、昔ながらの店が軒を並べずいぶん時間を遡ったような懐かしい感じがする。店の佇まいそのものと人と人とのやり取りを眺め、昔もかくやと思いながら両方に見とれながら歩く。

(二)　与喜山と初瀬山

夏に向かう陽光は明るく、これからの旅に期待も膨らむ。友人たちの顔は一様に明るく会話も弾んで愉快である。気が付くと時間の刻みが日常と異なっている。新幹線で移動し京都に着くまでは分刻みの行動で常に時計を気にしていた。が、今は時計の秒針も長針も必要ないくらいのゆるゆるとした時間の流れである。

坂道のつき当たり、正面には標高四五五メートルの与喜山《よきさん》（與喜山、天神山、あるいは大初瀬山とも）が迫る。与喜山は、うっそうと茂る森である。ここは与喜山暖帯林と呼ばれ原生林の状態をよく残す天然記念物の山で、常緑広葉樹を中心とする暖帯性植物の他、温帯性・寒地性の植物を含め、約九五〇種類もの木々があるそうだ（前掲『大和路ならら』による）。峰続きの初瀬山や巻向山《まきむくやま》もそれに近い豊かな植物性を保っていると思われる。木々の緑がバラエティー豊かなのも頷ける。坂道から続く長い階段の上には菅原道真公を祀る與喜《よき》天神社がある。遥拝所ともなるふもとの與喜天神御旅所だけお参りし、御旅所を越したところで道なりに大きく北西に曲がり、初瀬山に向かう。

天神橋まで来ると、初瀬山の中腹に長谷寺本堂が見え、水量ゆたかな川の水音が急に大きくなる。山の空気が肌を押し包み、すがすがしい水の音に耳目が浄化されるようだ。斜面を登るにつれあたりはしっとりと澄んだ気に満たされている。山と水の気であろうか、植物の香気やフィトンチッド、あるいはマイナスイオンに満たされ、山全体が参詣者を包むようだ。新緑の初瀬山は強烈な生命力にあふれ、私を圧倒する。

(三) 長谷寺

＊朱鳥元年（六八六）に道明上人が開創、のち神亀四年（七二七）徳道上人が伽藍造営、十一面観世音菩薩を祀り開山。上人は西国三十三所観音霊場を開いた人でもある。長谷寺はその根本道場であり、初瀬詣・長谷信仰はここから全国に広がった。現在の本尊は度々の火災後の再建で室町時代の天文七年（一五三八）良学の作。天正十六年（一五八八）専誉僧正が入山、再興の祖となり、真言宗豊山派の総本山、西国三十三所第八番札所である。右手に錫杖、左手に水瓶を持ち、四角く平たい石の上に立つ姿は長谷寺式観音と呼ばれ、全国に広がる長谷観音の根本像である（『長谷寺』パンフレットの「縁起」による）。

いよいよ長谷寺である。川の流れる音に背を押され総受付を通り、寺域に足を踏み入れるとまた空気が変わる。掃き清められた境内は明るく静かで落ち着いた佇まい、清澄で気持ちが良い。

初瀬観音は平安時代にはすでに霊験あらたかと信仰を集め、多くの女性が訪れた場所であった。現代に訪れてもやはり長谷寺は特別である。京都市内や長谷寺駅で降り立ったときとも違う空気である。長谷寺への道を歩くにつれ、他所とは異なる独特の香気に満ちた山や川と空気を肌で感じる。道綱母は『蜻蛉日記』に、清少納言は『枕草子』に、菅原孝標女は『更級日記』に、それぞれ初瀬詣でを記している。また『源氏物語』には、玉鬘（玉鬘巻）や浮舟母娘（宿木巻）・横川僧都の母君ら（手習巻）が長谷寺参詣をしたと記されている。先ずは自分の目で初瀬を見て十分堪能したのち、古典の中の初瀬詣で――道中や参籠の描写や心境など――を読んでじっくり味わいたい。

長谷寺は三か月の特別拝観の期間中であった。入山・宗宝蔵・本堂特別拝観・大画軸特別拝観の共通券を求め、ゆっくり巡ることにした。

㈣　仁王門と登廊、宗宝蔵

仁王門の下まで来て正面を仰ぐ。重厚な組物が高くそびえ、その大きさと風格に圧倒される。思わず背筋を伸ばした。仁王門をくぐると写真でもよく見る登廊である。見上げる廊は長い。ずっと登り。もちろん帰りは下りだが、これを上がってまた下りて来ると思うと、やっぱり長い。全部で三九九段あるらしい。後ろでため息が聞こえる。みな同じ気持ちと思うとちょっと可笑しい。天井の真ん中には等間隔に丸い灯籠が下げられ心和む形だ。明かりが灯るころにも来たいものだ。牡丹祭りは旅の直前に終わっているが、廊の両脇にはところどころに丹精した残りの牡丹が咲きこぼれ明るい光を浴びて美しい。

登廊を途中で右に折れ、まずは宗宝蔵に向かう。ここでは本尊脇侍の雨宝童子・難蛇龍王立像や縁起の絵巻などがあった。朱も鮮やかな不動明王が印象的で、美しい光背のある十一面観音と穏やかな顔の地蔵菩薩も良かった。地蔵菩薩はなんと平安時代のもの、よくぞ今まで残ったことだ。

㈤　二本の杉

宗宝蔵から横道に入り山の斜面を奥に進むと、「二本《ふたもと》の杉」がある。立札には謡曲の説明があったが、『源氏物語』仲間の私達には「玉鬘」の巻がなじみ深い。亡き夕顔の侍女であった右近と、夕顔の遺児玉鬘の劇的な出会いの場が長谷寺なのだ。二人の贈答にこの二本の杉が詠まれている。

右近「二本の杉のたちどをたづねずは ふる川のべに君を見ましや」うれしき瀬にも、と申し上げると

玉鬘「初瀬川はやくのことは知らねども 今日の逢ふ瀬に身さへながれぬ」と、姫君は泣くのであった。

右近の本歌は、施頭歌の「初瀬川ふる川の辺に二本ある杉 年を経てまたもあひ見む二本ある杉」である（『古今和歌集』巻一九「雑体、施頭歌」一〇〇九番）。玉鬘の本歌は「祈りつつ頼みぞ渡る初瀬川嬉しき瀬にもながれあふやと」（異本『紫明抄』『古今六帖』三）による。

見上げる二本の杉はまっすぐな大木で、たしかに根元で一つに繋がっている。玉鬘の安定した未来を思わせる。傍らに二本の杉と刻まれた大きな石が据えられている。架空の物語ながら、千年も前の話に採られた遺跡を辿れるのは感慨深い。山深い初瀬の地で、京からの右近と筑紫からきた玉鬘一行が観音様の導きで出会えたとは、今考えてもドキドキする。いにしえの読者たちもさぞ心ときめかせ固唾を飲んでストーリーの行く末を案じたことであろう。「はしるはしる」読んだ孝標女の気持ちが推し量られる。こんなことを考えながら杉を眺め梢を見上げる。杉から少し上った道端には供養塔や石碑、あるいは何かの石像が立っているが、説明書きも何も無いので故事もわからず残念である。

(六) 玉鬘の大銀杏

二本の杉の眼下、東参道から寺の駐車場越しの、初瀬川を隔てた向こうの斜面に、離れて建つ小さな屋根が二つとその間に大きな銀杏の木が見える。「長谷寺境内図」には「玉鬘の大銀杏」と書いてある。なぜ大銀杏がそういう名で呼ばれるのかわからない。『源氏物語』本文には無いし、これまで聞いたこともない。そもそも初瀬川の向こうの小さな屋根は素盞雄（すさのお）神社で長谷寺の寺域ではない、境内図に入ること自体が疑問である。今回の長谷寺詣でを決めたとき「玉鬘の大銀杏」の存在を知り事前にインターネットでも調べたが判らずじまいであった。結局現地に行かねばわかるまいと友人と話し合い、寺のパンフレットに載っているので受付で尋ねたが、大銀杏の場所を説明するばかりで、「玉蔓の」といわれる理由までは知らないという。仕方がないから大銀杏の写真だけカメラに収めた。

ところが、あとから読むと先刻購入した『大和路ならら』に大銀杏の事が載っているではないか。いわく「素盞雄神社参道の入り口にあったという「玉鬘庵」は、『源氏』に登場する玉鬘一行が滞在した宿坊の故地といい、玉鬘が晩年ここに隠棲した庵とされ、今もその跡を伝える」。その場所は「古河野辺」と紹介され、大銀杏の立つ位置ではなく右側の竹やぶ辺りという。冊子は二本の杉について述べたあと、「江戸期の国学者・本居宣長がこの地を訪れた時、与喜山の西の麓に玉鬘庵があったことを記している」ともいう。

本居宣長の明和九年（一七七二）の『菅笠日記』を見ると、

川辺にいで橋を渡りてあなたの岸に、玉鬘の君の跡とて庵あり。墓もありといへど、けふは主の尼物へまかりてなきほどなれば門さしたり。すべてこの初瀬に、そのあとかの跡とてあまたある。みなまことしからぬ中にも、この玉かづらこそいともいともをかしけれ。かの源氏ノ物語はなべてそらごとぞともわきまへで、まことに有けん人と思ひてかかるところをもかまへ出たるにや、云々。

とある。大銀杏は玉鬘の伝承の象徴なのだ。初瀬に来て出会った雑誌で地元の伝承を知ることができた。玉鬘と右近の出会いではないが、これも長谷寺のご利益ではないか。初瀬については、同『日記』当年条に以下の記述もある。

なほ山のそはぢをゆきて初瀬近くなりぬれば、向かいの山あひより、かづらき山うねび山などはるかに見えそめたり。よその国ながら、かかる名どころは明暮れ書にも見なれ歌にも詠み慣れてしあれば、ふる里人などのあへらん心地してうちつけに睦まじく覚ゆ。けはひ坂とて、さがしき坂を少し下る。この坂路より、初瀬の寺も里も、目の前に近くあざあざと見渡される景色えもいはず。大かたここまでの道は、山懐にてことなる見る目もなかりしに、さしも厳めしき僧坊御堂の立ち連なりたるをにはかに見つけたるは、あらぬ世界に来たらん心地す。よきの天神と申す御社の前に下りつきて、そこに板橋わたせる流れぞ初瀬川なりける。向かいはすなわち初瀬の里なれば、人やどす家に立ち入りて物食ひなどして休む。後ろは川岸にかた掛けたる屋なれば、波の音ただ床のもとにとどろきたり。

二四〇年前に宣長がここを訪れ、二四年後の寛政八年（一七九六）、『源氏物語玉の小櫛』が成っている。

㈦　貫之故里の梅

再び登廊に戻る。廊の中ほど一つ目の曲がり角には天狗杉があり、二つ目の曲がり角には「貫之故里の梅」と書かれた木と歌碑があった。『百人一首』でも有名な「人はいさ心も知らずふるさとは花ぞ昔の香に匂ひける」の歌である（『古今和歌集』巻一「春歌上」四二番歌）。なぜこれが貫之の梅か？

四二番歌の詞書には、「初瀬にまうづるごとに宿りける人の家に久しく宿らで、ほど経てのちにいたれりければ、かの家の主「かく定かになん宿りはある」といひ出して侍りければ、そこに立てりける梅の枝を折りてよめる」とあるので、初瀬の寺の近くではあっても長谷寺内ではあり得ない。妙な話ではある。長谷寺さんは、玉鬘の大銀杏といい、貫之の古里の梅といい、また後出の芭蕉の句といい、上手にそれらを本寺に関連付けて、旅人の旅心・文学心をかき立ててくれているのである。ともあれ、詞書にかかわらずこの歌は千年も人々に愛され今日もなお口ずさまれる歌である。ひとの心はわからないが馴染んだこの地の梅だけは変わらず美しく匂い立つことだ、といういかにも優美な情景である。

歌人として余りにも有名な貫之は、風雅な歌を多く詠んだが『土佐日記』では散文で感慨を綴り、和歌とは一風違う表現をしている。『日記』では役人らしく真面目で小心な人物が浮かび上がる。一方では、理想家でもあるが故に、「変わらぬ心」「深い心」を求め続けては裏切られ落胆を繰り返した傷心の人だったのではないか。『日記』では高齢になって得た子を失った悲しみに、ますます人生は無常で儚いという心境に加え、生活の中で呟かれた嘆きや皮肉・人間観察が、土佐からの船旅で吐露されたのではないか。貫之の感慨は、『土佐日記』結びの一段にも書かれたように、「家に預けたりつる人の心も荒れたるなりけり」に象徴されると思われる。しばらく見ないうちに、家だけでなく人の心まで荒れ変わり果てるのだ。人の命よりも短い花の梅は変わらずこんなにも懐かしく薫るのに――。「人の心」は変わってしまうがその嘆きを覆い隠すほど、香に満ちた「梅の花」に対する詠嘆が見事である。嘆きも詠嘆も全て含まれた歌と思うとなお感慨深い。既に花の終わった梅の木を見ながら、貫之の心境など考えしばらく佇んだ。

(八) 芭蕉句碑

尾上の鐘を見て登廊が尽きると、右側に高台が開ける。岡の上には芭蕉の句碑があった。「春の夜や籠《こも》り人《ど》ゆかし堂のすみ」。元禄元年（一六八八）三月、初瀬参籠（『笈の小文』）のときの句である。祈願のために堂に泊っている「こもり人」に、いにしえ人の面影を感じ心が引かれるという。『源氏物語』の玉鬘や、出家して捨てた妻とここで偶然出会った西行のことなどが、芭蕉にいっそうゆかしさを募らせたのであろう。

㈨　本堂と本尊

さて、国宝の本堂である。本堂は何度も焼け、その度復興したよし、今の本堂は慶安三年（一六五〇）徳川家光公の寄進によって建立されたもの。

本尊は十一面観世音菩薩立像。一目見上げてあまりの大きさに、思わず「うわー」と声が出る。大きい。とにかく大きい。驚いたまま、次には感心して「はぁー」とため息が出て、そのまま観音様を見つめしばらく口を閉じるのを忘れた。通常は正面から見上げて拝むだけだが、今日は大きな観音様の足元まで近寄りじかに御足に触れてお参りできる。三カ月間限定の春の特別拝観だ。運が良い。観音様の身の丈は三丈三尺、一〇メートル一八センチもあるという。長谷寺の観音様はきりりとした御顔である。石山寺の観音様はより穏やかな御顔だが、やはり似ている。石山寺は坐像なので御顔がもう少し近い。長谷寺では、この大きな観音様の御足にじかに触れてのお参りなので驚いたが、触れるとなおご利益がありそうで嬉しい。足の親指の爪は顔ほどもある大きさだ。観音様は現世御利益である。黒光りしている大きな御足に触れ、家族の息災と、歩みののろいカメながらも研究が続けられるよう、神妙に拝んだ。あとで聞いたところによると、腰痛が治るよう拝んだ人はその日一日歩き通せて大いにご利益があったという。ありがたや、ありがたや。

観音様の後ろ側に回ってみると板絵が飾ってある。元の板絵は一五八八年制作らしいが、これは平成二四年（二〇一二）に作られたものである。彩色が美しい。観音応化三十三身の板絵である。観音様が三十三に身を変え衆生を救う姿を描いたものであるという。

ぐるりと一巡して本堂の外、掛け造りの舞台に出る。明るい陽光を浴び緑いっぱいの広々と開けた景色に思わず深呼吸した。いい気持ちだ。舞台から本堂を振り返ると、五色の幔幕が美しい。人ひとり分くらいの幅と長さの赤・黄・緑・紫・白の幕が前面に連なっている。幔幕の上に掛かる大きな扁額には、立派な文字で「大悲閣」と金色に書かれている。高台の五重塔と丸い灯籠が写る位置で記念写真を撮った。したたる緑に五色の幕が映えて美しい景色である。

(十)　大講堂の大画軸

本堂を後にして西の参道の広い坂道を通り、大講堂に向かう。ここで大画軸が見られる。本尊御影大画軸ご開帳である。こちらは二か月だけの公開で、縦一六メートル四六センチの巨大な軸絵であった。とてつもなく大きい。観音様はほぼ実物大で、日本最大級だそうだ。軸絵は台の上に頭の方を高くして斜めに飾ってあり、見学者は足元に組まれた台に登って観音絵を拝むのだ。大きな観音様の足元に小さく見える脇侍の雨宝童子だけでも四メートルあるとは、とにかく驚きである。大講堂を出ると、上方に本堂が見える（写真）。

㈩ 初瀬を呼吸する

観音様も軸絵もあまりに大きくて度肝を抜かれた。その観音様に合わせて造られた本堂も仁王門も大きくて立派である。寺も仏も建造物は焼け落ちるたびに再建されている。開創の頃と同じではないが、天武天皇・聖武天皇の頃から一四〇〇年余りも、祈りの場所・神聖な場所として人々の信仰の場であり続けたことは紛れもない事実である。長谷寺が清く美しい場所として長く大切にされて来たのはやはり信仰の力なのだとしみじみ感じた。観音様を中心に山全体が大切にされ、気の遠くなるような長い時間を積み重ねることで山と水の持つ神聖な気がさらに増し、それが来る者を元気づけるのではないか。

旅の効用か、初瀬の土地柄か、それとも新緑の息吹が五体にも影響しているのか、心にも体にも心地よい時間の流れだ。初瀬山の膨大な時の流れを肌で感じると、微細なこと瑣末なことが気にならなくなる。肩の力が抜け、青葉の香りを吹き送るはつ夏の風を楽しむ。五感を全開にして――いや、日常のしがらみから離れ既に五感は解放されている――初瀬そのものを呼吸する。いつもに増して旅先の体験は新鮮で印象深い。

言葉や理屈ではうまく説明できないが、長谷寺が特別な場所であり、他所と異なることを体感できたように思う。この場に来て山の緑と透き通る豊かな水に耳目を洗われ、身も心もみずみずしくよみがえったようだ。来る前とは明らかに違う。気忙しい日常を離れ初瀬の山と水と空気を呼吸し、悠久の時間の中に身を置き長谷寺の寺仏にも接した。体の中で何かの化学変化が起こり、細胞レベルでリフレッシュしたのかもしれない。そんな変化をもたらす何かが、初瀬の山にある。

長谷寺の帰りに一休みするため、茶店に入った。氷を入れないアイスコーヒーがおいしく、吉野葛を使った葛餅も絶品であった。水を一杯所望したところ、出て来たのがめっぽうおいしい水だった。薬品の臭気がする横須賀の水とは大違いだ。みんなで感心していると、「吉野の水です」との答え。

このきれいな水が今日は一日中身近にあった。緑の初瀬山から豊かに初瀬川が流れ、駅から長谷寺までのお参りの道でも店屋の側でも、さらさらと心地良い水音が絶え間なく聞こえた。淀んだ水はなく、行く水は常に清らかで澄んでいる。流れを見て川音を聞いて気持ちもさわやかになったのだ。人の体の六割は水分である。生命は水なしには生きられない。水の力は大きい。初瀬の旅は、まことに、心うるおす水の旅であった。

奈良　長谷寺本堂

六　比叡への道――源信追慕の旅――

『宝物集』の研究を通して『往生要集』を知り、その著者の源信を知った。源信（九四二～一〇一七）は、平安中期の天台宗の僧で大和の人。恵心僧都・横川の僧都ともいう。『往生要集』は経論の中から往生の要文を抜粋して念仏をすすめ、極楽往生へ導くものである。同時代の紫式部も恐らくこの『往生要集』を読み、その影響を受けたと思われる。『源氏物語』には源信がモデルと思われる横川の僧都が登場する。

二〇〇九年五月、初めて大津市を訪れたとき、琵琶湖のほとりの浮御堂で源信が千体の仏を作ったと知り、その人となりに興味を持った（「一　近江紀行」㈥参照）。ひたひたとさざ波が寄せる浮御堂の傍らに立ち、遙かにかすむ向こう岸を眺めながら、はるか昔ここでひたすら千体の仏を彫ったという源信の心を思い面影をしのんだ。

今回は比叡山や洛南・洛中を訪れた。私は特に比叡山で横川の僧都源信の面影を追いたいと思った。

㈠　序章

一一月半ば、京都駅に降り立つ。駅前からバスで比叡山に上る。北白河から如意ヶ岳を越えて滋賀に通じる昔の如意越えの道を通って行くのである。バスは山道を幾重にも曲がりながら上る。朝から曇っていた空は比叡山に上る途中で崩れ始め、山道は霧にかすんでいた。琵琶湖の眺望はあいにくの雲にさえぎられ、わずかな霧の切れ間から時おり明るい下界が垣間見える。

京都市街は銀杏が黄葉し秋の始まりを感じたが、比叡の山はもう紅葉が見ごろである。紅の濃淡や黄色の葉は小雨に濡れてしっとりと情趣豊かである。艶やかに光る紅と黄の葉・常葉木の緑が織りなす紅葉重ねは息を呑むほど美しい。青い苔に散り敷くもみじ葉も紅く映え、能『紅葉狩り』の艶やかな衣装で演じられる一場面が頭に浮かぶ。また「林間に酒を暖めて紅葉を焼く」（白居易）の一節と、それにまつわる高倉天皇の柔和な気性を語る「紅葉」のエピソード（『平家物語』巻六、「紅葉」）が思い出され興を覚えた。

東塔、横川、西塔の順に巡ることを決めて、バスを降りる。比叡山バスセンターはあたり一面燃えるような紅葉である。紅葉は雨を含んでいっそう美しい。木々はひっそりと立っているのに紅葉は饒舌に秋を語る。

(二) 東塔——根本中堂・大講堂・鐘楼・国宝殿など——

先ずは東塔エリアの根本中堂からお参りする。根本中堂は国宝で、比叡山第一の仏堂。宗祖伝教大師が延暦七年（七八八）に一乗止観院として創建したもの。

大きな根本中堂の中はひんやりとして静かである。線香の香りが身を包む。伝教大師が自ら刻んだといわれる秘仏の薬師如来は扉の中であったが、不滅の法灯は一二〇〇年間あかあかと灯り続け、今も我々に何かを語りかける。

信長の焼き討ち（一五七一年）に遭って根本中堂が焼けた時に法灯も途絶えたのでは、という質問に僧侶の答えて曰く、「その時は分灯してあった寺から灯りを戻してともし、今日に至るので法灯は絶えていない」よし、伝教大師以来の灯りに再び感心した。もう一つ驚いたのは、法灯を守るに当番なし、であること。件の僧侶曰く、「当番があれば当番任せで、その当番が失念すれば消えてしまう。責任の所在よりも法灯を絶やさぬことが大切であるので敢えて当番は作らぬ」とのことであった。不滅の法灯は三つ並んでいる。当番はいないので、法灯の油が少なくなったら気付いた者が適宜、菜種油を足して行くそうである。「油断大敵」とはまさにこのことだそうだ。

説明を聞いて大いに納得し、御前立ちの仏に守られた扉の中の仏と向かい合うように正面に座り法灯を見つめる。ホットカーペットが温かい。市街地よりもぐっと冷える山の上で参拝者に対する御山の心遣いが感じられる。いにしえの昔に心を通わせようと静かに手を合せ、しばし無念無想を試みる。まっすぐに伸びる炎をじっと見つめると心がしんとして、身の内側にもぽうっと明るい光が灯ったような気がした。ほのぼのと心を温める何か、それを信心というのだろうか。

世俗から離れた信仰と修行の山、比叡山。根本中堂の堂内には御厨子や柱以外に物のない広い空間がある。見下ろす床に描かれた模様は川を象徴し此岸と彼岸との懸隔を表すとか。天井と床のあいだの物のない空間、そこに物質は見えないが、濃密な何かを感じる。伝教大師以来の様々な人の思念や営み、あるいはここに生きた人々の息吹だろうか。膨大な時の積み重ねと共に、人間の命の痕跡のような何かを感じる。下界の日常生活では感じることのできない一二〇〇年前の空気の粒子が僅かでも残っていて、私に何らかの作用を与えるのかもしれない。

お昼は延暦寺会館でとる。一行の一八人が優に入れる会館はかなり広い食堂で、給仕してくれる女性はどの人もにこやかで言葉遣いも優しくもてなしの心を感じた。霧雨もようの外の景色が大きなガラス越しに見える。松林が雨に霞んで、さながら長谷川等伯の松林図。雨もまたよし。和やかに食事を終えたあとは坂道を上る。

根本中堂の傍らの階段を上ると重要文化財の大講堂。五年に一度の法華大会をはじめ経典の講義などが行われる学門修行の道場である。現在の建物は昭和三十一年の焼失後に、坂本にあった讃仏堂を移築したものであるよし。たくさんの祖師像が安置されている。

大講堂にほど近い鐘楼の鐘は重々しく良い音であった。鐘を撞いた後の余韻が驚くほど長く、雨に煙る景色に波となって響き渡る。自分で撞いた鐘の重厚な音を聴いたあとに来た予期せぬ波動に驚き、殷々たる響きに胸の内まで揺さぶられるようであった。

国宝殿へ向かう。国宝殿の名称は、伝教大師筆「山家学生式」の中の「一隅を照らす、これ則ち国宝なり」という言葉から名づけられたそうだ。参拝者に文化財を通じて「こころ」を見直す場となることを願うとパンフレットにある。大きな釈迦如来像や、五大明王、紺紙金銀交書法華経が目を引く。壁面いっぱいの仏教東漸図も印象的である。嵯峨天皇の光定戒牒（弘仁十四年〈八二三〉）も目を引いた。

いく体も並べられた小ぶりの仏像はどれも黒く煤けている。おそらく信長の焼き討ちに遭いながら、辛くも残った貴重な仏たちなのであろう。大きな仏像が無いのは、土に埋めたり担いだりして難を逃れるいとまも無かったに違いない、焼けたと思われる。「仏様、よくぞ今まで無事に当山におわすことだ」と感じ入り、同時に、身の危険も顧みず仏を守った名も知らぬ僧侶たちの献身があったと思われる。

㈢　横川 ―― 中堂・恵心堂 ――

東塔見学のあとは延暦寺バスセンターから北に五キロ、シャトルバスに乗って待望の横川に向かう。

横川の中心となる建物は中堂、首楞厳院《しゅりょうごんいん》である。本尊は聖観音菩薩。嘉祥元年（八四八）慈覚大師円仁によって開創され、のち良源が住み興隆した。昭和十七年の落雷で全焼し、二九年後の昭和四十六年、伝教大師千五百年大遠忌に復元されたよし、階段の下から見上げる横川の中堂は朱塗りの美しい懸け造りである。ここは叡山僧の修行道場である。何日もおこもりする学僧の面影が彷彿とする。

中堂から坂道をおり、虚子の塔を過ぎ石仏の前を通って、恵心堂に向かう。横川の山道は東塔よりいっそう静かで山が深い。

恵心堂は横川の中堂からさらに十分ほど行った山の奥にある。『往生要集』（九八五）を著し浄土教の素地を作った恵心僧都源信が初めて念仏三昧行を修した場所であり、日本浄土信仰発祥の地といわれる。

源信僧都は『今昔物語集』巻十二の第三十二「横川の源信僧都の語」や巻十五の第三十九「源信僧都の母の尼、往生する語」で、母思い・子思いの親子の情が語られている。真摯

恵心堂（横川）

な仏教者でありながら経論・教義一辺倒でなく、情を解し温かい人柄であったことにも魅力を感じる。

『源氏物語』では、横川の僧都が「賢木」の巻に出るが、これとは別に行き倒れた浮舟を助け、仏門へ導く横川の僧都が「手習」の巻に、また「夢の浮橋」の巻には、薫が毎月訪ねて行く比叡山の僧都として登場する。特に後者は道心深く教学に熱心な僧都ながら仏道一辺倒でなく、母を思う孝養心と人間的な情を兼ね備えた人として描かれ心惹かれる人物である。そのイメージは実在の横川の僧都源信（恵心）に重なる。その恵心僧都源信をしのぶよすがとして恵心堂を訪れた。

道中は真っ赤なもみじが続いていた。恵心堂に入る小道には黄色い葉が茂る。緩やかに弧を描く敷石に導かれ、恵心堂に到る。小さなお堂の扉は閉まっている。敷石の外の水たまりの中、お堂の手前右側に数年前には無かったという石碑が立っている。『源氏物語』の横川の僧都遺跡、と題して物語の内容の説明があり、「平成二十二年十月吉日之建」とある。二年前にできたばかりの碑だ。

さて、一八人が恵心堂に辿りつき、後から他に十数人の見学者が加わり、写真を撮るやら口々に『源氏物語』の碑を読むやら横川の僧都について語り合うやら、みな一種の興奮状態に陥り何とも賑やかである。人少なの東塔さえも厭い横川に移り、さらに山を分け入りこの静かな恵心堂で仏道に専念した源信を偲びたい私は、どうも落ち着かない。お堂の階段に腰掛けての賑やかなお喋りをあとにして、恵心堂のまわりをゆっくり一回りする。お堂の裏では散り敷くもみじが雨にぬれていっそう紅い。この葉もいずれ土に返るのだろう。毎年秋に散る木の葉より多少は長いとはいえ、人の命もいずれは散る。敷石やお堂よりはよほど短いものであろう。

『徒然草』下の第一三七段が思い浮かぶ。

「思いがけぬは死期《しご》なり。今日までのがれ来にけるはありがたき不思議なり。しばしも世をのどかには思ひなんや。（中略）閑かなる山の奥、無常のかたき競ひ来らざらんや」

まことに明日は知れぬ、命は儚く短いものだ。同じく一三七段の冒頭を思う。

「花はさかりに、月は隈なきをのみ見るものかは。」

また同段にいう。

「すべて、月・花をば、さのみ目にて見るものかは。春は家を立ち去らでも、月の夜は閨のうちながらも思へるこそ、いとたのもしう、をかしけれ。よき人は、ひとへに好けるさまにも見えず、興ずるさまも等閑なり。」

堂の正面から恵心堂を見ていた人々がいつの間にか遠ざかり、急に静寂が訪れた。

この静けさが横川だ。源信僧都の居たころもかくや、と思う。堂のぬれ縁に手を置き、しばし瞑想する。源信僧都の、面影を偲ぶよすがはないものか、思念の余韻でも残っていないだろうか。聞こえるのは雨が葉を打つ音のみ。ひとときなりとも横川の山に融けこみたいと願った。

横川の恵心堂でふと考えた——比叡山は人里離れた修行の場である。その比叡山に居ながら、なぜ源信僧都は奥へ奥へと分け入り、この恵心堂まで来たのか。なぜ東塔や西塔で起居・執筆しなかったのか——。東塔から西塔、西塔から横川へ来ても安住せず、なお奥へ、その身を追い詰め雑念を払おうしたのだろうか。膨大な経典を我がものとし、強靭な精神力で筆を執り、極楽往生への道を縦横無尽に語る源信に於いてなお、横川まで来なければ雑念・俗念を払いきれなかったのだろうか。くじけることがあったのだろうか。そこに悟りきれない人の心の弱さ、裏を返せば人間的な一面を窺うことができる。そういう源信だからこそ人の弱さを理解し『往生要集』で人々に救いの手を差しのべたのではないだろうか。

そのような源信の著書に紫式部もひかれたのかもしれない。優れた僧都でありながら仏道一辺倒でない温かみのある人物として横川の僧都を登場させ、源信をモデルとしているからである。漢才に長け、あらゆる登場人物の心理描写をこなし名作を残した紫式部も、心弱き女性であったかと思う。親子・男女に関らず、『源氏物語』中の別れの悲しみ・切なさは随所で読む者の心に響く。早くに母を亡くし、宣孝との間に生まれた娘がまだ幼いころに夫を亡くしたことも大きく影響しているのであろう。

先年、音無の滝を訪れたときは、滝のある大原の山の木々や水と空気に同化したような初めての感覚を味わった。別の機会、奈良の長谷寺では山を呼吸できた気がする。今回は残念ながら横川で特別なインスピレーションは得られなかった。それでも、深まりゆく秋の冷気の中に佇み、恵心堂を体感することで、長く思い続けて来た源信僧都の人となりに少しでも近づけたような気がする。あまり遅れても皆に心配を掛けるので、後ろ髪引かれつつ恵心堂をあとにする。しっかりと恵心堂を心に焼き付けるべくもう一度ふり返り、いにしえの源信僧都にも無言で別れを告げる。帰り道、小さな鐘楼で友人が鐘を撞くのを眺める。ここの鐘も良い響きだ。静かな山にしみわたるように余韻が残る。

㈣　西塔 ―― 釈迦堂・法華堂・常行堂など ――

再びシャトルバスに乗り西塔に向かう。東塔から徒歩で西塔に向かえば、途中に弁慶水・伝教大師御廟・浄土院など見られるが、今回は割愛である。西塔ではまっ先に釈迦堂を拝む。以前主人と娘と三人で訪れたときにはタッチの差で扉が閉まり外観を眺めただけであった。今回はお参りできて良かった。顔もほころぶ。

釈迦堂は正式には転法輪堂という。天台建築様式の大きなお堂である。現在の建物は信長の比叡山焼き討ちののち、秀吉が園城寺の弥勒堂を移して手を加えたもので、山上では最も古い。本尊は伝教大師自作の釈迦如来立像。堂の名もこれに由来するとのことである。

法華堂と常行堂は同じ形のお堂が渡り廊下で繋がり、「弁慶のにない堂」とも呼ばれている。法華堂は何日間も不眠不休で経を唱え続け、常行堂も不眠不休でお堂の中を歩き続ける、どちらも想像を絶する三昧修行が行われる場所である。

午前中に東塔を見学し、午後横川に行く前にバスセンターでおよその見学時間を聞いたところ、午後だけでは横川か西塔のどちらかしか見学できないだろうと言われ、時間が足りないかと残念だった。が、短いながらも両方見学でき、特に横川を訪れたかった私は大満足であった。

西塔見学を終え、西塔停留所でバスを待つ一〇分ほどの間に、急に雨足が強くなった。一八人が仲良くくっついてバス停の庇の下でバスを待つ。雨は時おりパラついたが、何とか傘のいらない見学で終わって幸いだった。天候や紅葉に恵まれた話しや、訪れた場所や買った土産の話などしながらバスに乗り込む。家族と来た時はケーブルやバスを乗り継ぎ、湖西線で京都駅まで帰ったが、今回はゆったりバスに揺られて一時間一五分くらいで下山。京都駅まで乗り換えなしで楽だった。

激しい雨は途中で上がり、下山の折には虹も見え最高の天気だった――らしい。バスで居眠りした私は虹と琵琶湖眺望を見損ねてもったいないことをした。もっとも兼好法師にならうなら、雨音を聞きながら晴れた琵琶湖の風景を夢うつつに思い描くのも一興である。京都駅に着くころには日はとっぷりと暮れ、街に灯りがともる。

七　三尾――青もみじ紀行――

五月後半に京都を訪れた。『源氏物語』ゆかりの旅である。

高雄（高尾とも）、槇尾《まきのお》、栂尾《とがのお》の三尾を訪れた。三尾の創建は奈良・平安初期。紫式部の時代にも確かに存在した場所であり、紫式部の時代「往《い》にし方《へ》」をしのぶにふさわしい場所である。特に高雄は、横川の僧都のモデルである恵心僧都源信ゆかりの地でもある。源信については前項「六　比叡への道」にも述べた。高尾寺（神護寺）は、源信の母が参詣して霊夢を蒙り、彼を身ごもったと伝える（『今昔物語集』巻十二第三十二話など）。今回は秋のための下見旅で少人数の散策。主な見学場所だけ決めて食事処の予約もせず、気の向いたところでゆっくり時間を掛け疲れたら一休みする、ゆるいプラン。万事が気楽なので足取りも軽い。

初日が須磨・明石、二日目が右京区の三尾・嵐電沿線、三日目が左京区曼殊院周辺・哲学の道である。三日とも好天で、京都は初夏一番の暑さであった。以下、青もみじを堪能した三尾の印象を記す。

㈠　序章

京都駅からＪＲ山陰本線に乗って花園まで行き、駅前からタクシー二台で神護寺を目指す。肌寒かった横須賀の春を一気につき抜け、五月下旬の京都はいきなり夏の日差しである。三〇度にもなる市内を離れ、タクシーは周山街道を北へ向かう。涼しい山道で若葉は勢いを増し、道に枝を広げる青もみじが目にも鮮やかで気持ちが良い。

紅葉のシーズンには高雄バス停で降り、えんえん三五〇余段の石段を登るのが一般的な参拝コースである。私達が訪れたのは五月の後半、五月初旬の連休も終わり紅葉までには間のある観光の端境期である。タクシーの運転手さんの機転で参道の石段を大幅にショートカットする幸運に恵まれた。ほとんど人のいない道をバス停から更に上へ行く。鉄製の門の前で停車したので降車の用意を始めたが、前車の運転手さんが車を降りて門扉を開け、また乗車して更に上へ。え?と思う間もなく前車に続いて門を通過、あれあれという間に神護寺楼門のすぐ近くまで運んでもらえたのである。閉まっていた鉄製の門扉は防災道路のゲートらしく、混雑期には消防車しか通れない道であった。

(二) 高雄(尾)山神護寺

*神護寺は高野山真言宗遺跡《ゆいせき》本山。古くは平安京造営に力を尽くした和気清麻呂建立の高雄山寺に始まり、最澄や空海が活躍した名刹で、平安仏教の発祥の地。弘法大師空海を初代とする。天長元年(八二四)神護国祚真言寺に改称、平安時代に火災でほとんどの堂塔が焼失、文覚上人(一一三九~一二〇三)が後白河天皇や源頼朝の援助を得て再興した。応仁の乱で再び兵火に失われ、江戸時代に再興、昭和にも復興し、現在の寺観となる。本尊は薬師如来立像。本尊や多宝塔の五大虚空蔵菩薩像や梵鐘など、国宝・重文を多数所蔵する。三尾全体が紅葉の名所。

○楼門

先ずは、青もみじ輝く楼門まえで記念撮影。見上げる重厚な楼門は午前の明るい光の中で威厳に満ちている。その楼門をくぐり中に入ると広い道があり、かなり奥まで見渡せるゆったりした境内である。左右には若葉をいっぱいにつけた青もみじが出迎えてくれる。なんと清々しい空気であろうか。思えば三〇年余りも前に大学の研修旅行で来たのに、ほとんど覚えていない。あれも確か初夏だった。――忘れてしまったことよりも、再び神護寺を訪れた幸福を味わおう。学生だった当時より今は古典や寺社に対する興味が増し、「いにしへ」の昔にも心を通わせる機会が多くなったのだから。人生、何事も前向きに考えたい！

○鐘楼・五大堂・毘沙門堂・金堂

幸福といえば、タクシーの車中で教えられた七つ葉のもみじを思い出した。四つ葉のクローバーと同じく、七つ葉のもみじは珍しいので見つけると幸福が来るよし。楼門を入って数本目の木を見て歩み寄り、何気なく葉先を数えると七つ葉である。皆に声を掛けて一緒に数える。これも七つ葉、あれも七つ葉、同じ木は限りなく七つ葉である。一枚二枚の突然変異でなく、七つ葉の木があるようだ。一本まるごと、何百枚何千枚も七つ葉だ。これはすごい、皆で数えて笑いが止まらなかった。どんなに長生きしても死ぬまで十分幸福、間違いない。あっさり七つ葉もみじを見つけて拍子抜けしたが、これも幸福の証しであろう。一本丸ごと写真に収めて奥へ進む。

境内は夏の日差しに砂が白く光り、道の両側には若いもみじがのびのびと枝を伸ばして青く日に透けている。人のいない境内は静かで山には清らかな気が満ちている。去年、奈良の長谷寺（「五　初瀬紀行」参照）で感じた広葉樹のむせ返るような濃密な緑とは異なり、淡白ですがすがしい山の気である。日向は暑くても湿度は低く、樹間を渡る風が涼しくいかにも爽やかだ。楼門の右手には和気清麻呂公の霊廟や大きな鐘楼がある。梵鐘は三絶の鐘と呼ばれ、文人の橘広相が詞を、菅原是善（道真の父）が銘を作り、歌人で能書家の藤原敏行が字を書いたもので、当代一流の三人がかかわった長い銘が鋳出されているそうだ。梵鐘は国宝ながら見ることは叶わず、青もみじの間に見える鐘楼の外観を眺めてしのぶのみ。

風格のある五大堂と毘沙門堂を過ぎ、一段高い所にそびえる金堂は昭和十年の建立のよし、大らかな建物は本瓦葺き、組物には大いに朱が残っている。内部は朱や緑の彩色がいっそう鮮やかである。本尊は薬師如来立像だが、厨子の中。脇侍の日光・月光さんと個性的な十二神将・四天王が見える。

下のバス停からの距離はもちろん遠いが、楼門を入ってから金堂までもかなりの距離がある。現代と違って交通の不便な時代に、源信僧都の母はこの高雄の山寺まで来てご本尊に対面し、子宝に恵まれるように祈ったのであろうか。後世にまで語り継がれる名僧

神護寺五大堂（手前）と毘沙門堂

を授かったのはまことに素晴らしいご利益であった。

○地蔵院・錦雲渓

金堂から更に山道を下って奥に上がって行くと地蔵院がある。その先に見晴らしの良い錦雲渓が開け、思わず深呼吸する。手前には広葉樹、谷を隔てた向こうの山には北山杉が行儀よく並んでいる。種々の緑がいきいきと光り良い眺めだ。神護寺の境内に満ちる澄んだ気は、この愛宕山麓の広葉樹と北山杉と清滝川の水がつくる清らかな空気なのであろうか。

錦雲渓に向かって厄除け祈願のかわらけを投げた。一人ずつ投げ、その姿をカメラに収める。投げ方が悪いのか、竹生島のときと同様、かわらけはあまり飛ばない（「二一　竹生島紀行」参照）。ガイドブックにはかわらけ投げが人気というが、訪れる人が皆かわらけを投げたら谷がいっぱいにならないかと心配だ。ふと『古今和歌集』の歌を思う。「世の中の憂きたびごとに身を投げば深き谷こそ浅くなりなめ」（巻十九「雑体」一〇六一番歌）の心境である。

かわらけ投げをしたあと売店で一休みし、冷やし飴を飲んだ。こだわりの国産麦芽糖のみを使って作るそうで、生姜の香りが効いて渇いた喉に心地よく滑って行く。緑陰で飲む冷やし飴の美味しいこと。窓越しに見る青もみじも目にしみる。開け放した窓に明るい緑の葉が透けてステンドグラスのようだ。ひととき休むと、汗も引いて元気回復。

閑散期の売店は静かである。長椅子に腰かけてのんびり憩う。売店のご婦人も加わり話に花が咲く。毎朝三五〇余段の石段を登って店を開けるよし、顔色が明るくいかにも健康そうで、七〇歳と聞いたが十も若い感じがした。涼しくさわやかな山の中で毎日過ごしているからきっと元気なのでしょう、とのこと。毎日しっかり体を動かし、すべき仕事を淡々と積み重ね誠実に暮らす、そんな穏やかな表情が心に残った。

お昼の店を相談すると、親切にも地元でおいしい店にすぐ電話で問い合わせてくれた。店は開いていると確認できたので昼食処に決め、お礼を述べて山を降りた。

来る時にはショートカットした石段を下りて行くと、途中に「硯石」の立札、空海が勅額の依頼を受けたときに使った石の硯という。高さは大人の胸くらい、両手をひろげた幅くらいの大きな石で、上部がすぼまり下は広がっている。上にくぼみがありここに墨を入れたのかと眺める。空海は橋が流され寺には行けなかったので、対岸に向けて筆を投げ「金剛定寺」の四文字を書いたという。その寺は現存しない。筆を投げただけで四文字は書けまいが、そんな伝説も多才な空海ならではと慕わしく思い、硯石の写真を撮る。

ここは弘仁三年（八一二）空海が密教の灌頂を行った寺であり、そのときの名簿が国宝の『灌頂暦名』、筆頭には最澄の名が記されている（名簿は「歴名」であるが、空海の自筆「暦名」に従う）。千二百年も前の空海自筆の書である。この書を含め神護寺には国宝・重文が多いが、虫払いと呼ばれる寺宝物展（五月一〜五日）のときしか見られない。『灌頂暦名』の真跡は何度か目にしたが、神護寺で眺めてこそ感慨もひとしおと思うと見られないのは残念である。

神護寺を降りたところに掛かる橋を高雄橋という。若葉を広げる青もみじと朱塗りの橋が好対照をなす。絶好の撮影ポイントだ。景色の良さに見とれながら皆で話をしていると若い女性に話しかけられた。高雄の観光客を取材にきたが案に違うて他に人影もない、できれば話が聞きたいとのこと。いくつかの質問に応じ、みんなで『源氏物語』ゆかりの地を訪ねている話をした。

『源氏物語』といえばやはり京都、京都は何度来ても心惹かれる街である。現代生活を営みながら寺社や古い物を大切にする街、歴史といにしえの心が今も生きている街。物語ゆかりの場所に立つと、王朝文化のイメージが立体的になり何重もの味わいがある。人が少ないこの時期はゆったり見学でき物語世界を堪能できるなど、それぞれが思い思いのことを話した。記事になったら送って欲しいと連絡先を告げ、私達のカメラでも記念写真を撮ってもらって別れた。後日送付された新聞（『京都新聞』二〇一三年六月六日付掲載「京とりっぷ」）に添えられた取材礼状の一言は、紫式部ゆかりの越前和紙に認められていた。若い女性記者の心遣いが嬉しく、旅先での出会いに心が和む。

高尾山の静かな風景は、『源氏物語』の「若紫」巻、源氏がわらわ病みで養生に訪れた春浅い北山のようすや、「夕霧」巻、夕霧が落葉の宮を思いながら訪れる、味わい深い秋の小野の山荘あたりを彷彿とさせる。日常を離れ、高雄の緑に薫る風と静けさを胸一杯に吸い込むと、身も心も浄化される思いがした。

㈢ 槙尾山西明寺《まきのおさんさいみょうじ》

＊西明寺は槙尾山にある真言宗大覚寺派の準別格本山。創建は天長年間（八二四～八三四）、空海の弟子智泉によって神護寺の別院として建てられた。建治年間（一二七五～七八）我宝自性上人が中興、正応三年（一二九〇）神護寺より独立する。

○指月橋・清滝川

指月橋を渡り、参道を行く。曲がりくねった細道をのぼって行くと、清滝川が青葉の木隠れに見える。せせらぎと共に時おりほととぎすの冴えた鳴き声が間近に聞こえ、はっとする。道の途中には川へ続く小道があり、水際に下りていける。すぐ下の清滝川は清冽な流れである。川は高尾山の麓を流れ保津川に注ぐ。

『古今和歌集』にこの川を詠んだ歌がある。「清滝の瀬々の白糸くりためて山わけ衣織りて着ましを」（巻十七「雑歌上」九二五、神退法師）。謡曲『蝉丸』にも清滝川が出て来て、「狂女なれど、心は清滝川と知るべし」と川の清らかさを引く表現がある。また松尾芭蕉の「清滝や波に散込《ちりこむ》青松葉《あをまつば》」の句（『翁艸』他）も清滝川の清涼感をよみ込んで有名だ。名実ともに清らかな流れである。参道には苔むした石灯篭が並び、山門前の幅広い石段も堂々としていて良い。細い道の上には広い境内が広がり、大きな本堂・客殿がある。

○本堂と静寂

本堂横には名前の由来にもなる大きな槇の木が枝を広げている。ガイドブックはどれも紅葉を薦めるが、青もみじの景色も新鮮で良い。西明寺は広いのにひっそりと静かな寺だった。寺の静けさは清滝川の清らかさと似ている。誰もいなくて本堂はお参りできなかったが静寂を味わうことができた。本尊は運慶の釈迦如来像。この像は清涼寺の釈迦如来像を模して運慶が彫った高さ五十一センチの木像で本堂正面の厨子内にあるという。千手観音立像と共に重要文化財。釈迦如来像を拝観できなかったのは残念だが、清涼寺の本尊は一昨年拝観した。またその模刻は、地元鎌倉の極楽寺や金沢の称名寺（像は金沢文庫蔵）に安置されている。称名寺の釈迦如来像はすでに拝観している。清涼寺像とはかなり趣が異なる。

静かな西明寺をあとにして昼食処に行った。

売店のご婦人お勧めの店は、貴船に似通う川のそばの食事処であった。清滝川のせせらぎを聞き、青もみじを眺めながらの昼食、地元の人が勧めるだけあって景色の良い松花堂弁当で味も良い。電話予約のおかげでうちわのおまけが付いた。七つ葉もみじの幸福がここでも効いている。テーブルにまで青もみじの緑色が映り込んで、実に風情のある昼食時間だった。山口素堂の気分でつぶやく、「清滝や山ほととぎす青もみじ」。

㈣　栂尾山高山寺《とがのおさんこうざんじ》

＊高山寺は真言宗の単立寺院、開創は奈良時代、宝亀五年（七七四）光仁天皇の勅願による。鎌倉時代には、文覚上人の教えを受けた明恵上人（一一七三～一二三二）が後鳥羽上皇や源頼朝の援助により再興した。明恵上人のあと室町の戦乱に焼かれ江戸時代に再興、昭和にも復興され今に至る。「鳥獣人物戯画」など多数の寺宝がある。

○石水院

昼食のあと三つ目の高山寺に向かう。

国宝の石水院は、明恵上人が後鳥羽院から学問所として賜った建物で、上人時代の唯一の遺構であるという。鎌倉時代の建物は学問にふさわしく簡素なつくりながら、優しい曲線の欄間や半蔀などに優雅な平安時代の名残が見える。さすがに古くて傷みが心配だがこの先も長く伝えられるべき遺構と思われた。石水院からの静かな山の眺めも、澄んだ外の空気も気持ち良く、学問や仏道修行にふさわしい場所である。

薬師如来像や明恵上人坐像・『鳥獣人物戯画』など国宝や重要文化財が多いが、ここも神護寺同様実物は見られない。展示してあるのは皆レプリカである。

○茶の発祥の地・茶園・仏足石

寺域の明るい神護寺と違って、高山寺は繁茂する木の間に展開する小暗い敷地であり、山そのものを歩く気分である。まぶしい日差しを遮る背の高い針葉樹が芳しく心地よい。

高山寺で特筆すべきは、「栂尾山は茶の発祥地、明恵上人が茶祖」といわれていることである。栄西（一一四一～一二一五）が宋からもたらした茶樹を明恵が栽培した。鎌倉・室町時代を通じて栂尾は茶の本園、お茶は本茶（それ以外のお茶は非茶）と呼ばれた。毎年五月のこの時期だけここで新茶が販売されるとの事、ごく少量しか取れない香り高いお茶だそうだ。

本茶・非茶といえば闘茶である。南北朝・室町時代の闘茶の事が『太平記』に記されている（巻三十三）。「公家・武家が栄枯地を易ふる事」の章段で、佐々木道誉ほか在京の大名が「衆を結んで茶会を始め」て、「茶の懸け物に」様々な贅を尽くしたという記述がある。また、後発の道誉の闘茶の招きに義詮が応じたため、あらかじめ歌会を準備した細川清氏の面目がつぶれ、両者の確執がさらに増す結果となったという話もある（同、巻三十六）。

この伝統は現在にも受け継がれ、北野天満宮では一一月一七日（二〇一三年）に闘茶の大会が開かれるよしである。秋になって京都駅で目にしたポスターには、「闘茶とは五種類の茶を当てる室町時代に隆盛を極めたお茶を使った上品な遊びです」と記され、第五回北野大闘茶会《とうちゃえ》と書いてある。一番上には第六七回全国お茶まつり京都大会と銘打ってあるので、お茶まつりは伝統行事とも言えよう。五回目の闘茶会は平成になってからの、それもここ五年の復活行事かもしれない。闘茶会は、北野天満宮の絵馬所並びに周辺で行われるようで、京のにぎわい市・抹茶体験や喫茶席・二條流呈茶席なども同時に催される賑やかな行事らしい。近くなら是非にも参加したいところだが、そうたびたびは来られない。やはり京の都は遠い。

さて、現実の高山寺。参道から金堂に至る途中には、日本初の茶園が再現され、維持管理されている。茶園を過ぎ上に行くと、山の斜面に仏足石が祀られている。珍しい。皆で旅の安全を祈りながら足型の石を撫で、何度も京都に来ることができるよう拝んだ。

三尾は創建が古く平安時代末期に荒れたとはいえ、やはり紫式部の時代にも確かにあったのだ。目にしみるすがすがしい青葉は紫式部の時代も同じだったのだろう。そう思って寺の境内を歩くと、当時を生きた人々の姿が面影に立つ。『源氏物語』では、源氏の作った六条院が理想とされ極楽にもなぞらえられるが、これはあくまで都の中での理想である。それも貴族の広大な邸宅だから可能な四季の街である。今の都会ではとうてい無理だ。高雄・槙尾・栂尾は都から遠く離れた清浄な地、千年以上たった今でも清らかな気に満ちている。山深い場所に寺院を立てるのは大変と思われるが、やはり俗塵から身を遠ざけるために必要なことなのであろう。山には人を癒し清める働きがあるとしみじみ感じた。時間の流れ方まで異なるようだ。

三尾で身も心もすがすがしくなりのびのびとした気持ちで栂尾前からバスに乗った。三尾は洛西きっての紅葉の名所であるが、しみじみ味わうなら青もみじのころが良い。紅葉の季節では混雑して、こうもゆったりはできまい。押すな押すなの行列では山の味わいも台無しである。

京都市内でバスを降りた。外は三〇度の猛暑である。おまけに有名な観光名所は修学旅行シーズンで、余りに人が多く閉口した。『源氏物語』に思いを馳せるなら、俗塵を離れた静かな寺社や遺跡こそがふさわしい。騒々しい下界の雑踏の中では、静かに仏を拝んだり物を考えたりすることは難しい。仏道も文学も、修行の場に生活上の夾雑物は必要ない。そういう意味でも、創建の古い三尾の寺の歴史と佇まいは物語をしのぶにうってつけの場所であった。

八　京阪紀行――阪南と洛西の旅――

梅雨どきではあるが、六月半ばに『源氏物語』ゆかりの地を訪れた。今回は、初日に阪南の和泉市・堺市・住吉大社を訪れた。二日目は嵐山を中心に嵐電沿線、洛西の旅。三日目が右京区花園の法金剛院から鳴滝を経由、北区の平野神社・大徳寺・雲林院を経て、東山では三十三間堂と京都国立博物館を訪れた。

雨の時期で天気予報も思わしくなかった割には、一度も傘を使わずに見学ができた。きっと晴れ女がいるのね！と皆で好天を喜んだ。私の場合はノー天気かな？　関東は熱中症の救急搬送や豪雨と災害を告げるニュースで騒々しかったが、阪南も京都も暑すぎず寒すぎず、雨にもぬれないで元気に見学を終え、先ずは良い旅であった。以下、阪南と洛西の印象を述べる。

1　初日、阪南の旅

(一) 序章

初めに和泉市葛の葉町の信太の森へ行く。

「信太の森」は、『源氏物語』若菜上の巻に、和泉守を指す言葉として出てくる。出家した朱雀院が山籠りしているころ源氏が朧月夜を訪問しようと考え、以前朧月夜の女房であった「昔の中納言の君」に朧月夜と逢いたい旨を伝え、中納言の兄である和泉の前の守を召し寄せ、朧月夜との面会の段取りをつけるよう頼む。和泉守を手引き役にしてという意味で、「信太の森をしるべにて、まうでたまふ。」と書かれている。

『古今和歌六帖』には「和泉なる信太の森の楠の木の千枝にわかれて物をこそ思へ」(第二、森、読人不知)の歌がある。紫式部の時代には、この「信太の森」が「恋の物思い」に例えられ、歌枕としても広く行き渡っていたと思われる(後述参照)。

京都駅から白浜行きの特急で天王寺まで行き、JR阪和線の日根野行きに乗り換え(ついでに、この日根野は現在の泉佐野市。『大和物語』第二段で退位した宇多天皇が院の殿上法師橘良利と訪れた日根の地である)、北信太で下車する。静かな住宅地の中にある駅だ。改札を出てすぐ目を引くのが、切符の自動販売機の上に掲げてある大きな絵。葛葉稲荷の伝承、白狐「葛の葉」が、人間の姿で子どもを抱いたまま口にくわえた筆で障子に別れの和歌を書いているシーンである。和歌は「恋しくば尋ねきて見よ和泉なる信太の森のうらみ葛の葉」。

歌舞伎の見せ場でも有名な子別れの場面らしい。『芦屋道満大内鏡』を観てみたいものだ。

駅前の地図を見ると目指す信太の森までは徒歩二〇分、歩くには少し距離がある上に、駅には常駐のタクシーがない。のどかな昼前の住宅地はいかにも静かである。一一時。午後には堺と住吉を訪れたい。時間が惜しいのでタクシーを呼ぶ。

用意の良いメンバーが昼過ぎの電車の時刻を告げ、和泉での観光が一時間少々で可能か問うてくれる。葛の葉稲荷神社と信太の森ふるさと館に重点を置きたい旨を相談すると、運転手さんは合点して先ずは伝承の神社に運んでくれた。

(二) 信太の森と葛葉稲荷神社

葛葉稲荷神社は駅の西側、線路を越えて行く。すぐ近くまで住宅に囲まれているが、木々の繁茂するたいそう静かな神社である。石の鳥居をくぐり、小さいながらどっしりした屋根にしめ縄のついた門を入ると、目にも鮮やかな朱の鳥居が連なる。前日に雨が降ったせいか、境内は地面も木々も水分を十分に含み、何やら力のある気を宿しているようである。瑞々しくて明るい気である。

祭神は宇迦御魂神・大己貴神・大宮姫命・素盞男命・猿田彦命・若宮葛乃葉姫。仲間と代わる代わるお参りする。先ずは手を合せここまで来られたことに感謝し、しっとりした空気を呼吸しながら心を静めて一つだけ願い事をする。

葛葉稲荷神社の両脇にある狛犬は、犬でなくて狐である。伏見稲荷も狐であった。西京区の大原野神社の両脇には石の鹿がいた（狛犬ならぬコマ鹿か？）。

さて、目の前にいる石の狐は首に赤い前垂れを掛け、大きな耳に細い鼻先、口にはそれぞれ形の異なるものをくわえている。一つは丸い玉のようであり、もう一つは細長い円筒形の物である。伝説に何か関係でもあるのかと気になった。土産の葛餅を買ったとき神社の人に聞くと、丸いのは宝珠、長いのは巻物、どちらも霊験のあるものとか。神社の由緒を読むと、葛葉が子供と別れるときに宝玉を与えている。古代の女性は白玉などを身につけて魔除けにしたらしい。この宝玉も神の力を宿す宝の玉なのだろう。この伝承の通り安倍保名と葛葉の子が安倍晴明なら、千年後まで名を残す偉大な陰陽師であったのだから霊験あらたかである。一方で安倍晴明の陰陽師としての力が大きかったために生まれた伝承とも考えられる。ごくフツーの私には想像するしかない。

神社には、他にもいろいろな物があった。（外からは見えないが）本殿奥には白狐石や御霊石があり、白狐化身の木、姿見の井戸、石碑やあるいは小さな祠など、どれも葛葉の伝承が今も生きていることを思わせる。他にも多くの末社や摂社がある。神社のしおりには書いてなかったが、創建は和銅元年（七〇八）という（和泉市「信太の森ふるさと館」ホームページによる）。

中でも圧倒されたのは、大きな楠の木である。

社殿の南にあるこの木は御神樹とされ、和泉市指定（平成十五年三月二十八日）の天然記念物である。樹高二一メートル、幹周り一一メートル（幹は地上一メートルで二つに分かれている）、枝張りは南北に二〇メートル・東西に一八メートルのよし、緑豊かで勢いのある素晴らしい大木である。神社の由緒には「御神樹由縁」として、以下の記述がある。

…楠の樹は樹齢すでに二千余年、楠大明神を祭る。根元より二つにわかれているので、一名夫婦楠とも言い、枝ぶりが四方に繁茂しているので千枝（知恵）の楠とも言い伝えられている。人皇第六十五代、花山天皇（今より千年前）熊野行幸の際「信太森千枝の樟」の称を賜わる。

平日の昼前、神社を訪れる人は我々だけ、大そう静かである。実際の樹齢は七百年前後らしい（和泉市の立札による）が、大きな楠は千枝を広げて空を覆い、信太の森の象徴としてまた葛葉と安倍保名・晴明父子の伝承の目印として、高くそびえている。

『源氏物語』以外に、『いほぬし』（増基法師作）にも「信太の森」の歌がある。「わが思ふことのしげきに較ぶれば信太の森の千枝（ちえ）はものかは」（詞書…和泉なる信太の森にて、あるやうあるべし）、（『熊野紀行』〈信太の森〉）。この信太の森と伝承、及び増基の歌と前出『古今六帖』の「和泉なる」の和歌について、師・増淵勝一氏は次のように述べておられる（『いほぬし精講』三六～三七頁、二〇〇二年三月初版・国研出版刊）。

信太の森には、謡曲「篠田森」以来、安倍晴明（九一九～一〇〇五）の母が信太の森の狐で、その狐が「恋しくは尋ねても来よ和泉なる信太の森の恨み葛の葉」とよんだという伝説があって、葛葉神社（葛の葉町一丁目）も現存する。もっともこの「恋しくば」の歌は、清水浜臣氏の指摘したように（『答問雑稿』一八二五年成稿）、和泉式部が夫の道貞に忘れられて間もなく、敦道親王が彼女の許へ通うところとなって、赤染衛門が「うつろはでしばし信太の森を見よかへりもぞする葛のうら風」といって来たのに対して、式部が「秋風はすごく吹くとも葛の葉のうらみ顔には見えじとぞ思ふ」と返した。その贈答歌（『新古今集』巻一八「雑歌下」一八二〇・一八二一）によったものである。（中略）

信太の森が歌枕として定着するのは、先に引いた『古今和歌六帖』の「和泉なる」の歌あたりからである（神作光一・千艘秋男両氏編『松葉名所和歌集本文及び索引』三二六頁・昭和五二年一二月刊参照）。増基の詠は信太の森をよみ込んだ最も初期の作品として貴重である。

なお「和泉なる信太の森」は次のようにも記されている（前掲書三五頁【語釈】）、

式内社の聖神社（信太明神）があった。『枕草子』の「森は」の段にも取り上げられているが、顕昭の『詞華集抄』には「『シノダノモリ』ハ和泉ニアリ。楠一本云々。枝オホカレバ、『千枝』トヨムナリ」とみえる。

「恋しくは」の歌の出典と作者について、大阪市立中央図書館のレファレンス事例詳細を見ると、

「恋しくは」の歌が認められる最古の資料は、室町時代中期ごろに撰述された『ほき抄』であり、この伝承（安倍晴明＝狐の子）自体は『ほき抄』まで遡ることが確認されている（増尾伸一郎氏、「〈葛の葉〉の影―狐の異類婚と子別れ―」『国文学　解釈と鑑賞』二〇〇四年一二月号による）。

その『ほき抄』は『日本古典偽書叢刊　第三巻』（現代思潮社、二〇〇四、三）に収録され、一七七頁に歌があり、作者名はなく補注に「神詠」と書かれているとのことである（同事例詳細）。

(三)　信太の森ふるさと館と聖《ひじり》神社

葛葉稲荷神社を後にして、信太の森ふるさと館に向かう。

入口横に大きな池がある。説明板によると和泉市史跡の信太の森の鏡池といい、史跡公園であるよし。聖神社や葛葉稲荷神社を含むこの辺り一帯を信太の森というらしい。ふるさと館は、信太の森と葛葉稲荷の伝承についての展示資料館である。展示物は様々あるが、葛葉の伝承それひとつで積極的に町おこしをしているといえよう。ふるさと館の人は親切で、伝承や絵図を示しいろいろ説明してくれた。開館一〇年余りで、今年三月には入館者が一〇万人に達したそうである。

帰りには運転手さんに一時間の弾丸ツアーと言われ苦笑した。駅の地図には地元の名所がいろいろ書きこまれてい

たので、もっとゆっくり見るべき所もあると言いたいところだろう。

信太の森ふるさと館ののち、聖神社に向かう。大きな石の鳥居に思わず立ち止った。近くには熊野九十九王子の一つ「篠田（信太）王子社」もあったよしである。

本殿は改装中で覆われていたが、こんもりとした森の中、摂社・末社もたくさんある。説明板を見て琴平神社や厳島神社があって驚いた。航海安全の神様や市杵島姫命と聖神社はどう係わるのだろうかと、おもしろく思った。弾丸ツアーの名の通り、一時間余りの調査・観光を終え、北信太をあとにした。目指すは堺市である。

㈣　堺市の市役所からの眺め

信太の森のあと阪和線で堺東駅まで行き、駅そばの堺市役所へ。二一階の展望室に上る。

展望室は無料で開放され、すこぶる眺めが良い。おー、と眺めに感心して感想を述べ合う。仁徳天皇（一六代）陵だけ分かったが、あとが続かない。展望フロアには黄色いベストを着たボランティアガイドがいて、右が履中天皇（一七代）、左が反正天皇（一八代）と教えてくれる。この古墳群は百舌鳥古墳群といわれ、築造は四世紀末〜五世紀後半、四四基が現存するが、以前は一〇〇基以上もあったそうだ。質問すると建物の場所やいわれ・歴史などを手際よく教えてくれた。見学の数年のちに、仁徳天皇陵古墳を含む「百舌鳥・古市古墳群」は、ユネスコによって、世界文化遺産に登録された（二〇一九年七月六日）。

堺は大阪市の南、室町時代には商人が自治都市をつくり明との貿易港として栄えた町である。壁にも説明パネルや展示物があり、商業で栄える堺の今昔に触れることができる。堺発祥の線香やシャベル、刃物や工具・あるいはお茶・和菓子などの来歴を見て、堺商人の創意工夫で多くの特産物を生み出したことへの感心しきりであった。近ごろはやりの大阪都構想に賛同せず、独立精神旺盛なのも堺の伝統であろうと思われる。

展示物の中に千利休の書が展示してあって、足が止まった。茫洋とした文字である。棘も癖もない字なのだが、ところどころ行の中心がゆらぎ掴みどころのない不思議な文字である。感情や真意をぶつけても、柳に風と身をかわされそうな人物を思わせる。禅を修し茶の湯を究めた達人には常人に及ばぬ境地があるのだろう。

字といえば、「堺」の漢字が堺市のロゴなのか、あちこちで見受けられた。力強い北魏調で、しかも明るく弾むような元気の良い「堺」の文字である。市役所の中では観光マップや配布物に書かれ、あるいは職員のシャツにデザインされ、外では自転車のカゴのカバーや掲示板にあったりして目を引いた。

市役所そばの電話ボックスも目に留まる。日本最古の木造洋式灯台を模した背高の白い建物は、ちょっと古びて味のある電話ボックスだ。ありふれた茶色いガラス張りの四角い電話ボックスと二つが並んで対照的なのが面白い。

(五) 千利休と与謝野晶子生家跡

堺東駅前から宿院（すくいん）に移動し、老舗のそばを食べる。メニューはもりそばの一種類のみ、客は量だけを選ぶ。元禄時代から変わらぬ味のよし、よく茹だった軟らかい麺が珍しい。

食後はこのそば屋の裏側にある千利休の屋敷跡を見る。敷地は囲いがなされ、利休産湯の椿の井がある。

そこから百メートルくらい離れたところ、路面電車の線路沿いに与謝野晶子の生家跡と歌碑がある。今は車道になっているため、生家の菓子商駿河屋の大きな屋敷跡は想像するだけである。晶子は和歌に親しみ『源氏物語』にも親しんだ。
碑には「海こひし潮の遠鳴りかぞへつつ少女となりし父母の家」が刻まれている。中学国語の教科書に載っていたのを思い出す。瀬戸内の小さな海を見ながら育った私には、晶子のこの歌は平易で親しみのある和歌であった。潮の遠鳴りこそ聞こえないが、いつも海が見える実家の景色は私を穏やかにする。「父母の家」に、今はなき父を思い、一人暮らすふるさとの母を思う。

㈥　住吉大社

宿院駅からチンチン電車の阪堺線に乗って二〇分。乗り換えもなくのんびり揺られて住吉鳥居前で降りると、目の前が住吉大社である。近い。こんなに近いとは驚いた。横須賀―横浜間よりずっと近いのだ。和泉市・堺市・大阪市は隣近所なのだと実感する。

住吉大社に来て先ず驚いたのは、鳥居も反り橋（太鼓橋）も灯籠も狛犬も大きいこと。特に灯籠は「大きい」を通り越して巨大である。神社が広く大きいのでそれほど違和感はないが、灯籠の大きさは並外れている。おのおの屋号が刻んであり一対ずつ奉納されているのを見ると、住吉さんへの信仰が篤いことがわかる。お願いした商売繁盛のお礼はきちんと奉納されたようだ。

住吉の神は霊験あらたかな神として『源氏物語』に何度も登場する。須磨・明石・澪標の巻を以下に挙げてみる。本文の引用は、増淵勝一氏校注『平成簡注 源氏物語 ⑫須磨』と、『令和簡注　源氏物語 ⑬明石』と『同書　⑭澪標』

（啅雀本工房刊）による。

先ず、須磨の巻。一か所（『同書⑫須磨』、二〇一八年一一月刊）。

1、明石の入道が〈娘を貴人に嫁がせ家を再興したい〉と願って娘の明石の上を年二回参詣させ、自身も住吉の神に願を掛ける。本文では「父君、（明石の上を）ところせく思ひかしづきて、年に二たび住吉に詣でさせけり。神の御しるしをぞ、人知れず頼み思ひける」（四九頁）

次に、明石の巻には四か所ある（『同書⑬明石』、二〇一九年六月刊）。

2、源氏がまだ須磨に暮らす間、悪天候に高潮や落雷が相次いだときに住吉の神に救いを求める場面。本文は「（供の者がおびえて）いともの騒がしければ、いろいろの幣帛捧げさせたまひて『住吉の神、近き境を鎮め護りたまふ。まことに迹を垂れたまふ神ならば助けたまへ』と、多くの大願を立てたまふ」たところ（四頁）。供びとも源氏のために一心に祈る。

3、同じく源氏が須磨で、悪天候がやっと治まりまどろむ源氏の夢に故桐壺院が現れ早くここを立ち去れと手を引く場面。本文は「（桐壺院は）『などかくあやしき所にはものするぞ！』とて（源氏の）御手を取りて引き立てたまふ。『住吉の神の導きたまふままに、はや舟出してこの浦を去りね！』とのたまはす」（七頁）。

4、明石の入道が住吉の神のお告げを受け源氏を須磨に迎えに来る場面。本文は「さまことなる物の告げ知らすること…『十三日にあらたなるしるし見せむ。舟をよそひ設けて、かならず雨風止まばこの浦に寄せよ』…中略…このいましめの日を過ぐさず、このよしを告げ申しはべらんとて、舟出しはべりつるに、あやしき風細う吹きて、この浦に着きはべりつること、まことに神のしるべ違わずなん」（一〇頁）。この誘いに一度は迷う源氏も「まことの（住吉の）神の助けにもあらんを背くものならば」なお物笑いとなろう、「夢の中にも父帝の御教えありつれば、また何ごとをか疑はむ」（一一頁）と思い、明石への移動を決意する。

5、源氏が明石に移り入道の館に入ったところで、源氏の素晴らしい姿を間近に見て感激した入道が、真っ先に住吉の神を拝むところ。「舟より御車に奉り移るほど、日やうやうさし上がりて、ほのかに見たてまつるより、老忘れ齢のぶる心地して、笑みさかえて、まづ住吉の神をかつがつ拝みたてまつる」（一三頁）。

澪標の巻には、源氏の盛大な住吉詣でと惟光との贈答の、二つの場面がある（『同書⑭澪標』、二〇二〇年一月刊）。

6、「その秋、（源氏は）住吉に詣でたまふ。願どもはたし給ふべければ、いかめしき御ありきにて、世の中ゆすりて、上達部・殿上人、『われも……』『われも……』と仕うまつり給ふ」（二三頁）。その折も折、毎年二回の住吉詣でをしていた明石の上が去年・今年と妊娠出産で欠かしたお詫びも兼ねてこの住吉に来合わせるが、源氏の住吉詣でを知らなかった上に、我が「身のほど口惜しうおぼゆ」（二四頁）ほど身分の違いを思い知らされる。「（住吉の）松原の深緑なる」木々の間に、色とりどりに装う源氏一行の華やかさと威勢に圧倒され、明石の御方は住吉参詣を諦め、祓（はらえ）をするために難波へ向かう。

7、一方、それを知らない惟光と源氏は、須磨流謫の苦労を思い出し、願ほどきのできる今の境遇に感激しつつ、住吉の神の霊験をありがたいと思う。本文、「惟光やうの人は、心のうちに神の御徳を〈あはれに、めでたし〉と思ふ。…中略… 惟光「〽住吉のまつこそものは悲しけれ神代のことをかけて思へば……」それを受けて〈げに……〉と（源氏は）思し出でて、「〽荒かりし波の迷ひに住吉の神をばかけて忘れやはする……『（住吉の神の）しるしありな』とのたまふもいとめでたし」とこの場面は結ばれる（二六頁）。

紫式部より少し前の人になるが、前述のいほぬし（増基）が『熊野紀行』に住吉の具体的な描写をしているので引いておく。

それ（石清水八幡宮参拝）より二日という日の夕暮に、住吉に詣で着きぬ。見れば、遥かなる海にて、いとおもしろし。南には江流れて、水鳥のさまざまなる遊ぶ。〈海人の家にやあらむ〉、葦垣の屋のいと小さき戸もあり。秋の名残り・夕暮れの空の気色もただならず、いとあはれなり。御社には庭も見えず、いろいろさまざまなる紅葉散りて、冬籠りたり。経など読む声して、人知れずかく思ふ。

解き懸けつ衣の玉は住の江の神さびにける松の梢に

この描写について、増淵勝一氏は――増基の視界には最初に「遥かなる海」、つづいて「南の江」、さらに海岸に建つ「海人の家」が飛び込んでくる。それから彼の眼は「秋の名残り・夕暮れの空の気色」に向けられる。たぶん増基は高台の一角から海岸を展望したのであろうが、住吉の浜の全貌がよく捉えられている。『公任集』に見える藤原公任の…（中略）住吉の描写（粉河詣紀行とも称されうる詠草類）…（中略）…や、式部の『源氏物語』の描写に比較してみても「鳥瞰的な住吉海岸の描写はユニークである」（前掲『いほぬし精講』二七頁）――と述べておられる。端的で正鵠を射た評である。

ところで、住吉大社の由緒によると――

住吉大社の祭神は、底筒男命・中筒男命・表筒男命（この三神を住吉大神と言う）・息長足姫命（神功皇后）を併せて四社大明神という。延喜の制では摂津国一の宮、全国二〇〇〇余に及ぶ住吉神社の総本宮。

住吉大神は禊祓（みそぎはらい）の神であり、「吾が和魂をば宜しく大津の渟中倉（ぬなくら）の長峡（ながを）に居さしむべし、便ち因りて往来ふ船を看護（みそなは）さむ」と神功皇后に告げたよし（『日本書紀』『住吉大社神代記』)。海上安全の守護神であり、そのほか歌神、現実に姿を現す現人神として、あるいは産業商業・文化・貿易の祖神として仰がれている。

石の大鳥居をくぐって進むと、赤く大きな反り橋が目の前に迫る。松の濃い緑と橋の欄干の朱赤が好対照をなす。水を湛えた堀が松や反り橋を映してたいそう美しい。大きな反り橋の上からぐるりと眺める緑の景色も良い。雨のあとでもあり木々は全体に瑞々しく勢いが感じられる。常磐の松も、やはり初夏の今が美しい。楠の木などの広葉樹はなおさら、若い緑が清新な気を発しているようだ。

大きな橋を降りたところにある手水舎はこれまた大きい屋根の下、大きな石のウサギを据えてあり、そのウサギの口から吐水するのも珍しい。神功皇后が卯の年・月・日に出兵したことに因むという。

境内には、天鳥船命・猿田彦命を祀る船玉神社や、大きな楠の木を祭る楠珺社など摂末社がたくさんある。白い建物で目を引くのが御文庫。外観しか見られないが、享保八年(一七二三)に大阪・京都・江戸の書林から書籍が奉納され、大阪最古の図書館という。

社務所でお守りや絵葉書・神社の事が書いてあるものなどを探した。その時、住吉大社の由緒をくれた巫女(正しくは神楽女《かぐらめ》)さんが頭に頂く大きな松の飾りが珍しいので、一度は帰りかけたが尋ねてみた。神楽女さん曰く、神功皇后がどこに住吉の神を祀ろうか思案していたところ、場所を示すように住吉の浜に三羽の鷺が舞い降りたのでここに神を祀った、住吉大社の始まりをあらわすのがこの松と白鷺の飾り、とのことである。真ん中には住吉の神を象徴する丸い鏡もついている。二人の神楽女さんが松の飾りを頭に頂いているのはこういう訳だったのだ。

今をさかのぼる事一八〇〇年、その昔、神功皇后が住吉の神の加護を受け、新羅出兵ののち凱旋し、大神のご神託によってこの地に鎮祭したという、由緒にあるご鎮座の話がそのまま松と白鷺と鏡のついた飾りになったのだ。住吉大社の始まりを示すエピソードが、一八〇〇年も後の今までずっと、文書や縁起だけでなく、具体的な形を伴って民間に口承で引き継がれてきたことに、感動を覚えた。このエピソードは今後も長く引き継がれ、生き続けて行くだろう。引き返して聞いた甲斐があった。

由緒にもある通り、住吉の神は「現実に姿を現す現人神《あらひとがみ》としての信仰」もある。住吉の神が姿を現しご利益をもたらした物語の筆頭は『源氏物語』であろう。明石の入道が家の再興をと願をかけ娘を授かる。後年住吉の神の導きによって須磨に源氏を迎えに行き、流謫の源氏は救われる。源氏は入道の娘を妻にし都への復活を遂げる。明石の入道の娘は明石の御方と呼ばれ重んじられ、源氏と明石の御方の娘は後に天皇の后になるという栄達を遂げる。住吉の神への信仰を具現化したストーリーである。一八〇〇年もな

住吉神社（鳥居の奥は第３本宮）

お生き続けているこの信仰が、千年前の『源氏物語』にも引かれているのはごく自然な気がして、改めて『源氏物語』に親しみを覚えた。古典の中に現れる住吉の神が、ここに来て初めて身近に実感される。霊験あらたかな神だと思うと、社殿も神社全体もますます神々しく見える。

百聞は一見に如かず、昔の人は良いことばを残してくれたものだ。現地で初めて体感できることが物語ゆかりの旅の真骨頂である。それを同好の仲間と共に分かち合えるのも幸せなことだ。

鳥居のそばに万葉歌碑があり、歌の下には地形図も描かれていて住吉さんのすぐそばが海であったとわかる。どんな景色だったのだろう。海の傍らにある住吉神社の絵図があれば、ぜひ見たい。

ゆったりと広い境内、大きな造りの社殿や鳥居・灯籠・反橋、松の緑も豊かな住吉さんはとても良かった。長いあいだ想像でしか思い描けなかった住吉を訪ねることができて嬉しい。是非また訪れたいと思う。

2　二日目、嵐電沿線の旅

(一)　蚕の社

乗り降り自由な嵐電の一日フリー切符を買い、四条大宮から嵐電に乗る。

先ずは蚕の社駅。降りて嵐電の線路を離れ少し横道に入ると、線路の通りからは想像のつかないほど鬱蒼とした森がある。近づいて行くと正面入り口の木の鳥居の横に、蚕養《こかい》神社と刻まれた灯籠が一対ある。「蚕の社」の呼び名はこれにちなむそうだ。

京都市設置の案内板によると、正式名称は木嶋坐天照御魂《このしまにますあまてらすみたま》神社。ここは延喜式内社であり、『続日本紀』の大宝元年（七〇一）四月三日の条に神社名があるので、創建は更に古いようだ。祭神は、天御中主命《あめのみなかぬしのみこと》・大国魂神《おおくにたまのかみ》・穂々出見命《ほほでみのみこと》・鵜茅葺不合命《うがやふきあえずのみこと》。古くから祈雨の信仰も厚く参詣の人も多かったそうだ（『日本三代実録』『梁塵秘抄』）。

嵯峨野一帯は、古墳時代に渡来し製陶・養蚕・機織りなどの優れた技術をもたらした秦氏の勢力範囲であった。灯籠に書かれた蚕養神社（＝蚕の社）は秦氏の先祖神である。その蚕の社は木嶋坐天照御魂神社本殿の東側にあり、秦氏の財を支えに織物の祖神を祀る。

西側には、珍しい石製の三柱鳥居がある。三方のどこから見ても鳥居の形に見える立体的な作りである。多方向から参拝できるように作ったのだろうか。鳥居の下は四季湧水の「元糺《もとただす》の池」という神池、ガイドブックには水の中に立つ鳥居の姿があったが、いまは水がない。三柱鳥居の真ん中にこんもり丸く石が積んであり、幣が立ててあるのが繁った木の間から見える。梅雨の時期に水がないのだから湧水は涸れてしまったのか、残念である。一年中水を湛えてこそ神の力も強大であったろう。近隣の住宅化で仕方のないことだろうか。ここは木々が繁茂して頭上を覆い、神社一帯をすっぽりと包み込んで一種の聖域を保っているようだ。俗塵から隔てられた神社の持つ強い地の力と濃密な気が感じられる上に、一三〇〇年以上も信仰の場所であり続けたことを考えると、神池の水が涸れたのはいかにも惜しい（あるいは水抜きをしているのかも）。社前の森を元糺の森というのは、下鴨神社の糺の森の起源がここにあるからだろうか。

(二) 車折神社《くるまざき》

再び嵐電に乗って四つ目、車折神社へ。

祭神は平安時代後期の儒学者、清原頼業（文治五年〈一一八九〉没）。頼業は高倉天皇に仕えた学者で、天武天皇の皇子・舎人親王の子孫、先祖の中には三十六歌仙の清原元輔や、その娘の清少納言がいる。頼業は、亡くなったのち領地であったここに葬られ、のちに宝珠院という寺になる。嵐山に天龍寺ができたのちはその末社になった。後嵯峨天皇が嵐山の大堰川に行幸の際、この社前で牛車の轅《ながえ》が折れたので「車折大明神」の神号を賜り、これ以降「車折神社」と称するという。

勢いのある緑に囲まれた石畳の参道を歩いて奥へ行く。参道から社殿に行くため右に折れる角に鳥居があり、大きな茅の輪が結びつけてある。六月一〜三〇日が夏越祓《なごしのはらえ》のよし、ちょっと改まった気持ちで茅の輪をくぐる。

この神社は頼業公の学徳により、「約束を違えないこと」を守る神として、学問に関してはもちろん商売・金運・良縁と幅広く信仰されているそうだ。本殿は改修工事で覆いが掛かっているが、これからも長く古典を学べるよう神妙に手を合せ、頭を垂れた。

境内には末社が沢山ある。中でも天宇受売命《あめのうずめのみこと》を祭神とする芸能神社がひときわ華やかで賑々しい。芸能・芸術で活躍する人の奉納した朱塗りの玉垣が、社を幾重にも取り巻いている。その数が二〇〇〇を越えるというから驚きだ。聞いたことのある芸能人の名前がそこここに見える。

もう一つの発見は、清少納言霊社を見つけたことである。小さな赤い祠の横の立札に、清少納言の生没年・墓所等明らかでないので清原氏ゆかりの当神社に小祠を営みその霊を祀る、と書いてある。清少納言のためにも古典の愛読者にとっても喜ばしいことだ。なお、東山の泉涌寺境内にも清少納言の墓がある。清少納言だけでなく紫式部も道綱母も和泉式部も平安時代の女性はみな同様、生没年も墓所も定かには分からない。文学に名を残す女流を偲ぶよすがとなる霊社があるのは良いことと思う。そういえば、花園駅の北側にある法金剛院も元は清原夏野の別荘であったよし、清原氏の勢力が洛西に展開していた事実が分かって興味深い。

(三) 鹿王院

嵐電車折神社の次の駅が、鹿王院。ここは足利三代将軍の義満が二四歳の康暦二年（一三八〇）に自らの長命を願って建てた禅寺である。覚雄山法幢《ほうどう》禅寺鹿王院と名付けられた。

瓦の埋まった古い土壁の塀の真ん中、覚雄山の門をくぐる。左右を緑鮮やかな大木に囲まれ、その根元にはしっとり苔が敷き詰められている。そんな苔をわける石の歩道をずっと行く。

客殿にかかる「鹿王院」の額は義満筆と知り、長く風雨に耐え六三〇余年も保存されていることに感銘を受けた。人生五十年として十二代半もの年月、気が遠くなるような長い時間の積み重ねである。静かで美しい庭には、沙羅双樹（夏つばき）が咲いて見ごろである。

舎利殿はよく繁った木の間に見える。扉を開けて入ると大きな釈迦の涅槃図が掛けてある。以前来たことがある人の話では、当時は三メートルほどもある大きな曼荼羅だったそうだが、寺のパンフレットには何も書いていないので経緯は分からない。

前出の人が見学に来たときのエピソードを一つ。源氏に関わりのある寺社を見学したいとタクシーに告げて見学を始めたらここへ連れて来られた。時代が違うので疑問に思って尋ねると――源氏は源氏でも足利源氏ゆかりの寺、『源氏物語』ではなかった――とのこと。

とは言え、広々とした敷地はしっとりと苔に覆われ、木々が繁茂する庭園は情緒があっていかにも静かである。大きな紅葉が一本たたずむ景観は、「若紫」の巻で源氏が北山の僧都の寺に泊まった折に体感した明け方の景色を彷彿とさせる。「明けゆく空はいといたう霞みて、山の鳥どもそこはかとなく囀りあひたり。名も知らぬ木草の花どもいろいろに散りまじり、錦を敷けると見ゆるに、鹿のたたずみ歩くもめづらしく見たまふに、なやましさも紛れはてぬ。」霞や鳥の囀りこそないが、山ではない街中の鹿王院でこんな光景が思い出されるのも不思議であった。

㈣　桂川と法輪寺

鹿王院のあとは嵐電嵯峨駅まで行き、近くで昼食。一休みしたあと渡月橋を渡り、法輪寺に向かう。六月半ばの大堰川（桂川）は初夏の川音も爽やかで観光客がたくさん歩いている。水量がそれほど多くないので所々川底が見える。去年の大雨で氾濫した川とは思えない穏やかな流れである。

橋の上から対岸の中腹に法輪寺が見える。ずいぶん上にあるようだ。橋の左手向こう岸には嵐山公園があり、源氏物語では源氏の桂の院の場所に比せられる。明石の上の大堰邸もこの付近であったと思われる。宇治ほど寂しくないとは思うが、嵐電もない遠い昔、都から遠く離れた嵯峨嵐山で滅多に来ない源氏を待つのはやはり気鬱であろう。そんなことを思いながら橋を渡る。

ところで清少納言の『枕草子』に「寺は　壺坂。笠置。法輪。高野〈霊山ィ〉は、弘法大師〈釈迦仏ィ〉の御すみかなるがあはれなるなり。石山。粉河。志賀」とあり（五十嵐力・岡一男氏『枕草子精講』一七一段、〈○○ィ〉は池田亀鑑氏校注による本文『枕草子』岩波文庫版二〇八段）、三番目に法輪寺が挙げられている。

法輪寺は和銅六年（七一三）、元明天皇の勅願により行基が創建、天長六年（八二九）に空海の弟子道昌が中興して虚空蔵菩薩を安置し、清和天皇の貞観一〇年（八六八）に葛井寺から法輪寺に寺号を改めた。本尊の虚空蔵菩薩は幼年期から成長期に移ろうとする人物の転換期を守護されると言うので、毎年四月一三日に一三歳になる男女が参詣する。この十三参りの時期はたいそう賑やかというが、今は静かだ。

また、平安時代に清和天皇が廃針を納めた針堂を建立したことから針供養が行われるようになったとのこと。境内にある針の供養塔の前で、パッチワークが好きな友人と二人で写真に納まった。『源氏物語』キルトができますように、とも手を合せた。

法輪寺には電気・電波守護の電電宮がある。「その昔、道昌僧正が百日間の求聞持法を修し終え、満願の日に井戸で水を汲んでいると、明星が天空より降り注ぎ虚空蔵菩薩が来迎したという。本尊の顕現として明星天子を本地として『電電明神』を主神とする『明星社』が鎮守社の一つとして奉祀されたよし」（法輪寺のホームページによる）。元治元年（一八六四）禁門の変のおりに法輪寺が焼けたあと、本堂や客殿・回廊など再建された。同じころ、焼けたこの明神社は、京都府の電気・ラジオ商業会の有志が社殿を再建したという。電気に関わりのある人たちが再建したので電電宮と呼ばれるようになったらしい。電気に関わるエジソンやワットのレリーフもあり、電気関係の人が多く参拝するそうだ。

境内にはうるしの碑もあった。この碑のそばは展望台のように見晴らしの良い高台になっている。ずっと向こうに愛宕山などが見え近くの街並みも見渡せる。渡月橋も一部眼下に見える。山の新緑が気持ち良い。

法輪寺の帰り道は、渡月橋を渡り終えるまで振り返っては御利益がないという。話しながらつい後ろや横を向きがちだから気を付けないとせっかくのお参りがふいになる。後ろの人に話す時も前を向いたまま。前の人も話の返事に振り返らず、分かった時には後ろ向きのまま合図の手を振る。なんだか不自然だが、渡り終えるまでぎくしゃく頑張った。橋を渡り終えてやっと安心し、法輪寺を仰ぐ。川越しに見る宝塔あたりの青葉が爽やかなこと。

(五) 小倉百人一首殿堂 時雨殿

天龍寺隣の敷地に小倉百人一首の展示館がある。紫式部の歌ももちろんある。

百人一首は、藤原定家が息子為家の妻の父・宇都宮頼綱（蓮生）の求めにより、頼綱の嵯峨野の別荘に貼る色紙に百首の歌を選んだことに始まるとされている。小倉百人一首殿堂「時雨殿」は、小倉山の麓にあった定家の山荘「時雨亭」にちなみ命名したよし（パンフレットによる）。

小さい頃、正月には百人一首をするのが常であった。いつごろから始まった習慣かは覚えていない。父が節をつけて上の句から下の句までをゆっくりと読み、母と弟と私がひら仮名ばかりの下の句の札を取る。そう考えると、弟がひらがなを覚えた頃からの習慣かもしれない。意味はよく分からないが、五七調の和歌はリズムがよく耳にも心地よかった。子供たちが取れるまで何度も下の句を繰り返す父の声は、読み方の癖まではっきり覚えている。中学でも高校でも続いたから、だんだんに意味が分かり読み方の違うものがあることも分かって指摘したが、父はそうかそうか、とにこにこ聞いて一度は直すのに次はまた元の読み方に戻ってしまうのでそのままになった。毎年毎年飽きずに何度も繰り返す百人一首。私にとっては楽しい正月の恒例行事、欠かせない遊びだった。五歳下の弟は取れる数が少ないから、もう一回もう一回と繰り返す。組になったり一人ずつ取ったり、方法を変えては飽きもせず四人で百人一首をしたものだ。

大きくなってからは父が幾つかコツを教えてくれた。「むすめふさほせ」の一枚札を覚えること、いくつか得意札を持つこと、得意札の置き方を工夫することなど。父は若いころ競技かるたが得意だったらしい。もっと話を聞いておけば良かったと思うが、今となっては術もない。百人一首は弟が高校くらいまで続いたように思う。私が高一のとき作者と歌を百首覚える宿題が出たが、全部がいい歌とは思えなかったので（何という不遜であろう！）気に入った和歌しか頭に入らず、とうとう全部は覚えられなかった。どうしても上の句と下の句が合わないと思う歌があって不思議であった。得意札は藤原実方朝臣の「かくとだにえやはいぶきのさしも草さしも知らじな燃ゆるおもひを」。下の句の情熱的な表現にひかれて覚えた。時雨殿に向かう道々さまざまなことを思い出した。

今思うと古典に親しんだ最初の作品が『百人一首』であった。意味も分からず音から入っただけだが、繰り返し口ずさみ文字を目で追った歌である。高校の古典は嫌いだったが、私の古典研究のおおもとを作ったのは恐らく『百人一首』、優しい思い出のこもった和歌である。和歌の精講をするときも、意識しないながら心の底には昔口ずさんだこの『百人一首』があるように思う。

時雨殿で百首の和歌が並んでいるのを見て隣の友人が順番に口ずさむのを聞いたとき、ああ和歌は音を口にするものだと、改めて思った。文字を書きながら行きつ戻りつするものではないのだ。そう思いながら一首ずつを目で追うと、今度は父の声が蘇る。声の調子も癖も間違いもそのまま。文字を見ながら胸が一杯になり目頭が熱くなる。私にとって『百人一首』は、つまり父の思い出だったのだ。意味も分からず読んだが大好きな和歌であった。古典を大切にしたいと思う心の底に、父への懐かしさもあるのであろう。

時雨殿で面白いと思ったのは、作者百人を一人ずつ人形に作り歌と共に並べてあるところ。人形の個性と実像は一致しないだろうが、自分の持つ作者のイメージと人形とのギャップも面白い。

和歌の対象や季節など、さまざまに分類・分析もできるが難しいことは置いといて、口ずさんで心地よい歌、調べと心情がマッチするものが、良い歌・好きな歌になると思う。

『天徳歌合』の配置が人形で再現されていたのも印象的であった。一目見て分かる具体性が良い。

特別展示の刺繍作品も美しくて心引かれた。糸で布地を覆っていくのは大変な労作であろう。どれも色合いが良く丁寧に仕上げられていて感心した。

一階の展示を見終えて二階に上がってみると大きな広間があって驚いた。二〇〇畳敷きほどもあろうか、とにかく広い。大広間の突き当たりには横数メートルの六曲屏風が置いてある。百人一首貼り交ぜ屏風であろう。反対側の壁の前には、やまと絵風の大きな屏風。広いので屏風の大きさが実感しにくいが、どちらも横長で大きいものだった。

友人が交代で十二単衣や狩衣風の衣装を着て屏風の前で記念写真を撮っている。これはステキ。簡単な作りなのですぐに着られそうだ。順番を待って私も試着する。長くて結んでいることが多い髪だけれど、この日ばかりは髪を伸ばしていて良かったと思う。中身はともかく、十二単衣には長い髪が合いそうだ。衣装を着て写真を撮ってもらう。紫式部にあやかりたい私田村は、さしずめ「たむらさき式部」かな?・・・楽しいおまけがついた旅であった。

過ぎてみればあっという間の、阪南・洛西の旅であった。旅は『源氏物語』を入口に、さまざまな場所を訪れ各巻の場面を思い浮かべては現実の風景の中でいにしえに思いを馳せる。想像やイメージだけの理解ではなく、現地で実際に肌や感覚で何かを体感するのである。まれに歴史や物語の情緒と私の現実がリンクする瞬間があり、心が震えるような感覚を得ることがある。これが『源氏物語』ゆかりの旅の醍醐味である。そして時をおかず友人とその場の感想や感慨を話し合い、古典や他分野に関する話しなどを共有できることも大きな魅力である。

今回の旅は、信太の森で狐の伝承に母を思い、時雨殿では『百人一首』の思い出から父を偲んだ。私にとって父母を恋うる旅であったのかもしれない。親子・男女の情も、友との交わりも、人を慕う情愛は千年経っても変わらない。古典が現代にも生き続けている所以もここにあろう。

九　大原にて惟喬親王を思う

初秋に京都を訪れた。四、五日の間、朝夕すっかり涼しくなったので残暑がないと思ったが、夏も終わるころ再び暑くなった。今回は惟喬親王ゆかりの洛北大原と、山吹とかわずで有名な歌枕の綴喜郡井出町を中心に、旧跡を訪ねた。大原の印象を記す。

㈠　序章

惟喬親王は文徳天皇の第一皇子でありながら、母が藤原氏でなかったために皇位につくことができなかった。文徳天皇は第一皇子惟喬親王を皇太子にしようとしたが、生母が紀氏であり、後に皇后藤原明子に惟仁親王（清和天皇）が生まれたため実現せず、親王はのちに出家して小野に幽居したといわれる（下中邦彦氏編『日本歴史地名大系』第二七巻、「京都市の地名」惟喬親王墓の項・八九頁、一九七九年九月初版・平凡社刊）。なお、皇位争いに敗れたという説については後述㈣参照。

若い親王が立太子できない不遇を慰めるため、風流を愛したことは『伊勢物語』に見える。たとえば八十二段。親しい紀有常・在原業平らを率いてたびたび水無瀬・渚の院に出掛けている。春にはそこで桜

狩りをし、歌を詠んだことが書かれている。そのときの右馬の頭業平と紀有常の歌、

〽世の中にたえて桜のなかりせば春の心はのどけからまし（業平）

〽散ればこそいとど桜はめでたけれうき世になにか久しかるべき（有常）

この二首は、桜の有無を人の世にたとえた絶唱である。

夜更けまで飲酒・物語し、親王が寝所に入るのを惜しみ、月が山の端に隠れるのによそえて、

〽あかなくにまだきも月のかくるるか山の端にげて入れずもあらなむ（業平）

〽おしなべて峰もたひらになりななむ山の端なくは月も入らじを（有常）

と詠んでいる。

また八十五段は、親王が出家して常には仕えられない業平の、なお親王を慕う気持ちの深いことが窺える段である。

雪の降る正月に親王に拝謁し雪に降り籠められて詠んだ、

〽思へども身をしわけねばめかれせぬ雪のつもるぞわが心なる（業平）

の歌。惟喬親王はこれを聞いて大そう感動し、馬の頭（業平）にお召し物を脱いでお与えになった。歌を通してあたたかい主従の心が伝わって来る段である。

惟喬親王は――

承和一一（八四四）年～寛平九（八九七）年二月二〇日、五十四歳。文徳天皇第一皇子。隠棲地に因み、小野親王とも呼ばれた。母は従四位下紀名虎の女、更衣静子。同母妹に斎宮恬子内親王（『伊勢物語』六十九段に在原業平との恋物語あり）、子に『古今集』歌人兼覧王がある。天安二年（八五八）四月殊遇により帯剣、同年

十二月元服、四品に叙された。同年大宰帥、貞観五年（八六三）二月弾正尹となり、常陸太守・上野太守を兼任したが、同十四年七月の藤原良房薨去の直前、病気を理由として急に出家し、山城国愛宕郡小野に隠棲した。詩歌をよくし、業平・遍照・有常らと交友したことが、伊勢物語等で知られる。古今集初出（参考、角田文衞氏監修『平安時代史事典』上巻「惟喬親王」の条、平成六年四月初版・角川書店刊）、及び有吉保氏編『和歌文学辞典』（平成三年二月・桜楓社刊）。

親王の出家した日についての記録は『三代実録』の貞観十四年（八七二）七月一一日の条にある。「四品守弾正尹惟喬親王寝疾。頓出家為沙門（惟喬親王疾にふし、頓に出家し沙門となる）」。出家したとき、惟喬親王は二九歳であった。

惟喬親王の母、更衣静子の歌は、『古今和歌集』に一首採られている。

田村の御時に、女房のさぶらひにて、御屏風の絵御覧じけるに、滝落ちたりける所おもしろし、これを題にて歌よめと、さぶらふ人におほせられければよめる

三条の町　惟喬親王母

〽おもひせく心のうちの滝なれやおつとは見れど音のきこえぬ　（巻第十八・雑歌上、九三〇番歌）

この九三〇番歌の【釈】は、

思いを堰き止めて、心の中に忍び包んでいるところの、滝であるのだろうか。滝の水は落ちていると見えるけれども、泣く音とともに、音が聞えないことよ。

とある（窪田空穂氏著『古今和歌集評釈下』昭和三五年六月初版・東京堂出版刊）。【評】には「題画の歌である。絵には

ない一節を添えるのが風となっている」とあり、「…中略…複雑した内容を混雑なく詠みおおせて、然るべき恋の上の訴えとしているところ、優れた手腕というべきである」と評価しておられる。

屏風に描かれた激しい滝の流れの絵を見て詠んだ歌である。切ない思いをせき止めている心の中の滝なのであろうか、激しく湧きかえり水が落ちているのに、一向に音がしないのは、と屏風絵に恋心をも読み込んで優れた歌だ。この作者の産んだ文徳天皇の第一皇子が、惟喬皇子なのである。

母更衣静子は紀名虎の女《むすめ》である。紀有常はその兄、親王にとっては伯父にあたる。

また有常の娘は在原業平と結婚しているので、「惟喬親王と在原業平は姻戚のいとこ関係にある。年齢は業平の方が十九年の年長」という〔阿部俊子氏『伊勢物語』下、講談社学術文庫・一九七九年九月刊〕。

親王の同母妹、恬子内親王は伊勢の斎宮として『伊勢物語』に登場し、業平との恋模様も描かれている。業平と有常らは風流を解し歌の上手であるとともに、親王にとって親しい身内でもあったのである。

(二) 惟喬親王墓所

惟喬親王の墓所の現在の町名は京都市左京区大原上野町である。吉田東伍博士の『大日本地名辞書』「小野宮址」の項には「惟喬親王の幽棲なり、今詳ならず、或は曰ふ大原村字上野に親王石塔あり、その地を御所内と名づく、〔名跡志〕又曰ふ八瀬村に御所谷ありと」と記されている。親王が幽居した小野については種々の説があり、京都周辺の山間村落に数々の惟喬親王伝説が伝えられている〔前掲書『日本歴史地名大系』第二七巻〕。また、前掲『平安時代史事典』には、ここに「鎌倉時代とみられる五輪塔が存する」とある。

京都で何度もお世話になった親切なタクシードライバーに今回も案内をお願いし、惟喬親王墓所を初めて訪れた。ヤサカタクシーの宮川・森田両氏である。事前に見学希望の大原や井手の里（綴喜郡）を知らせたところ、今までと同じように丁寧な下見・確認をした上で案内して下さった。そのお蔭で迷わず希望の地を訪れることができ、安心して見学に臨むことができた。

京都中心部から三六七号線を北上し畑とまばらな民家のある道を通って大原井出町を過ぎ、民宿きつね（喜津祢）を左に見て右側（東）にある坂道を上って行く。坂の上り口には一メートルくらいの石柱があり、「文徳天皇皇子惟喬親王御墓塔」と刻まれている。件の「民宿きつね」の看板に比べると石柱はたいそう地味なので気を付けてじっくり見ないと見過ごしてしまいそうである。しばらく上がると舗装道路は途中で終わり、車を降りて畑の中の山道を登る。

この日は晴天で日差しは暑かったが、山道に差し掛かると木陰はとても涼しい。耳には虫の音が心地よく響き、あたりには静かな山の気が満ちて、民家の軒先に咲く金木犀が芳香を放っている。小道を上って行くと古びて文字のかすれた看板があり、手前に地元の共同墓地、もう少し先に惟喬親王墓所があると示している。道の途中には珍しい台杉の林がある。杉材を効率よく多く育てるために京都北山で山人が生み出した剪定育成方法であり、ここ大原でも育てられているとか。杉は真っ直ぐ上に伸びるものだと思っていたが、根元から一メートル足らずの所で枝を剪定して数本残して育てるため、そこがテーブル状に横に平たく広くなっている。それが台杉の名の由来らしい。さらに一〇〇メートルほど歩いて上がって行くと、杉木立の中に長短二つの階段が並んでいる。左側の長い階段の奥が惟喬親王の墓である。右側は小野御霊神社（次項㈢参照）。

「惟喬親王の墓所」階段下の立て札に曰く、

惟喬親王は文徳天皇の第一皇子であったが、母方が藤原氏の出身でないばかりに皇位に就けず世を避けて隠棲されたのがこの地と伝えられています。又、隣の小社は親王の御霊を祀る小野御霊神社です。

ぐるり！大原の里　京都大原里づくり協会

階段を上がったところに宮内庁の立札があり、ここが惟喬親王の墓所と示している。先ずは、惟喬親王の墓にお参りする。四〜五メートルほどの正方形の囲いの中に、一、五メートルくらいの五輪塔が一基だけ立っている。五輪塔の背後には三メートルほどの緑濃い木が一本あり、木の間を漏れる初秋の強い光が五輪塔の上に濃い葉の影を落としている。秋晴れの強い日差しにもかかわらず、鬱蒼とした木立の中は昼なお暗い。石の囲いとその中の五輪塔の墓所空間はいかにも静かである（写真）。

惟喬親王御墓

親王の安らかな眠りを願いながらしばし手を合せる。礎石の周囲は苔がふんわりと土を覆い木の葉が落ちる音もしない。強い日差しは一部五輪塔に射し陰陽のコントラストを見せている。一一〇〇年前に思いを馳せながらじっと五輪塔を眺めているとまわりから一切の音が消え、時間が止まったような錯覚がおき、『伊勢物語』八十三段が思い浮かぶ――。

物語は、水無瀬にお供した業平と別れがたくて親王が夜を明かした三月の末のこと、そしてその後惟喬親王が思いがけず出家し、翌年の睦月に業平が親王を訪ねたときの感慨が歌に詠まれている。剃髪後の親王を訪ねた在原業平の心が墓所を前にして胸に迫り、業平の歌が思わず口を突いて出る。「思ひきやゆきふみわけて君を見むとは！」

『伊勢物語』八十三段本文を以下に引く。

昔、水無瀬にかよひ給ひし惟喬の親王、例の狩しにおはします供に、右馬の頭なる翁つかうまつれり。日ごろ経て宮にかへり給うけり。御おくりしてとくいなむと思ふに、大御酒たまひ、禄たまはむとてつかはさざりけり。この馬の頭心もとながりて、

〽枕とて草ひき結ぶこともせじ秋の夜とだにたのまれなくに

とよみける、時はやよひのつごもりなりけり。親王おほとのごもらであかし給うてけり。

かくしつつまうでつかうまつりけるを、思ひのほかに御髪おろし給うてけり。む月にをがみたてまつらむとて小野にまうでたるに、比叡の山の麓なれば雪いと高し。しひて御室にまうでてをがみたてまつるに、つれづれといと物がなしくておはしましければ、やや久しくさぶらひて、いにしへのことなど思ひ出で聞こえけり。さてもさぶらひてしがなと思へど、公事どもありければ、えさぶらはで夕暮にかへるとて、

〽忘れては夢かとぞ思ふ思ひきやゆきふみわけて君を見むとはとなむなくなくきにける。

『新古今和歌集』には業平の贈歌に答えた惟喬親王の歌が採られている。

世をそむきて小野といふ所に住み侍りける頃、業平朝臣の、雪のいと高う降り積みたるをかき分けてまうで来て、「夢かとぞ思ふ思ひきや」とよみ侍りけるに

惟喬親王

〽夢かとも何か思はむ憂き世をばそむかざりけむほどぞくやしき

（巻第十八・雑歌下、一七二〇番歌）

親王の歌意は、「今の暮らしを夢だろうかなどとどうして思おうか。憂き世を背かなかったこれまでの生活が後悔されるのだ」（久保田淳氏訳注『新古今和歌集』下・角川ソフィア文庫、平成一九年三月初版・角川学芸出版刊）。出家以前の世が夢のように果かないものであり、現在の世俗を離れて仏道にいそしむ生活こそ、まことの世だと言っているのである。つまり出家後の今こそ、真の安寧を得たという意味になろうが、「つれづれといと物がなしくておはしました」親王が、出家後の寂しい暮らしを心から望んでいたとはどうしても思えない。親王の詠草には、かえって悲しみとつらい心境が凝縮しているように思う。業平の嘆きの歌に対する返事であると同時に、出家を悔やんではいないのだと自らの心に言い聞かせるための歌だったとも思われる。

『伊勢物語』にも『古今集』の九七〇番歌にも、惟喬親王の答歌はない。昔男である業平の物語は、業平の歌だけで余情たっぷりに完結し感動を呼ぶからであろうか。『新古今集』に親王のこの歌を見つけたときには、業平の歌に親王の返歌があったことに驚いた。しかし業平の歌は詞書に一部載っているだけである。なぜ贈答として載せず、

別々に採録されたのだろうか。両方合わせて味わうところにもっと切ない感情が沸き上がるように思う。

ここはひっそりした墓所である。数年前に訪れた福王寺近くの円融天皇陵は、ここと同じ形の宮内庁の立札の奥にあったが、人家の並ぶ坂の上のこんもりとした森の前にあり、ゆったりと明るく広かった。惟喬親王の墓は人家を離れた杉木立の中に在り、静かな空間である。惟喬親王は天皇の位につくことなく親王のままで亡くなったから仕方のないことでもあろうが、父の文徳天皇に大切にされながら、第一皇子が藤原氏の権勢に押され立太子できず、二九歳で隠棲したという事だけでもいたわしい。今は暑さの残る初秋である。京都駅から大原上野町まで自動車で来て、車を降りて数分歩いたあと、雪ならぬ落葉を踏みつつここまで来た。一一〇〇年前はもちろん自動車などない。いにしえの京都中心部から馬や牛車でこの大原まで来て、雪を踏み分け親王に拝謁した業平の苦労が思われる。さぞ遠かったであろう、現在とは比較にもならない道のりである。公事のためとはいえこの寂しい場所で親王に別れ、親王のもとに心をも残しつつ、なくなく帰って行った業平の惜別の情と嘆きがしみじみと思われ、切ない。

惟喬親王に近侍した在原業平は――

天長二年（八二五）～元慶四年（八八〇）五月二十八日、五十六歳。平安初期の代表的歌人。六歌仙・三十六歌仙の一人。平城天皇の皇子阿保親王の五男。母は桓武天皇皇女の伊都内親王。紀有常の女を妻とする。子の棟梁・滋春、孫の元方も勅撰集歌人。皇親の出生であったが、父王の計らいで二歳の時に在原朝臣を名乗り、臣籍に降った。『三代実録』の卒伝によれば、貞観四年（八六二）に五位上を授けられ、左兵衛佐、左近衛権少将、右馬頭等を経て、天慶四年（八八〇）従四位上左近衛権中将美濃守で五十六歳で卒した。在五中将、在中将と呼ぶ。腹違いの兄に行平がある。行平は中納言に達したが、業平は歌人として世に聞こえた。卒伝の

「体貌閑麗、放縦不レ拘、略無二学才一、善作二倭歌一」と、『古今』の序の「在原業平は、その心あまりて言葉たらず、しぼめる花の色なくて、匂ひ残れるがごとし」が、最も公式な評として知られている。業平の歌は『古今』に、撰者を除くと最高の三〇首が採られている（前掲『平安時代史事典』上巻「在原業平」の条と、前掲『和歌文学辞典』による）。

在原業平が右馬の頭であったのは「四十一歳（貞観七年〈八六五〉）から五十一歳（貞観十七年〈八七五〉正月）まで、惟喬親王の出家された貞観十四年（八七二）七月は、業平右馬頭在任中四十八歳の時に当たる。当時は四十歳で算賀をしており、初老という年齢に入っているから翁の呼び名も不自然ではない」（阿部俊子氏の前掲書による）。業平が没したのは八八〇年、五六歳である。そのとき親王は出家して八年目、三七歳である。親しんだ業平なきあと、親王が五四歳で亡くなるまで一七年もの間、今でも十分に寂しいこの地で、惟喬親王はどんな思いで暮らしたのだろうか――。

『古今集』の仮名序に業平の歌は「その心余りて詞たらず」と評されている。歌は言葉が良くても心が無ければ響かない。情感あふれる業平の歌には有り余るほどの心が込められている。「ありあまる業平」である。その余情が私の想像力をかき立て心に響き魂を揺さぶる。自分で歌を作るのは難しいが、名作には共感できる。

『伊勢』九段の吾妻下りのように、「〽から衣きつつなれにし妻しあればはるばるきぬる旅をしぞ思ふ」の歌を聞いて、同行の誰もが「乾飯の上に涙おとしてほとびて」しまったり、見知らぬ鳥の名を都鳥と聞いて詠んだ「〽名にし負はばいざこととはむ都鳥わが思ふ人はありやなしやと」の業平の歌を聞いて、同行者がみな心動かされ泣いてしまったという「舟こぞりて泣きにけり」の状況に似ている。

㈢ 小野御霊神社

惟喬親王墓所のお参りを済ませ、惟喬親王の霊を祀る隣の小さなお社、小野御霊神社にも手を合せた。

しんみりした気持ちで細い山道を下りる。下りながら台杉の林を過ぎたところで視界が開ける。ふと前方を見ると翠黛山《すいたいざん》（小塩山《おしおやま》）と金毘羅山《こんぴらやま》（古くは江文山《えぶみやま》とも）と思われる美しい山並が見え、もっと向こうには鞍馬山と思しき青い山影がみえる。手前には良く晴れた秋の日差しの中に黄金色の稲穂が揺れている。実りの秋を迎え大原はいかにものどかな景色であるが、惟喬親王の隠棲当時はどれほど寂しい場所であったろう。

惟喬親王の隠棲地は小野と言われ範囲が広い。小野郷は山城国愛宕郡八瀬村・大原村にあった郷で、比叡山の麓一帯に広がる地名でもある。墓所は大原上野町にあり、当地付近の「御所田」が親王の住居した所とも伝えられる。近世における大原郷は、井手村、戸寺、上野、尾流、勝林寺、来迎寺、野村、草生である（前掲書『日本歴史地名大系』第二七巻）。この辺りの昔を思わせる景色の拠りどころはないものか――。

㈣ 大原の風景

昔を思わせる景色のヒントは『平家物語』にあった。

物語最後の「灌頂」巻では、清盛と時子の娘で高倉天皇の中宮・安徳天皇の母である徳子が出家する（「女院出家」の段）。徳子は「うき事聞かぬふかき山の奥へも入りなばや」思うがそのつてもない。ある女房の「大原の山のおく、寂光院と申す所こそ、閑にさぶらへ」とのすすめに、建礼門院徳子は「山里は物のさびしき事こそあるなれども、世のうきよりはすみよかんなるものを」と文治元年（一一八五）長月の末に隠棲を思い立つ（「大原入」の段）。建礼門院が向かった先は大原上野町より更に北、大原草生町の寂光院である。

『平家物語』本文に寂光院に至る道中の様子があるので引いておく（梶原正昭・山下宏明氏校注『平家物語』「灌頂巻」新日本古典文学大系・一九九三年一〇月・岩波書店刊）。

道すがら四方の梢の色々なるをご覧じ過ぎさせたまふ程に、やまかげなればにや、日も既に暮れかかりぬ。野寺の鐘の入あひの音すごく、わくる草葉の露しげみ、いとど御袖ぬれまさり、嵐はげしく木の葉みだりがはし。空かき曇、いつしかうちしぐれつつ、鹿の音かすかに音信て、虫の恨もたえだえなり。とに角にとりあつめたる御心ぼそさ、たとへやるべきかたもなし。浦づたひ島づたひせし時も、さすがかくはなかりし物をと、おぼしめすこそかなしけれ。岩に苔のむしてさびたる所なりければ、すままほしうぞおぼしめす。露結ぶ庭の萩原霜がれて、籬の菊のかれがれに、うつろふ色を御覧じても、御身の上とやおぼしけん。

『大日本地名辞書』「寂光院」の項は以下の通り。

大原村西北の澗、字草生に在り、天台宗延暦寺別所也。高倉天皇中宮徳子（清盛女）平家滅亡の後西海より帰り此処に閑居したまふ、其御影本院に存す、其一門の寄せ玉へる消息の故紙を以て親ら糊して張貫の像に成したまひ、遂に此に崩御あり、建礼門院と号す。其事は平家物語源平盛衰記等に見ゆ。当院は慶長中豊臣秀頼母淀君の再興とぞ。〔名跡志〕

物語には徳子「大原入り」翌年の文治二年の夏に、後白河院の「大原御幸」がある。寂光院あたりは「ゆへ（ゑ）

びよしある所」であり、「緑蘿《りょくら》の墻《かき》、翠黛の山、画《ゑ》にかくとも筆も及びがたし」とある。後白河院は徳子の留守に着き、その帰りを待つあいだ簡素な庵室を見てあわれを催す。経文や修行生活にふさわしい書き物の中に、女院の書いた歌が目を引く。その歌は、

〽おもひきやみ山のおくにすまゐして雲ゐの月をよそに見んとは

『伊勢物語』八十三段の業平の歌をベースに、栄華を極めた平家が滅び変わり果てた自らの境遇が詠嘆をこめてよまれている。業平の心がここにも生きている！

徳子の出家は古今集成立の二八〇年のちである。建礼門院徳子は壇ノ浦の合戦で平家滅亡後の文治元年（一一八五）に寂光院に入り、建保元年（一二一三）一二月までの二八年間、高倉天皇や安徳天皇の菩提を弔いつつ過ごし、五九歳で没した。大原草生町にある寂光院の背後、建礼門院大原西陵が徳子の御陵で、五輪塔がある（『日本歴史地名大系』「京都市」第二七巻）。

もう一つ参考になるのは、建礼門院徳子に仕えた右京大夫の歌集『建礼門院右京大夫集』である。「右京大夫の生年」も、宮中出仕の「時期」も「未詳」、「おそらくは治承二年（一一七八）のうち」に「不本意ながら宮中を退出」したと思われ、「退出の理由は不明」、「承安三年（一一七三）に初出仕したとすると約五年の宮仕えであった」という（谷知子氏著『建礼門院右京大夫集』和歌文学大系二三、平成一三年六月・明治書院刊）。歌は全部で三百六十一首収められている。

高倉天皇と中宮徳子に五年ほど仕え不本意ながら離れた右京大夫が、建礼門院出家後、隠棲先の大原寂光院を訪ね、歌を詠んでいる。長い詞書に物語や日記のような趣があり、当地の寂しさも忍ばれるので引いておく（『国歌大観』私

撰集Ⅱ、16『建礼門院右京大夫集』より)。

女院、大原におはしますとばかりはききまゐらすれど、さるべき人にしられではまゐるべきやうもなかりしを、ふかき心をしるべにて、わりなくてたづねまゐるに、やうやうちかづくままに、山みちのけしきより、まづなみだはさきだちていふかたなきに、御いほりのさま、御すまひ、ことがらすべてめもあてられず、むかしの御ありさまみまゐらせざらむだに、おほかたの事がら、いかがこともなのめならん、まして夢うつつともいふかたなし、秋ふかき山おろしちかき木ずゑにひびきあひて、かけひの水のおとづれ、鹿のこゑ、むしのね、いづくものことなれど、ためしなきかなしさなり、みやこはるのにしきをたちかさねて、さぶらひし人人六十よ人ありしかど、みわするるさまにおとろへたるすみぞめのすがたして、わづかに三四人ばかりぞさぶらはるる、その人人にも、さてもやとばかりぞ、われも人もいひでたりし、むせぶなみだにおぼほれて、こともつづけられず

今や夢むかしやゆめとまよはれていかにおもへどうつつとぞなき　(二四〇番歌)

右京大夫の二四〇番歌も『伊勢物語』の「思ひきや」の歌によっていよう。『平家物語』の建礼門院徳子が大原に向かったのは文治元年(一一八五)長月の末、つまり陰暦九月の終わりの描写である。建礼門院徳子を訪問した右京大夫の歌も秋、あわれを催す景色であり、それぞれの人物の心象風景も相俟って、当地はいかにも寂しい様子である。

稲穂が風に揺れるようなのどかさはなく、寂さびとして物みなうつろう枯れた景色である。それより三百年も昔の惟喬親王の隠棲時は、いっそう寂しい所だったであろう。

ところで『古今和歌集』所収の惟喬親王の歌は二首ある。

僧正遍照によみておくりける　　これたかのみこ

〽さくら花ちらばちらなむ散らずとてふるさと人のきても見なくに（巻二、春歌下、七四番歌）

〽白雲のたえずたなびく峰にだにすめばすみぬる世にこそありけれ（巻十八、雑歌下、九四五番歌）

どちらも、出家後に詠まれたものであろうか。都にいる僧正遍照への歌には閑居の寂しさと疎外感を感じる。後者は諦めの境地を静かに歌にしたものであろう。「白雲」や「すみぬる（住む・澄むの掛詞）」に、白に象徴される出家の身の、清浄ながらいかにも孤独な心が感じられる。

冒頭にも記した惟喬親王の出家について、片桐洋一氏は「一般に藤原氏を背景とする弟の惟仁親王（のちの清和天皇）との立太子争いに敗れて失意の中で隠遁したのだと説かれることが多いが、これは『伊勢物語』の読解から生まれた後代の説話である。」とされ、「清和天皇の立太子は、嘉祥三年（八五〇）十一月のことであって、貞観十四年（八七二）の惟喬親王の出家の二十二年前、即位は天安二年（八五八）のことで、十四年前。共に惟喬親王の出家と直接の関係はない」とされる（片桐洋一氏著『古今和歌集全注釈下』九四五番歌の【鑑賞と評価】、二〇一九年二月・講談社刊）。

これは史実に焦点を絞った見方である。ただ、この事実のみで惟喬親王の心奥ははかれないように思う。例えば、『和歌文学大辞典』「惟喬親王」条には「（文徳）天皇は親王を愛し東宮に立てようとしたが、藤原良房の女明子の生んだ第四皇子惟仁親王に憚ったといい（大鏡裏書）、紀氏も親王を東宮に立てようとしたが失敗（江談抄）。

惟仁が東宮となって九歳で即位した」とある（昭和三十七年十一月・明治書院刊）。

文徳天皇が「惟喬親王を愛し東宮に」と思われたことを示す行動が、前半に記した惟喬親王の経歴「天安二年（八五八）四月殊遇により帯剣」であろう。文徳天皇の第四皇子惟仁親王（のちの清和天皇）の即位（同年十一月）に先立ち、東宮になれない惟喬親王に文徳天皇は「特に手厚いもてなし」として「帯剣」を行ったのであろう。同年八月に文徳天皇は崩御している。第一皇子の行く末がさぞ気がかりだったことであろう。

父帝は幼い清和天皇の即位前に惟喬親王を天皇にと願ったが叶わず、親王は歌会や花見など表舞台に立つことはなかった。母の静子を含めて惟喬親王を取り巻く親しい身内は紀氏や在原業平等の弱小貴族であり、宮廷や政治に権力を持っていた藤原氏ではない。惟喬親王は母から受け継いだ歌心を生かし風流を生きるしかなかったのであろう。こういう思いが長い間心の底に流れていたとすれば、いつ出家を思い立っても不思議はない。片桐氏が説かれた如く、惟仁親王の「立太子が二十二年前・即位が十四年前」のことであっても、「共に惟喬親王の出家と直接の関係はない」と言い切れないのではないだろうか。

歴史的な正誤では物語の良し悪しははかれない。また史実と物語は別物であろう。「立太子の望みもなくなり風流に生き、諦めて出家した…」のちに、これが通説になるほど、『伊勢物語』の読者は惟喬親王や業平の気持ちに寄り添ったのである。惟喬親王の繊細な心は時に言葉を失い、業平や有常が代わりに歌を詠むこともあった。人物の心の機微が描かれている物語に作者の筆がさえている証しとも言えよう。かえって歴史書と物語の違いが実感できる好例とも思われる。

惟喬親王の隠棲先は歴史的にはここ大原と限定できないようだが、業平が「雪ふみわけて君を見」た場所であり、惟喬親王が「白雲のたえずたなびく峰」と呼んだ所である。低い土地ではなく山住みであろう。

実際に訪れてみて大原上野町は、親王と業平を忍ぶにふさわしい場所と思われる。後年病を得て小野に隠棲した惟喬親王の思いと、一月に雪を踏み分け親王を訪ねた業平の胸中と——。考えながら佇んでいると、一一〇〇年前の惟喬親王の言葉に尽くせぬ深い孤独と親王を思う業平の心情に心が揺さぶられる。千年を経た今でも、その状況を思うと時を越えて歌が心に迫る。

今でも寂しくひっそりとした惟喬親王の墓所に来て、いにしえの『伊勢物語』や『平家物語』、また『右京大夫集』の面影や感傷をごく身近に味わった。『伊勢物語』に描かれた惟喬親王と業平の心情や歌は、今でも大原の地に満ち満ちているように思う。ここに来て空や山や川を見ているとそれが肌で感じられる。歌の心は今も生きている、ここに息づいている。貴重な体験である。さまざまな愛情や優しく雅な思いに満ちた『伊勢物語』を愛する私にとって、歌の力をこの身で体感し人物の面影に近づくことができた大原上野町の墓所は、初めてではあるが懐かしく、心引かれる地であった。

十　歌枕と伝承の地を訪ねて（1）――大江山、酒呑童子の霊験――

京都は千年の都にふさわしく、いたる所にいにしえの伝承や伝説が息づいている。観光客の訪れぬ山中にも、思わぬ遺跡や発見がある。

数年前に訪れた比叡山では、『古今和歌集』や『土佐日記』で有名なあの紀貫之の墓が、頂上少し手前の山中にあったことに驚いた。なぜこんなところに？？と思いつつ…叡山ケーブルの山頂駅ひとつ手前の、もたて駅で降りて、歩くこと二〇分。誰も訪れることのない山中に、「木工頭紀貫之朝臣之墳」と彫られた墓碑がひっそりと立っていた。京の街を見守るように山中に立つ墓碑は、紀貫之本人の希望でここに作られたという。

さらに驚いたのは、高知県南国市（土佐の国）から貫之の墓参団が来たことを記した柱が何本もあること。また、貫之の墓碑の傍の立札には、「『土佐日記』始まりの地、南国市国府史跡保存会より　五色の玉石を献ずる」との言葉の通り、墓碑の周囲にきれいな五色の玉石が敷き詰めてあり墓参団も史跡保存会もここを訪れていたことであった。

紀貫之は八六八年ごろ～九四五年ごろの人（『和歌文学大辞典』昭和三七年初版・明治書院刊）。没後すでに千年以上が経っている。にもかかわらず、貫之の歌徳をしのび、土佐の国守であったことに敬意を表して、はるばる土佐の国から熱烈な使節の訪れがあるという事実も分かり、興味深いことだった。

㈠　序章

同じく人跡まれな山中にある、大江山の首塚を訪れる機会を得た。以下、大江山の伝承について記してみる。

なお、大江山は二つある。以下に『広辞苑』を引く。

①京都市西京区大枝（山城・丹波の国境）にある山。その坂路を「大江の坂」また「老の坂」という。大枝山（歌枕）。

②京都府北西部、丹後地方にある山。その頂上を仙丈ヶ岳といい、酒呑童子が住んだという窟がある。源頼光の鬼退治の伝説で有名であるが、一説に①のことという。

②は酒呑童子伝説もあるが（一説）、京都市内からは遠い。和泉式部の娘である小式部内侍の歌「大江山いく野の道の遠ければまだふみも見ず天の橋立」でよく知られる大江山である。海抜八三三メートル。

ここでは①の京都市西京区大枝の山、首塚大明神のある大枝山と老ノ坂《おいのさか》について述べる。

㈡　大枝山「老ノ坂」と首塚大明神

京都市西京区大枝は老ノ坂山地東端に位置し、山城と丹波を結ぶ要路山陰道が走る。「老ノ坂」は山城と丹波の国境の峠で、これは大枝（大江）の坂が訛ったものという（『山州名跡志』）。その坂道「老ノ坂」をさらに行くと、首塚がある。首塚は大枝山にあり、酒呑童子の首が埋葬された場所である。源頼光と四天王が都を荒らす鬼（酒呑童子）

を退治したという伝承による。

大枝山の最高点は標高四八〇メートル、老ノ坂の南方という。大江山とも書き、古歌や伝説では老ノ坂そのものをさすことが多い（下中邦彦編『京都市の地名』日本歴史地名大系第二七巻、一九七九年九月・平凡社刊）。

ここは京都の市街地からは離れているし淋しい山の中でもある。通常の観光コースに入ることはないだろう。個人では気軽に行くことのできない場所である。仲間と一緒なら道中も安心、首塚見学の時に鬼に取り憑かれる心配もなく、往時を偲ぶ話もできそうだ。地図を見ると老ノ坂の先に載っているのは、首塚でなく「首塚大明神」である。退治された酒呑童子がなぜ大明神なのか、不思議に思いながら見学場所に向かう。

京都は初夏の観光シーズンで人が多い。朝一番に首塚を訪れることにして、京都駅から事前にお願いしたタクシーで大江山に向かう。「老ノ坂」を過ぎてさらに進み、駅から四〇分くらい経っただろうか、人の気配のない山の中に着く。

朝の光の中で見る山の木々の緑の葉は透き通り、爽やかで

「地理院地図 / GSI Maps | 国土地理院」をもとに筆者作成

ある。緑の香りが鼻腔をくすぐり、思わず深呼吸をする。朝の空気が心地よく肺を満たす。昔の人はこの坂を歩いて登り、歩いて下って行ったのだ。大変だったことだろうと思うと、老の坂の先にある明神さんを拝みたくなる気持ちも何となく理解できる。

さて、坂道を少し歩き、首塚明神にお参りする。なぜ酒呑童子が明神さんなのかはさて置き、初めの石の鳥居前で一礼しお参りのご挨拶。この鳥居の右側には二メートルもあろうかと思われる石柱があり、深く大きく「首塚大明神」の五文字が彫り込まれている。鳥居の右上に小さく見えるのがお社で、首塚はその後ろにある。階段に添って斜め右上に登ると、また石の鳥居がある。鳥居をくぐると左側に、この明神さんの「由緒」が石に刻まれている。小さなお社の前にも小さな石の鳥居があり、合せて三つある。距離は短く規模も小さいが、鎌倉の八幡様と同じように、一の鳥居、二の鳥居、三の鳥居を備えた参道なのであろう。先ずはお参りして手を合せる。由緒を読むと、酒呑童子が明神になった経緯が良くわかる。少々長いが「由緒」をそのまま左に記す。由緒の太字部分は紅い文字である。句読点がないので、文意の区切りに隙間をあけた。

首塚大明神　一の鳥居

由緒

平安時代初期（**西暦八百年頃**）丹波の国大江山に本拠を構えた酒呑童子が 京の都へ出て 金銀財宝や婦女子をかどわかすなど 悪行の数々を行うので 人々の心に大きな不安を与えていた 天子（天皇）**源頼光**等四天王に命じ**酒呑童子**とその一族を征伐するように命じられた 源頼光等は大江山の仙丈ヶ嶽に分け入り 苦心の後酒呑童子とその一族を征伐し 酒呑童子の首級を証拠に京の都に帰る途中 この老の坂で休憩したが 道端の**子安地蔵尊**が「鬼の首のような不浄なものは天子様のおられる都へ持ちゆくことはならん」と云《ママ》はれたが 相模の国の足柄山で熊と相撲を取ったという力持ちの**坂田の金時**が 証拠の品だから都へ持って行くと言って **酒呑童子**の首を持ち上げようと力んだが ここまで持って帰って来た首が 急に持ち上がらなくなった そこで一行は止むを得ず この場所に首を埋めて首塚をつくったと伝えられる **酒呑童子**が**源頼光**に首を斬られるとき 今までの罪を悔い これからは**首から上に病を持つ人々を助けたい** と言い残したと伝《ママ》へられ 首塚大明神は首より上の病気に霊験があらたかである

昭和六十一年三月　　宗教法人　首塚大明神社務所

なお、首塚大明神の社殿は数メートルの小高い丘の上に鎮座している。その塚山の下には、二、三軒の板屋がある。毎年四月一五日の祭礼のとき、参拝者が休息・宿泊する所という。首塚大明神のご利益が広く知られていることがわかり、その盛況がしのばれる。

(三) 首塚に関わる人物について

ところで、酒呑童子の退治にかかわった人物について簡単に記しておく。

(1) **源頼光**……平安中期の武将、九四八～一〇二一年。満仲の長男。摂津などの受領を歴任。強く勇ましいことで知られ、左馬権頭に昇った。大江山の酒呑童子征伐の伝説や土蜘蛛伝説は著名。由緒の年代とは合わない。

(2) **四天王**……仏教用語では四方を守る護法神だが、ここで言う四天王は、ある道・ある部門に最も秀でた者四人の称。源頼光の四天王とは、渡辺綱・坂田金時・碓井貞光・卜部季武、の四人をいう。

(3) **坂田金時**（公時）……相模の国、足柄山出身の豪傑である。平安後期の武士。源頼光の四天王の一人。『広辞苑』には「二十一歳の時に頼光に見出され、頼光の没後、行方不明」、「その童姿は強健と武勇の象徴」という。

金時は『大辞林』では「平安中期の武将。…（中略）…実在の人物ともいわれるが未詳。今昔物語や中世説話、御伽草子、浄瑠璃、歌舞伎などで豪勇無双の武者」とされ、「伝承では山姥の子で相模国足柄山に育った」といい、「幼名を金太郎」、また「浄瑠璃・歌舞伎では怪童丸」という。

『日本伝奇伝説大事典』（志村有弘・高橋貢氏ほか編、昭和六一年一月・角川書店刊）には「金太郎」の項に掲載。「……源頼光の四天王の一人として活躍し、酒呑童子退治にも同行したと伝えられる坂田金時（公時）の幼名。云々」。出生譚は一七世紀後半の古浄瑠璃が最初といい、草双紙や絵本などの金太郎の伝承・絵姿等について詳細を記す。

また坂田金時について、『古今著聞集』巻九の武勇、第十二では、「源頼光、鬼同丸を誅する事」で頼光と四天王たちと鬼同丸を退治する話しの中に金時の名が見える。『今昔物語集』では、巻二十八に「頼光の郎党ども、紫野に物

を見る語　第二」があり、頼光の郎党の貞道・季武・金時が賀茂の祭りの斎院の見物のために、女車を仕立てて行ったが、慣れぬ牛車に車酔いして正体を失う、「をこ」な話などがある。

いずれも直接本人に関わる歴史的な記録はなく、つまりは伝承の中に語られる人物たちであるといえよう。

〈付〉金時神社の金太郎の物語と童謡について

金太郎の出身地とされる静岡県駿東郡小山町には金太郎を祭る金時神社がある。金太郎にまつわる伝説は他にもあるが、小山町役場の観光情報に金太郎に関する物があるので以下に引く（古田一夫氏の『金太郎の研究』〈昭和六年〉をもとにまとめられたよし）。

(1) 金太郎誕生

むかし京都から来た八重桐《やえぎり》という名の山姥が中島の里に住むようになった。金時山中、夢の中で赤い龍と結ばれ赤子を宿す。天暦一〇年（九五六）五月、八重桐から真っ赤な体の男の子金太郎が生まれた。金太郎はすくすくと成長。康保三年（九六六）金太郎は一一歳、金時山で熊と相撲をとり大勝利、母に孝行する元気で優しい子供に育った。

(2) 源頼光と出会い坂田金時と改名

天延四年三月（九七六）金太郎は二一歳、足柄峠にさしかかった源頼光と出会い、その力量を認められて家来となる。名前を坂田金時《きんとき》と改名し、京にのぼって頼光四天王の一人となった。永祚二年（九九〇）三五歳、丹波の国で悪さをしていた鬼の頭領酒呑童子《しゅてんどうじ》を征伐。その後も全国をまわり、鬼や盗賊を倒していった。

坂田金時は、寛弘七年（一〇一〇）一二月一五日、九州の賊を征伐するため筑紫《つくし》（現在北九州市）へ向かう途中に病で死去。現在の岡山県勝央町には、金時を葬ったといわれる場所に栗柄《くりから》神社がある。

ここにも具体的な年代や日付が記されているが、この物語を裏付ける記録は見つけられない。前項の坂田金時と同じく、伝承の世界を出ないようだ。

ちなみに、「金時豆《きんときまめ》」は「赤い豆」である。金時は「赤い」を意味する。また、息子の坂田金平は「きんぴらゴボウ」の由来となっている。ごま油・砂糖醤油と刻み唐辛子で調理したかたくて辛い牛蒡を、怪力豪勇をそなえ、数々の武功を立てた金平になぞらえたもの、という。

金太郎は元気で強い男の子の象徴である。金太郎あめや金太郎の腹掛けは、男児の健やかな成長を願う心からできたものであろう。

（3）童謡「きんたろう」について

ところで、童謡「きんたろう」は明治三三年（一九〇〇）『幼年唱歌』の一曲として出版された。作歌が石原和三郎、作曲は田村虎蔵、歌詞は左の通りである。昔話・童話で親しんだ金太郎の歌である。

「きんたろう」　　石原　和三郎

一　まさかりかついで　きんたろう
　　くまにまたがり　おうまのけいこ
　　ハイ　シィ　ドゥドゥ　ハイ　ドゥドゥ
　　ハイ　シィ　ドゥドゥ　ハイ　ドゥドゥ

二　あしがらやまの　やまおくで
　　けだものあつめて　すもうのけいこ

ハッケヨイヨイ　ノコッタ
ハッケヨイヨイ　ノコッタ
（明治三三年六月『幼年唱歌（初の上）』）

＊石原和三郎（一八六五〜一九二二）群馬県生まれ。群馬師範卒。東京高師付小教諭、冨山房入社。田村虎蔵・納所弁次郎らと言文一致唱歌の運動に専念した。
（井上武士氏編『日本唱歌全集』昭和四八年四月・音楽之友社刊）

広島出身の私が子供のころに歌った童謡は、♪まさかり担いだ金太郎〜であった。金太郎の昔話と一緒に子供に聞かせた歌でもある。そのキンタローさんが足柄山の出身の武士で、今は神奈川県同郷の人と思うと親しみが湧く。私が「きんたろう」を頭高にする言い方は童謡と同じと思っていた。長男が幼稚園の時（当時横浜に住んでいた）友人にその言い方は変だと指摘され落ち込んでいた。横浜では（あるいは広く関東一円か）、「きんたろう」を平板に発音するらしいが、「童謡の言い方と違うよね」と、親子で納得いきかねた。

昔、大木金太郎というプロレスラーがいた。テレビのアナウンサーがその名を平板に発音していたので、その人物を言う時は私も平板に発音した。しかし豪傑の「きんたろう」はプロレスラーではないし、童話の主人公でありヒーローであるから、童謡のように呼んで長年親しんだのである。今考えると関東と西日本の語アクセントや抑揚の違いでもあろう。そんなことも芋づる式に思い出した。その後二年で横浜から青森県のむつ市に引っ越した。すっかり横浜弁に慣れた子供たちがむつ市に行ったら「おめー、なまってんな」と言われたらしい。

その後も夫の転勤で何度か転居したが、共通語とは関係なく、各地の言葉が「地元の標準であり基準なのだ」と、深く納得した。子供たちはどこに引っ越してもすぐに地元の言葉に馴染む。地元の友達と遊ぶうちに自然な抑揚とその土地の言葉使いを覚えて行く。私は日本語に愛着があり、地方の言葉も好きで興味関心もある。転居のたびに子供から聞く新しい語彙を楽しんだ。

ちなみに、童謡「きんたろう」を作曲した田村虎蔵は鳥取県の出身である。広島で育った私と、語アクセントや音の高低が似ているのかもしれない。

㈣　酒呑童子について

さて、前述の『日本伝奇伝説大事典』の「酒呑童子」の項には、

妖怪。他に酒天、酒顚、酒典、酒伝の字をあてる。丹波の国大江山に棲む鬼神。都に出て美女を攫っていき、それを喰うというので恐れられた。

とある。『広辞苑』は「鬼の姿をまねて財を掠めたり婦女子を略奪した盗賊」ともいうが、ともかくも、その酒呑童子を退治した頼光やその四天王は英雄である。絵巻・御伽草子・能・浄瑠璃・歌舞伎などの題材にもなり、広く親しまれた伝説である。

首を斬られるとき、鬼が今までの罪を悔い、これからは首から上に病を持つ人々を助けたいと言い残したと伝えられ、それ以降首塚大明神は首より上の病気に霊験があらたかというのも、穏やかで日本的な伝承である。死後罪を悔いて人々の助けとなることで罪が昇華され、神様になって祀られる……良い話だと思う。お参りした人の中に家族の病を治してくれるよう手をあわせた人がいた。霊験あらたかな首塚大明神様だから、きっと病も癒えることだろう。みんなそれぞれに思いを込めて、静かに手を合せた。

お参りを済ませてから、二の鳥居から階段を下りるときに、一の鳥居が先の「由緒」と同じ昭和六一年三月に建て

られたものと分かった。鳥居の裏側に日付が彫られ、氏子中、と書かれてていた。首塚大明神の石柱は昭和五十九年とある。二年早いのであった。

首塚大明神は山中の小さな明神様であった。小さなお社であるが、手を合せればご利益がありそうな穏やかな場所である。肩や首がよく凝る私は、痛みが出ませんようにとお願いして階段をおりた。帰りぎわに振り返り、下からもう一度鳥居の写真を撮った。あとで現像した写真を見ると、数枚のうち一枚は上のお社にも木洩れ日が射し、とても明るく気持ちの良い空気まで写り込んでいる。この穏やかな明るさは首塚大明神が清明な明神であることを良く表しているように思う。

それと真反対だった場所もある。数年前に訪れた高野川上流の崇道《すどう》神社、光仁天皇の皇子の早良《さわら》親王を祀った神社である。崇道神社に着いたのは午後三時半ごろであったと思うが、森全体が大そう暗く重い空気に包まれていた。ざわざわと心が波立ち、お参りを拒まれているようで足が竦んだ。参道を上がる勇気はなく上まで行く気持ちにもなれなかったので、他の数人がお参りをする間坂の下で待っていた。場所柄だったのか、私だけ立ち入りが受け入れられなかったのか、今も分からない。他のみんなは特に違和感はなかったようである。霊感などまるでない私だが、初めて行った場所でお参りを拒まれた気がしたのはその時だけである。その後は何事もなく過ぎ安堵した。後にも先にも、お参りできなかったのは崇道神社だけである。

今回はみんなで穏やかに話しながら順々にお参りし気持ちよく神社を後にした。明神様はきっと願いを聞いてくれるだろう。長くみんなを守ってくれるよう、もう一度ふり返りながら別れを告げた。

(五)　子安地蔵尊

　再び車に乗り、一キロ足らずの老ノ坂で止まる。前述の首塚大明神の「由緒」に登場した子安地蔵尊を祀る場所である。坂道に階段があり、右に「老坂」、左に「子安地蔵尊」の石柱がある。子安地蔵尊が祀られている建物のようだ。残念ながら階段中ほどの門が閉まっていてお地蔵さんを拝むことはできなかった。外から手を合せて挨拶だけして去った。ただ通っただけなら印象にも残らないが、首塚大明神を拝み、首塚神社の由緒を読んだ私は、不浄の入京を許さなかった子安地蔵尊がここにあるとの石柱を見ると、今も都の守りを果たしているのだと感心した。道路の悪霊を防いで道行く人を守護する神、道祖神とも通じる役目を思った。

　ところで、「子安地蔵」は妊婦の安産を守護するという地蔵である（『広辞苑』）。また、「子安神」は、安産・子授け・子育ての無事を祈願する神。木花開耶姫など。また、子安観音・子安地蔵をもさす。子安。こやすのかみ（『大辞林』）。

　吉田東伍博士の『大日本地名辞書』索引によると、子安の名がつく地名は八か所あった。現在の地名でいうと、①東京都八王子市の子安町の子安神社、②神奈川県横浜市神奈川区の子安（子安通り・新子安を含む）、③大山の阿夫利神社近くの子安、④千葉県君津市の南子安・北子安、⑤長野県上高井郡高山村の子安温泉、⑥岐阜県大垣市の子安神社、山県郡の子安観音、⑦京都市下京区の清水寺の子安の塔、左京区北白川の子安観世音、⑧大枝の沓掛町の子安地蔵、である。また同書に、「大江山または老ノ坂という、手向の西二町ばかりに、国境あり、ここに大福寺（子安観音）酒呑童子首塚などあり。」とある。今回訪れた子安地蔵はこれにあたる。が、十年前発行の別の本を調べて驚いた。「子安地蔵尊が老ノ坂トンネル開通により、トンネル東部の地蔵堂に移転し、本尊の地蔵は御室仁和寺に保管」

され「五百羅漢と共に信仰を集めている」という（竹内理三氏編『角川日本地名大辞典26』京都府・総説・地名編、二〇〇九年九月・株式会社KADOKAWA刊）。現在の地蔵堂にはいにしえの地蔵はないと分かったのである。

考えてみれば一二〇年前と現在が大きく異なるのは無理もない話で、後から調べてそれなりに納得した。ただ地蔵堂をお参りしたつもりで手を合せた後に、本尊のお地蔵さんが仁和寺に移ったこと、それもほんの一〇年前にできたトンネルで地蔵堂の位置が変わったことを知って、二度驚いた。常なるもの無し、世はまさに無常である。

十一　歌枕と伝承の地を訪ねて（2）
――ちはやぶる神代も聞かぬ、竜田川――

耳では聞くが、なかなか現地を訪れる機会のない歌枕の地を訪ねてみた。『源氏物語』にも登場する、大和国（奈良県生駒郡斑鳩町）の「竜田川」や「三室山」「岩瀬の森」などである。

和歌に詠まれた名所はどんな所か、当時をしのぶよすがはあるのだろうか等、いにしえを思いつつ、千年のちの歌枕の景色を味わいたいと思い旅を計画した。斑鳩の空のもと、山や川を眺め初夏の風に吹かれながら歩き、現地で感じたこと・考えたことなどを記してみる。

㈠　序章

『源氏物語』本文の「竜田川」は四六帖の「椎本」巻に、「岩瀬の森」は四八帖の「早蕨」巻に出る。本文では実にさりげなく使われている。歌枕とも意識しないで読んだせいか、竜田川も岩瀬の森もほとんど記憶になかった。「椎本」巻の「竜田の川」は「立つる」をかけ、「早蕨」巻の「岩瀬の森」は「言はせ」をかけて使われている。どちらも和歌に詠まれて有名になった名所（＝歌枕）の音が使われているだけで、現地と本文に密接な関わりはない。

また、二帖の「帚木」巻の女性論と、二一帖の「少女」巻の源氏と紫の上の会話に、「竜田姫」が出て来る。

当時は奈良の東にある佐保山を神格化した佐保姫が春の女神であるのに対し、西にある竜田山を神格化した竜田姫が秋の女神とされた。竜田姫は秋をつかさどる女神で、「竜田山の紅葉のイメージから染色や織物の上手とされた」という（久保田淳・馬場あき子氏編『歌ことば歌枕大辞典』平成一一年五月初版・角川書店刊）。

「帚木」巻では、いわゆる「雨夜の品定め」の女性論の中で、指食いの女が染色の得意な竜田姫になぞらえられている。「竜田姫と言はむにもつきなからず（染色では竜田姫といっても良いくらいで）…」「げにその竜田姫の錦には、また如くものあらじ。はかなき花紅葉といふも…云々」とある。

「少女」巻では、六条院完成後の秋に秋好中宮から紫の上に紅葉の便りがある。紫の上のもとでその便りを見た源氏の言葉が以下である「……このころ紅葉をいいくたさむは、竜田姫の思はんこともあるを、さし退きて、花の陰に立ち隠れてこそ強きことは出で来め」…今は秋なので、秋の女神の竜田姫に遠慮して、春の花の盛りにこの便りのお返事を、という場面である。

竜田川は、奈良県の北西部、生駒郡にある川。生駒谷北部に発源、上流を生駒川といい、斑鳩町の西から南下して大和川に注ぐ。長さ約十六キロメートルの小流で、紅葉と桜の名所である。

竜田大橋上流には、近鉄生駒線の竜田川駅があり、その辺りからやや東（斑鳩町）寄りに南下し、西南の三室山南方で大和川に注ぐ。「上流を生駒川、中流を平群川、下流の川岸には楓が多く紅葉の名所として知られ、県立竜田公園に含まれ」るという（『日本歴史地名大系』第三〇巻〈奈良県〉五三頁、平凡社刊）。

(二) 竜田川と三室山へ

奈良県生駒郡斑鳩町の竜田川を訪れるため、京都から法隆寺駅に向かう。五月下旬である。ＪＲ奈良線みやこ路快速で奈良まで行き、奈良から大和路快速に乗り換え法隆寺駅に降り立つ。五月初旬の連休は終わっていたが、京都も奈良も駅はたいへん混雑している。旅に良い季節のためか、日本人ばかりでなく外国人観光客も多い。様々な言語が明るく耳に入る。天気は雨との予報であったが、カサも不要で順調なスタートである。

法隆寺駅に着くと、ご当地キャラクター「せんとくん」の立て看板が出迎えてくれる（二〇一〇年に公認マスコットに）。大和国の歌枕、竜田川や三室山に向かうため、駅からタクシー二台に分乗する。

法隆寺駅を離れるにしたがって観光客の姿は見えなくなり、道路は一般の生活道路の感である。京都の立て込んだ市街地とはずいぶん印象が違う。街並みには窮屈な感じはなく緑も所どころに見え、ゆったりとした眺めである。住宅地を抜けしばらく西に進むと広い道が開け、やがて川に差し掛かる。幅の広いまっすぐな道路は「いかるがパーク

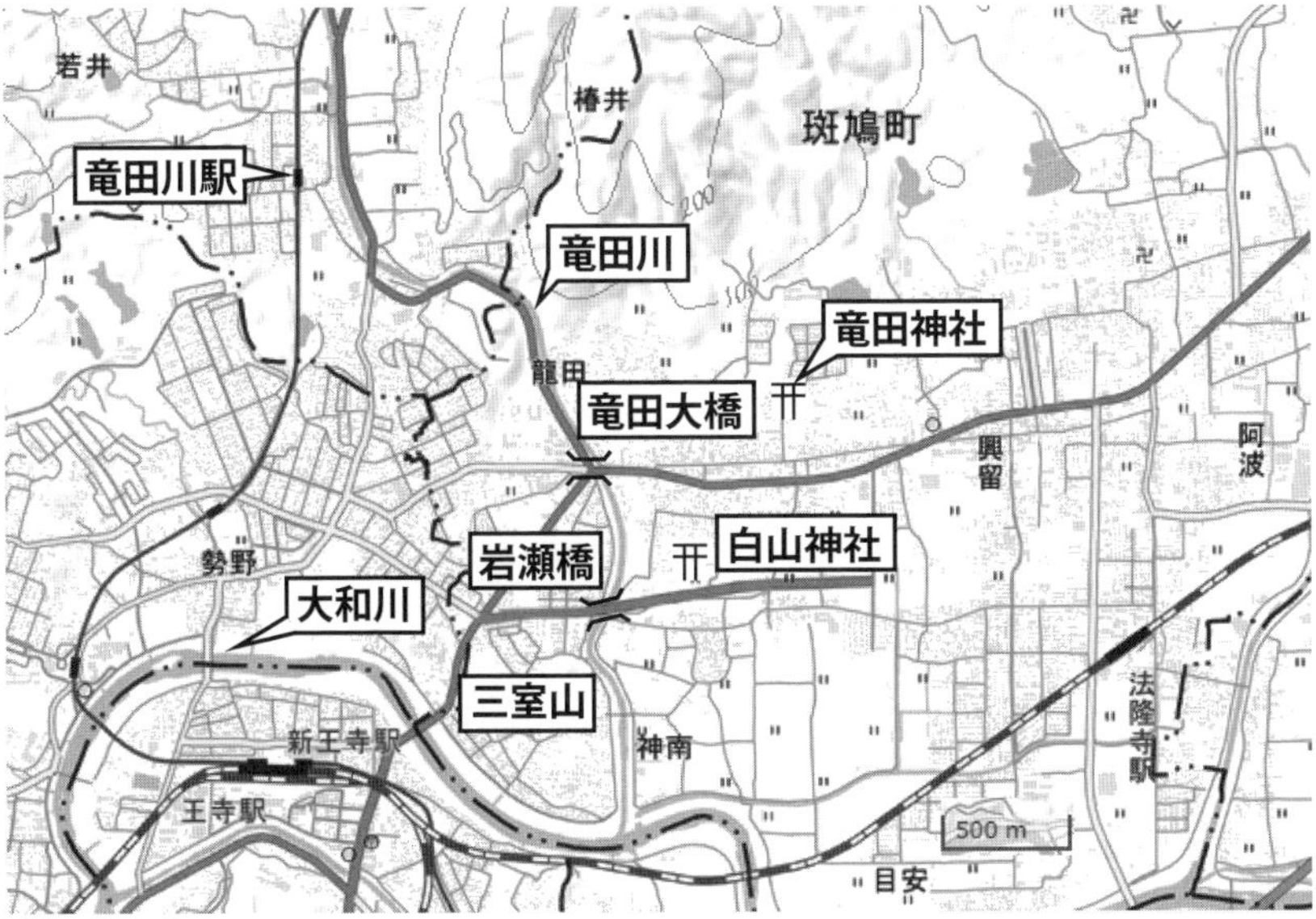

「地理院地図 | 国土地理院（Maps.asi.go.jp/）」をもとに筆者作成

ウェイ」らしい。川で視界が左右にも広がる。おお、これが名高い竜田の川か、思わず身を乗り出す。道路の左側、川の向こうには小高い丘が見える（次頁写真参照）。橋の上から川下に向かって右岸が三室山である。この川の周辺一帯は竜田川公園、とドライバーが教えてくれる。

橋を渡ったところで左折し、三室山の少し手前でタクシーを降りる。ここ三室山は地元の桜の名所、桜の季節には市民が集まり花見は大いに賑わうそうだ。

橋のそばから三室山に向かって、竜田川沿いをそぞろ歩く。花も終わった桜の名所は静かである。大きな道の先には広く住宅地が展開しているが、竜田川公園の傍は県立公園のためか人家はまばらで、川沿いを歩く人もいない。川は水量が多くゆるやかに流れ、水音もあまり聞こえない。

竜田川と三室山

竜田川と言えばまず、在原業平の歌が思い浮かぶ。『百人一首』でも有名な鮮烈・印象的な歌である。『古今和歌集』巻五・秋歌下・二九四番歌、屏風歌として素性法師の歌（二九三番歌）とともに採録されている。

二条の后の春宮のみやす所と申しける時に、御屏風に竜田川に紅葉ながれたる

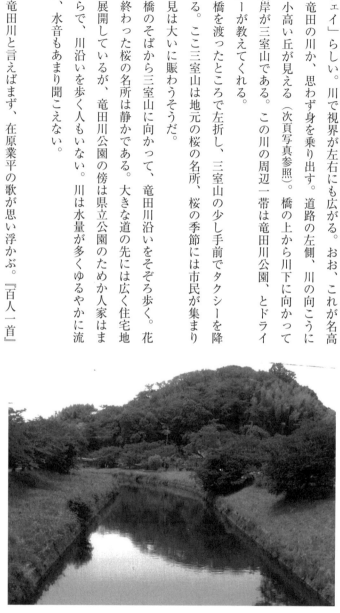

かたをかけりけるを題にてよめる　　　　そせい
もみぢばのながれてとまるみなとには紅深き波や立つらむ

ちはやぶる神代もきかず竜田河からくれなゐに水くくるとは　　　業平朝臣

『古今集』の詞書きにいう「二条の后の東宮の御息所と申しける時」は、陽成天皇の東宮時代（八六八年〜八七六年）をさす。また「御屏風」は、宮中にある屏風。「かた」とは「絵」の意で、竜田川にもみじの葉が流れている景色を描いた屏風絵の意である。

この屏風歌に基づいて作られたのが、『伊勢物語』一〇六段の竜田川の話と思われる。古来この物語の主人公は在原業平として親しまれた。ごく短い章段は、詞書と歌一首だけ、

昔、をとこ、親王たちの逍遥し給ふ所にまうでて、竜田河のほとりにて、
　ちはやぶる神代もきかず竜田河からくれなゐに水くくるとは

である。詞書きにはいかにも「昔をとこ」が竜田川のほとりで詠んだように記されているが、事実は屏風歌であろう。たった一行の詞書で物語に変化するのも、名歌なればこそと思うと、面白い。

業平のこの歌については、岡一男博士のご高説がある。「平安文学における風土の意味」（『古典の再評価』九一〜九九頁。昭和四三年六月・有精堂出版刊）によると、この一首は古代の大和国の風土と平安の風土を峻別する重要な歌であることが説かれている。

先ず、前掲書から簡単に奈良と京都の風土の成り立ちの違いと背景を記すと――（カッコ内は田村補足）。

大和の風土は「肇国（ちょうこく＝はじめて国を建てること）以来の神話・伝説にゆかりのある旧蹟や旧族が多」い所で、「惟神（かむながら）の精神（＝神の意のままで人為を加えない精神）によって、その壮麗な形姿を現出」したと言って良い。

いっぽう、「平安の新京は、古代の伝承と断絶した地に、あるいは先進文化のはやくから曙光を見せていた地に、大規模に唐文化を移植し」、新しい都づくりを「実現しようと」作られた。したがって、「万葉文化とちがって、平安文化は惟神の世界から人間の世界にすすみ、彼此（神と人間）の比重がちがって来たのである。こうして環境と理念の相違から、ひとびとの感覚もちがって来た」という。驚くことに、「平安奠都半世紀もすると、『万葉集』など読む者もなく、その成立年代さえ分からなくなってい」たのである。

文芸の変化については、古代の「神話的な自然を畏敬し、愛重した万葉人とは異な」って、

> 平安京人には、過去の伝統がなく、世界的な新文化を、あるいはそれに立脚した新しい民族文化を創造していこうという気概があったから、あくまで人間主義で、自然も人間世界の一部と化し、庭園化し、あるいは、人工美と比較して鑑賞された（前掲書による）。

とある。その証左の一種として、業平の竜田川の歌が以下のように分析されている。すなわち、

> 竜田川に流れる紅葉を、この河の水を唐紅で絞り染めにしていると見立てたのが、かく自然美を人工美にかえるのは、当時の歌風でめずらしくないとして、「ちはやぶる神代も聞かず」が業平の放胆な機智で、人代にいて、神代に挑戦しているのである（前掲書による）。

つまり、平安文学の「自然美は人生の装飾、および背景としての意味で享受され、したがって文芸の世界では様式

化されてもちいられた」のである。

ちなみに、岡一男博士が「いのち」の語源について述べておられる中に「ちはやふる」についての言及があるので引いておく、

チは「ちはやふる」のちで、神秘力の観念をあらわし、霊・主・父・血・風《ち》（東風《こち》・疾風《はやち》・千木《ちぎ》）・鈎《（ママ）》道などのチは、この意味から来ている（岡博士著、『古典における伝統と葛藤』「生命の力と永遠へのあこがれを植物に托した古代人」二〇頁、昭和五三年一月・笠間書院刊）。

古代の歌の詠み方と平安時代の歌の詠み方が、時代と風土によってこんなにも変わったということを看破し、はっきり述べておられ、目を見開かれる思いがする。神を念頭に置いた古代の自然に対する概念とは大きく異なり、業平の詠んだ竜田川は、さながらヨーロッパの「ルネサンス」のように、平安朝が人間尊重という機運をもたらした時代であることを、見事に解明されたのである。

大和の国になじみがない私には古代の茫洋たる風景への思い入れが無く、中学生のころ読んだ『万葉』歌は時間も場所も遠い世界の歌であり、あまり心引かれなかった。ただ古くから定型歌があることには驚いた。中・高・大学を過ぎても古典はあまり身近ではなかったが、『百人一首』だけは正月恒例で良く遊んだせいか子供心にも心地よく、和歌は好きだった。『百人一首』には鮮やかな色彩や風景・切実な心情があり、五七調の調べと共に心に残っている。特に好きな歌もいくつかあった。業平の歌もその一つである。

『源氏物語』に始まり、『伊勢物語』や『古今集』を学ぶにつれ、物語の中で詠まれた歌や引き歌には大いに心引かれ、和歌が面白いと思うようになった。『伊勢物語』の余韻ある物語や歌は滋味深い味わいがあるし、『源氏』の本文

の奥深さはもちろん、紫式部の歌の用い方にも感動を覚える。作中歌も、引用の和歌や漢籍も、最適なものが効果的に詠まれ、本文の良さをさらに引き立てていると思われるのである。この思いは年々強くなるが、それが何故なのか、長い間自分でもよく分からなかった。岡博士の次の文章に出会って初めて、部屋の電気がパッと灯ったように閃いた。前掲の『古典の再評価』を読むとその理由が分かる。

万葉盛期といえば、天武・持統・文武・元明の四朝、いわゆる白鳳時代で、額田王・柿本人麻呂・高市黒人らの輩出した時代だが、その頃の帝都たる飛鳥・藤原の地の周辺には、神武天皇をはじめ、古代の史蹟および伝説の地多く、エトランゼの眼には、平凡な里川・里山にすぎない一山一水も、大和旧門出の歌人たちには神聖な回想がともなっており、壮大な抒情詩を数限りなくつくらしめたのである（九三〜九四頁）。

そう、大和国の史蹟や伝説になじみのないエトランゼの私には、古代の神への信仰や神聖な回想が伴わず、理解も共感もできなかった。それゆえ、その背景や壮大な抒情詩である『万葉』歌になじめずその味わいも身近にならなかったのだ。

いっぽう、平安文学を代表する業平の歌や物語と『源氏物語』には、人物と心の機微が描かれている。『源氏』には生き生きと立ち上がる豊かな個性が、さまざまな状況と共に多彩な場面で描出される。情緒的な風景や自然も存分に描かれているが、自然を繊細に描きながらも描写の中心は人間であり、その心情を象徴するものとなっている。景情一致の物語描写や奥深い人間洞察にこそ紫式部の本領が発揮され、長く日本人の心に感動をもたらしたのではないか——。

ここまでたどり着いてやっと、自分が人間尊重のドラマとも言える平安文学に心引かれていることに思い至る。その契機となったのは仮名文字の普及である。長い間、漢字ばかりの表記であったが、平安時代に入って漢字から日本独自の表音文字である仮名が生まれ、広く使われるようになった。それにより、漢文的文章から大和ことばそのままの歌や文章が記せるようになり、こまやかな表現も可能になり、物語が次々に生まれ花開いた。仮名文字の創作と普及によって、日本独自の美意識まで織り込まれた豊かな文学が生まれたのである。書道を学ぶ中で、私が平安時代の「かなの古筆」に引かれたのも、決して偶然ではなかったと今おもう。

平安文学の中でも、特に私が心引かれるのが『伊勢物語』や『源氏物語』である。業平の歌や物語も、紫式部の『源氏』も、まさに人間中心の近代文化・文学である。業平の歌には、ヨーロッパよりもはるかに早い人間復興・人間尊重のルネサンスが見られるのである！『万葉』時代と平安時代の歌や文学のあり方がこんなにも違うことに改めて驚く。頭の回転が遅い私には、ここまでの道のりが途方もなく長かった。ただ政治や社会のあり方の違いだけでなく、「風土」という概念を加えて論じられた『万葉』時代と平安の違いに目の前の霧が晴れ、ささやかながら自分の疑問が一つ晴れたことも嬉しい。岡博士の「風土」は、文学作品を時代ごとに機械的に分けて羅列し、ひとくくりに述べるだけの文学史では得られない視点である。またこの言葉は、西洋の文化との違いを意識する私のキーワードにもなった。

ところで、「竜田川」には①生駒川と平群川の下流、斑鳩町を流れる竜田川と、②大和川の本流を意味する竜田川の二通りの使い方がある。歌枕だから細かいことは言いっこなし、というなら特にこだわることもないのだが、現地を見たらどっちの竜田川だろうかと気にもなる。

吉田東伍博士が『大日本地名辞書』第二巻で歌の解釈を添え、竜田川の場所を論じておられるので、ぜひここに引いておきたい。「龍田川」の項、生駒川の下游にて、新龍田《シンタツタ》（今龍田村）の西を過ぎ大川に会し大和川と為る、古来詠歌の名所にて学者議論多し。龍田考云、凡龍田川は古今集（三〇〇番歌）に、

神なび山をすぎて、龍田川をわたりける時に、もみぢ葉のながれけるをよめる、

神なびの山を過ぎゆく秋なれば龍田川にぞぬさは手向る　清原深養父

と詠めるは、河内の方より出こし道の次第には非らず、神南山を越て西の方へ帰りいなんずる秋なれば、先東より立田川にみそぎはらいて幣をば手向る心をいふにて、今秋の越えんとすれば此山は立田川の西にあるなり、即立田新宮の方にあるべし、立野にては実地唯川幅の路をこそゆけ、あなたの山は嶮しく渡るべくもあらず。又云立田川は万葉集に詠じたる者なし（＝『万葉集』の歌人で竜田川を詠んだ者はいない）、彼古今集（二八三番歌）に、

立田川もみぢみだれて流るめりわたらば錦中や絶なん、

此歌は読人不知と載せて、左注に奈良帝と記し、同書序に秋は立田川に流るる紅葉をば帝の御目に錦と見給ひと書るは、専此御歌をさして云へるにて、玉勝間にも平城天皇なるべきよしにいはれつるは実にさる事なり、とある御歌ぞ立田川といふ名の物に見えたる始にはありける（歌番号と傍線は田村）。

とされる（吉田博士、前掲書、第二巻・上方、三二九〜三三〇頁。明治三三年初版・昭和四四年一二月増補版・冨山房刊）。

傍線部にある通り、先の清原深養父の歌（『古今集』巻五、秋下、三〇〇番歌）は神なび山が（立野の三室山ではなく）今回訪れた三室山であり竜田川の西にあること。竜田川が①の斑鳩町を流れる竜田川であり、この場所であることを示している（②の大和川の本流を意味する川ではない）。また、『万葉集』には詠まれていない立田川が、後掲の歌（『古今集』巻五、秋下、二八三番歌）によって初めて詠まれたことが分かるのだ。

現地の竜田川あたりは五月の末とて木々は紅葉していない。もみじの若葉が風に揺れている。間近で見るともみじの幼い葉は萌え始めの熱を帯びているかのように、葉の縁がわずかに紅い。若葉の一部が紅いのは発見であった。秋はこれらの木々が全て紅葉し、さぞ素晴らしい眺めであろう――。そんなことを思いながら、業平の歌意を反芻しつつ川沿いの道を三室山に向かう。川岸はきれいに整備され、ゆるくうねる流れのすぐそばで、丈の低い草が風に揺れている。

木立の中の遊歩道を通り三室山の上り口階段の下に着く。「みむろ山」と彫られた縦一メートルくらいの御影石が階段横の石垣にはめ込んである。その右横には、和歌二首と作者が刻まれた石のパネルがある。

嵐ふくみむろの山のもみぢ葉は竜田の川の錦なりけり　能因法師

ちはやぶる神代もきかず竜田川からくれなゐに水くくるとは　在原業平

御影石に紅いモミジの葉が三片あしらわれているのも、竜田川にふさわしく印象的である。

紅葉したもみじの葉を絞り染めにするような、岩を噛む激しい流れを思い描いて訪れたが、初夏の新緑と濃い緑の景色を映す竜田川の流れはあまりに静かで、拍子抜けするほどであった。業平の歌のような勢いのある流れではないのが残念だが、一〇〇〇年以上も昔の風景なので残っていないのも仕方がない。

竜田川の川辺を歩き風に吹かれながら青もみじを見たことは実に感慨深い。何よりも私たち以外に人通りがなく、ゆったりといにしえに思いを巡らす静けさがある。それが一番の良さなのかもしれない。近年の観光地はいずこも賑やか過ぎ、遠い時代に思いを馳せるのが難しい。その意味では人けのない竜田川はいうことなしの環境である。花見の時期や紅葉の季節では、こうは行くまい。静けさを楽しみたいなら、あえてもみじや桜の季節をはずして行くのが良いと思う。

三室山は、竜田川と同じ生駒郡斑鳩町、大字神南にある。山麓を竜田川が流れ、古く紅葉・時雨の名所である。三室山は他所にもあるが（後述）、先ずは今回訪れた三室山について述べる。

三室山は八二メートルの小高い丘である。階段をずっと上まで登ると、木の間から遠くまで見渡せる。何気なく撮った写真だったが、後からよく見ると三室山から東南の景色である。水面は見えないが、塩田橋・斑鳩西小学校のすぐ奥に大きくくの字に湾曲した大和川の土手が写っている。竜田川が合流する大和川は眼下にあったのである。地図を見ると頂上から大和川まで八二〇メートル前後である。

丘の上には三室山と能因法師について石に彫られた説明板があり、傍らには能因法師供養の五輪塔がある。説明板によると、

能因（九八八～一〇五二）
平安中期の歌人で、中古三十六歌仙の一人でもある。二十六歳ごろ出家し、甲斐・陸奥・伊予などの地を旅し、独自の歌境を深める一方、皇族などの歌合せにも出詠するなどした。

とある。能因はもともと三室山南側下方の神南（じんなん）集落の三室堂に住んでいた、三室山へはしばしば遊びに来ていたと言う。能因の供養塔は公園整備の際に神南集落からこの丘の上に移された旨も説明板に記されている。

先の「嵐吹く」の歌は、「永承四年（一〇四九）内裏歌合によめる」との詞書がある（『後拾遺和歌集』巻五、秋下、三三六番歌）。能因六二歳、『源氏物語』成立の四〇年以上後の話である。能因の歌は『後拾遺集』以下の勅撰集に六七首入集し、著書に『能因歌枕』、私撰集『玄々集』、家集『能因法師集』がある。

「嵐吹く」の歌はどのような景色を念頭に置いて詠んだのだろう。緑の初夏には、鮮やかな紅葉の錦織りの景色は想像がつかない。丘の上に立ち、奈良の景色を見渡す心に、ふと能因さんが掛かる。ここにいたら、いにしえの紅葉を見せたいものだ、と呟くだろうか――など思いながら供養塔に手を合せ、三室山を下りた。

もっとも、紫式部の時代には、紅葉の名所としては竜田川より、だんぜん嵐山が著名である。平安京の文人・歌人にとって、竜田川は距離的にも時間的にもすっかり遠い存在になってしまった。『源氏物語』に竜田川が登場するのは、実際よりも一〇〇年ほど前の醍醐天皇ころの時代設定のゆえであろう。

それが能因の時代に再び詠まれ復活するのは、和歌の世界にも『万葉集』歌など古代の表現や作風を取り入れ、新しい歌風を生み出そうと言う思いからの変化であろう。文化も文芸も滞ってしまうと衰退の道しか残されないのである。

三室山には能因の供養塔があるが、白河の関の例もある（後述『袋草紙』）。「嵐吹く」の詠は歌合出詠の作である。能因が三室山に住んだかどうか、その真偽のほどは不明である。

藤原清輔の『袋草紙』に、藤原国行についての話がある。竹田大夫国行が陸奥に下向し、白河の関を越えるとき一時的にせよ身だしなみを改めたのを何故かと問われ、古曾部入道（能因法師）が「秋風ぞふく白河の関」と詠まれた場所を、ふだんのままの服装で過ぎて良いものか、いやきちんと改めるべきだ云々という話を、「感心だ」とした後、以下のように続く、

能因、実には奥州に下向せず。この歌を詠まんが為にひそかに籠居して、奥州に下向の由を風聞すと云々。二度下向の由書けり。一度においては実か。八十島記を書けり。

能因の歌は『後拾遺和歌集』第九、羇旅、五一八番歌、

みちのくにまかり下りけるに、白河の関にてよみ侍りける　　能因法師

都をば霞とともにたちしかど秋風ぞ吹く白河の関

藤岡忠美氏によると、

この話は『十訓抄』『古今著聞集』『愚秘抄』にも見える。しかし「都をば…」の歌は、『能因法師集』一一〇では万寿二年（一〇二五）陸奥に実際に初度下向した折の詠と記す。「すき」に徹した能因の真骨頂を伝えるために脚色された話か。『能因法師集』には再度陸奥へ下向した折の詠が入っている。一度下向したことがあるのは間違いない（藤岡忠美氏校注『袋草紙』新日本古典文学大系・八九頁脚注、一九九五年一〇月・岩波書店刊）。

とされる。

前述のもう一つの三室山は、生駒郡三郷町の西部にある。前掲『日本歴史地名大系』第三〇巻によると、

竜田大社（本宮）西南、奈良県と大阪府の境界にあり、標高一三七・三メートル。「和州旧跡幽考」に「本宮より四町ばかり。三室は神の社をいへり。神楽註抄。三室山は神のいます山なり。

とあり、能因の歌もこの項に引いてある。歌を三首挙げたあと、項目の最後に

…などと詠まれているが、現斑鳩町西南隅、竜田川西岸にも標高八二メートルの三室山があり、『大和志』はこれを神奈備山とする（六九頁）。

といい、断言を避けている。

〈参考〉久保田淳・馬場あき子両氏編『歌ことば歌枕大辞典』（平成一一年五月・角川書店刊）「三室山」の項、

本来、同郡三郷町西部の山を指したが、聖徳太子が斑鳩に竜田神社を造営した後、竜田川の名とともに、この一帯（＝斑鳩町大字神南）の山の名として定着したという。神の宿る山の意の神奈備山とも呼ばれる三室山と三諸山（三輪山）とは、この神奈備山という名称を介して同一視された。

ところで、竜田の地名は何から来たのか、いわれがあるかと思い調べたところ、

雷がこの地に落ちて童子と化して農夫の養子となったが、のちに小竜と変じて昇天したので竜田というとの地名説話が『詞林采葉抄』にある（『角川古語大辞典』巻四「龍田・立田」の項）。

という。

竜と関わりがあるのは水の神様なのであろうと思いきや、竜田明神は風の神である。あるいは「風が立つ」の意で、立田山といったものか。それがのちに権威づけのために、いかつい龍の字をあて「龍田・竜田」になったのかもしれない。

なお、以上の竜田川・三室山については、あくまでも現在地をめぐる考察である。竜田川は業平の歌に詠まれたころとはかなり景観が異なるようだ。

奈良県公式のホームページ「竜田公園」の項に、奈良県公園緑地課の「竜田公園　再整備に関する基本計画」がある。その中の竜田川の歴史や公園の概況によると、県立竜田公園は、斑鳩町の南西部の竜田川沿い総延長約二キロメートル・総面積四ヘクタールの都市公園、河川敷緑地である。竜田川はかつて大きく蛇行しS字を描いていたが、江戸時代の慶長四年（一六〇一）片桐且元が竜田城を築いた折に、外堀と船運のためほぼ真っ直ぐに改修したよし。昭和十六年に県立公園（竜田川楓園）となり、昭和四〇年（一九六五）治水対策として川床を三メートル掘り下げ、ほ

ぼ現在の流れになる、また三室山はもとの姿をとどめているが、昭和三二年（一九五二）ごろ斑鳩町によって公園化され、桜の名所になったよしである。

このような大きな変化にもかかわらず、現在の竜田川・三室山の景観は業平時代のそれを髣髴とさせるに十分である。千年以上にわたる歌枕の地の力でもあろうか、まことに貴重な景観である。

(三) 岩瀬の森

ついでに、「岩瀬の森（磐瀬杜）」の所在地について、および「白山神社と竜田神社」「竜田大社」についても、以下に若干ふれておきたい。

「岩瀬の森」もこの近くらしい。竜田川公園付近の地図にも道路地図にも記されていないが、近くであるならその場所を見たいものだと思った。

竜田川沿いを歩き、三室山に上った後、岩瀬の森はどこだろうと思いつつ、移動のためのタクシーを待ちながら、いかるがパークウェイにかかる広い橋の上から三室山の写真を撮った。二車線ずつある車道も広いが、車道の傍らの歩道の幅が大変広く、優に一車線分ある。橋全体は六車線分もある。橋の欄干にはモミジの透かし彫りがはめ込まれ、竜田川にふさわしい景色だと感心していると、なんと、橋の名前が「岩瀬橋」であった！　ここが岩瀬なのだと、得心がいく。地図に岩瀬の文字はないが、いかるがパークウェイは森を大きく切り崩して開いた大きな道なのではないか。今は森の面影もないが、橋にその名があるのはせめてもの名残である。岩瀬が竜田川のそばにあると実感できてうれしい。

ところで三室山は岩瀬橋の下流だが、橋の反対がわ竜田川上流には、紅い橋が架かっている。高いところに架かる橋で、橋げたはない。簡略な地図では名前がわからなかったが、「堂山橋」という。紅い橋と水に映るその影は緑の木々に映え、ハッとするほど美しい。手前には岩瀬橋の欄干にもみじの透かし彫りも見えている。秋よりもかえって初夏の今、森と水に映る青もみじのまん中に紅い橋とその影が二つながら見え、色の対照も印象的で一幅の絵画のようである。

「岩瀬の森」は『枕草子』三巻本（角川文庫、後述参照）一一〇段と二〇〇段の二か所にある。

〈一一〇段〉森は　浮田の森、うへ木の森、岩瀬の森。立ち聞きの森。

〈二〇〇段〉森は　うへ木の森。石田の森。うたた寝の森。岩瀬の森。大荒木の森。たれその森。来るべきの森。立ち聞きの森。ようたての森といふが、耳とまるこそあやしけれ。森などもいふべくもあらず。ただ一木あるを、なにごとにつけけむ。

『枕草子』のこの段に取り上げられた森は、名前の面白いものである。この段以外の項目にも同じ傾向が見られる。ここでは、「岩瀬の森」に「言はせる」とか「言はせない」の語意や語感の重なる面白さを感じたのではないだろうか。

言葉の面白さと言えば、昔、子供に読んだ五味太郎の絵本を思い出す。題名は忘れたが、「父の血」「母の歯」「頬の帆」など、一、二文字ながら意外な言葉の組み合わせの面白さを示したものだった。長くて面白いものには「岩の謂れはイワシも言わぬ」などあって、楽しい絵とともに今でも鮮明に覚えている。ごろ合わせや洒落は同音異義語の多い日本語の楽しい遊びなのではないだろうか。掛詞や縁語などに端を発する太古の頃からの感覚を、今も日本人が持っている証しともなろう。

「岩瀬の森」は大和国の歌枕で大和の生駒郡と思われるが、諸説ある。例えば、『枕草子』上巻の「岩瀬の森」補注は以下の通りである（松浦貞俊・石田穣二氏訳注『枕草子』角川文庫二一〇頁、昭和四〇年八月初版刊）。

1 大和国、生駒郡。

2『能因歌枕』には、大和、摂津の両国に挙げる。

3『八雲御抄』は、大和とし、また摂津、信乃に有と云々。

4 岩代、岩瀬郡、須賀川に磐瀬杜ありとする説もある。

また、前掲『歌ことば歌枕大辞典』には、

歌枕の「岩瀬の森」は「神奈備の」を冠したり、「竜田川」と一緒に詠まれたりすることが多く、1の奈良県生駒郡斑鳩町竜田のあたりと考えて良いだろう。

とある。

平凡社の『日本歴史地名大系』第三〇巻（奈良県）では、三か所が挙げられ説明されている。

5「岩瀬の森」の項　現三郷町大字立野の高山集落の大和川北岸に森があり、「磐瀬の杜」の石碑が立っているが、その所在は諸説あって定まらない。「行嚢抄」や「竜田考弁」は高山説（六九頁）。立野村（現三郷町）にも岩瀬（亀ノ瀬）がある（六九頁）。

6「稲葉車瀬」の項　現斑鳩町大字稲葉車瀬の俗称、塩田の森と称する所に求める説。「大和名所図会」には「磐瀬杜　神南の東車瀬村にあり」と記している。車瀬は竜田川の曲瀬を意味する語で、竜田川の対岸に神南村の神南淵があり、名所のよし（大和名所和歌集）。ちなみに上流の峨瀬《がせ》（竜田村）も岩瀬《がんせ》である（七五頁）。

7「竜田村」の項　旧竜田村・現斑鳩町大字竜田（竜田・竜田北・竜田南）。竜田川の東側（三室山の対岸をいう）。古来紅葉で知られ、三室山・磐瀬の森など名所も多く、県立竜田公園に指定されている（七一頁）。

吉田東伍博士の『大日本地名辞書』上方、三三〇頁、

8「奈良志岡」の項　奈良志岡は、竜田村の南にある小吉田車瀬目安の辺をいう、神南山と龍田川を隔ててその東方なり、磐瀬の森はその北に在り、名所図会に、目安村に在り、龍田大橋より四町許、南川添にささやかなる森あり垢離取場《コリトリバ》と称す此れなりと、然れども垢離取場は即磐瀬森にて奈良志野中の一林のみ。（中略）。

（磐瀬杜について）　龍田考云、万葉巻六、大納言大伴旅人卿寧楽に在りて故郷を思ふ歌あり、「しばらくもゆきて見てしか神名火の淵を浅《アセ》にて瀬にかなるらむ」（巻六、九六九番歌）、巻八に此旅人卿の孫なる大伴田村大娘が其妹・坂上大嬢に送れる歌に、「ふるさとのならしの丘のほととぎす」（同八、一五〇六番歌）とあるに考へ合すれば、旅人卿までの本居は此奈良志岡也、また今の龍田川の東傍に松の老木ども村立残れる森を今も岩瀬の杜とよべり、此辺にて龍田川一名神南川といふ。

とされ、岩瀬の森はならしの丘の北にあるとされた。

また次項の、①鏡王女の歌や②志貴皇子の歌が「神奈備の磐瀬の杜の」を詠んでいることを引いて、

磐瀬杜は龍田村の南車瀬に在り、其林中小祠あり。また、磐瀬森の西南、龍田川を隔て四町許に三室山神南村等あり。

と記されている（『万葉』歌は読みにくいので、吉田博士のフリガナに従って漢字とかなで記した。カタカナのルビは博士の記述）。

「岩瀬の森」を詠んだ主な歌は、以下のとおり。

①神奈備の磐瀬の杜の呼ぶ子鳥いたくな鳴きそわが恋まさる（『万葉集』巻八「春雑歌」鏡王女、一四一九）

②神奈備の磐瀬の杜のほととぎす毛無《ならし》の岡にいつか来鳴かむ（『万葉集』巻八「春雑歌」志貴皇子、一四六六）

③もののふの石瀬の杜のほととぎす今しも鳴きぬ山のと陰に（『万葉集』巻八「春雑歌」刀理宣令、一四七〇）

④立田川立ちなば君が名を惜しみ磐瀬の森のいはじとぞ思ふ（『後撰集』巻十四「恋六」元方、一〇三三）

①〜③の歌は、神奈備が三室山と思われる点から、竜田川周辺と考えられる。③はもののふを冠しているが、これも同じく竜田川周辺の岩瀬の森と思われる（前掲『歌ことば歌枕大辞典』）。

また、前述5の『日本歴史地名大系』第三〇巻によると、「磐瀬の森」は諸説あって所在は定まらないとあるが、生駒郡三郷町大字立野には「磐瀬の森」の石碑があり、①の鏡王女の歌碑も建てられている（昭和五八年建立、三郷町ホームページによる）。

④の歌は『後撰集』、元方の歌。「立田川」に立つを掛け、「いはせの森」にいはじを掛けて、言葉あそびを楽しむ感がある。『後撰集』は、九五一年ごろ成立。編者は梨壷の五人、源順・大中臣能宣・清原元輔・紀時文・坂上望城である。彼らは当時すでに読めなくなった『万葉集』の研究を村上天皇に命じられたメンバーでもあった。この歌は、『日本地名大系』の5〜7のどれであっても差し支えないように思う。

なお、吉田東伍博士は、「龍田川」の項で、「龍田川」と「岩瀬の森」の場所が④の歌で特定できることを述べておられる。

後撰和歌集に元方、岩瀬杜を詠合せたる、其岩瀬は新龍田（現在の斑鳩町竜田）の土橋より四五町下にあれば、

此処なる立田川を詠めるものなる事疑いなし、かかれば今の龍田の立田川ぞ此川の名の起れる原なり（後略）

（前掲『大日本地名辞書』第二巻、上方、三三〇頁）

現在の岩瀬橋は、『歌枕歌ことば辞典』のいうように、岩瀬の森1に基づくもので、1の奈良県生駒郡斑鳩町竜田あたりと考えて良いだろう。三室山の対岸は6の稲葉車瀬でもある。ここは塩田の森とも呼ばれるというから岩瀬の森と重なる。三室山の下流には実際に塩田橋という橋もある。7三室山の近くでもあるのでこの辺りである。私たちが訪れたのは県立竜田川公園と三室山、岩瀬の森は三室山の対岸の北に位置するのである。

また8には吉田博士が「龍田川の東傍に松の老木ども村立残れる森を今も岩瀬の杜とよべり」と一二〇年も前に見聞したことが記されているのである。

後から調べると、「岩瀬の森」の説明板が見つかった。三室山の頂上にあった「三室山と能因法師」の石の説明板と同じ形式の石の説明板である。「花小路せせらぎの道」と書かれた赤い順路を示す図が共通であり、設置場所は白山神社の近くである。

少々長いが、「岩瀬の森」の説明板をそのまま以下に記しておく。

当地の地名を「岩瀬」（古くは「磐瀬」）といいます。このあたりは龍田川の川底一面に　岩が多く急な流れであることから、「岩瀬」と名付けられたようです。

岩瀬の地には「岩瀬の森」が広がり、森の中には祓戸（はらえど）神社という神社がありました。昔は、祓戸の神へ詣り、付近を流れている龍田川で身を清める風習があったそうですが、明治維新の時、この神社は白山神社（現在地より北東に200ｍ）に移されました。

また、岩瀬の森は万葉集などに歌われている「神南備の磐瀬の杜」であると言われています。

神奈備の　磐瀬の杜の　ほととぎす　毛無の丘に　いつか来鳴かむ
（万葉集巻第八・一四六六）志貴皇子（天智天皇第七皇子）

この森は龍田川の左岸にあり、川向かいには三室山が見えます。歌中の「神奈備」は三室山を中心とする龍田の神奈備（神の居場所）のことでしょう。「磐瀬の杜」は歌枕の一つとなり、後世の歌人たちはこの地を訪れることなく、龍田川付近を想定し歌作したであろうといわれています。

現在、岩瀬の森はそのほとんどを失い、「岩瀬」の地名とこの小さな森（土地では「塩田の森」と呼ばれている）が残っています。

㈣　白山神社と竜田神社

次に目指すは竜田神社である。岩瀬橋からタクシーに乗って竜田神社を目指す。が、二台めの車がなかなか来ない。あとの車を待つあいだ、途中で白山神社に寄ってみる。石の鳥居をくぐるとたくさんの石の灯籠と階段の奥に赤いお社があり、小さな摂社が沢山ある静かな神社であった。

摂社には立札があり、白山神社・伊弉冉命《いざなみのみこと》、皇大神社・天照大神、住吉神社・底筒男命《そこづつお》・中筒男命《なかづつお》・表筒男命《うわづつお》、日吉神社、八幡神社・誉田別命《ほむたわけのみこと》、塩田神社・塩土神などが祀られている。前述の「岩瀬の森」説明板にあるように、昔この近くの岩瀬の森には祓戸神社があり、付近を流れる竜田川で身を清めたよし、眺めもずいぶん変わったようだ。小さなお社一つずつに手を合せ、再び車に戻る。竜田川に掛かる大きな赤い橋、竜田大橋を渡り、竜田神社に向かう。

一五分ほどたって龍田神社に着いた後車のメンバーの表情は思いのほか明るい。途中、車中の正面に珍しい真っ直ぐな虹を見たとのこと、思わぬおまけがついて良かったこと。先に着いた私たちは空の変化には全く気が付かず、虹が出たのも知らないままだった。

龍田神社は入口に大きな鳥居があり、大きな石の灯籠が鳥居の外側左右に一対据えてある。境内が明るく広い神社である。大きな鳥居をくぐり、まずはゆっくりお参りをする。参拝者は私達だけだったので、ゆったりした気分で神社内を見学した。

立派な社殿には「竜田社」の額が掛けてある。三つ並んだ金鼓《こんく》と注連縄の上には大きくふくらんだ唐破風の屋根がある。見上げる屋根は、弓形にカーブをえがき、何とも優美である。庇の下に一対のもみじ型の装飾版が左右対称につけてある。恐らく銅製であろう。新緑の時期に訪れたせいか、金属のレリーフは緑青を帯びてまるで青もみじのように見える。初夏にぴったりの装飾に思われ、顔がほころんだ。神社の売店で今回初のお守りを求めた。桜色の丸玉に桜の絵がかかれ、小さな鈴のついたかわいいお守りである。見るたび心がまどやかになり、うれしいお守りである。

産土神、風宮龍田神社の御祭神は、天御柱大神、国御柱大神の二荒魂と龍田比古大神、龍田比古女神、陰陽二社の皇神。風雨を鎮め水難・疫病を防ぐ神と楓・桜等の四季を司る神である。息災長寿天地萬有厄除の神。『延喜式』神名帳所載の龍田地主大神である。ほかに末社として一二社を祀る（龍田神社由来書による）。

ここは聖徳太子が法隆寺を立てる場所を探していたときに導いた神を祀った神社であると言う。太子は「椎坂山《しいさか》で白髪の老人に顕化した龍田大明神に会い、まだらばと（斑鳩）で指示してもらった地を法隆寺建設地とされ」、明神が「吾また守護神となろう」と言われたよし（神社でもらった由来書による）。法隆寺ができた後に作られた法隆寺守護の神社である。

龍田神社は法隆寺の管理下にあって長く神仏習合であったが、明治の神仏分離と廃仏毀釈で沢山あった寺院関連の建物は全て廃棄され、神社のみ残されたそうである。広大な敷地にたくさんの建物が保存されていたら見応えもあったことだろうと惜しまれる。

寺院関連の物は既にないが、いろいろ目を引く物がある。境内には大きな楠があり、注連縄が巡らされている。その周りに赤い板囲いがあり、前には赤い鳥居がある。鳥居の額には、楠大明神と正一位稲荷明神の名が並んでいる。立派な楠はどれくらいの樹齢であろうか。和泉市にあった信太の森の千枝の楠を思い出した（「八　京阪紀行」参照）。幹周り一一メートルだった千枝の楠よりは小さいが、樹勢がある。ここの楠は根元が三つに分かれ青々と茂る大きな枝を天に伸ばしている。

傍らの手水は大きな長方形の石でできている。正面には「龍田社」と草書で彫られ、存在感のある手水である。手水の上には銅製の大きな鶏の像が据えてある。

他にも、石垣で囲まれ更に鉄製の囲いの中に大きな木がある。その前にある石碑は「金剛流発祥の地」を示すもの。能楽シテ方の一流で、大和猿楽四座の一つ、坂戸座を源流とするよし。そのそばには、県指定の天然記念物、ソテツの巨樹の立札。広い境内の端でなく、まん中に近い地面に、ニョキッと立っている二メートル足らずの石柱も不思議である。石柱の文字は…「百度石」だろうか？　お百度参りのための石なら端でなく中ほどが良いのだろう。

ところで、竜田を冠する神社が二つあるとは知らず、調べていて混乱した。どちらも三室山に近い。この三室山も、同じ生駒郡に同名の山が二か所あるから、なおややこしい。

一つめの竜田神社は正式名称を竜田大社といい、奈良県生駒郡三郷町立野にある。大和川北岸、三室山（奈良と大阪の県境にあり、標高一三七・三m）の東北に鎮座し、俗に竜田明神という。元官幣大社。祭神は天御柱命・国御柱命。風をつかさどる神で、古来五穀の豊熟を祈願する神である。

二つめが今回訪れた神社である。生駒郡斑鳩町大字竜田、法隆寺の西南、竜田集落の東に鎮座。祭神は前述の通り、四柱の神であり、雨風・水難を防ぐ神と、楓・桜の四季をつかさどる神、竜田の地を守護する地主大神でもある。竜田神社でもらった由来書の前半は中世以前の話で、一つめの竜田大社と同じ内容であり、『聖徳太子伝私記』と書いてあるのでこれによるのだろう。

元は三郷町大字立野の竜田明神であるので古くからある竜田明神を本宮と呼び、この神社を新宮と呼び習わしたようだ。竜田明神の摂社である時期もあったが、大正一一年（一九二二）に独立してからは、竜田神社と呼ばれているという（前掲『日本歴史地名大系』第三〇巻）。

同じ名前の竜田神社・三室山・岩瀬の森が、三郷町大字立野と斑鳩町大字竜田・大字神南の両方にある理由を、元は一つであったと判断される吉田東伍博士が、三郷村の「立野」の項の補注に以下のように記しておられる。少々長いが、感銘を受けたので引用する（前掲『大日本地名辞書』二巻、三三一頁）。

補【立野】

○龍田考〔重出〕龍田はいと古くより書にも歌にも多く見えたる地にて、杜は更なり山川など殊に世に名高く、尚歌に詠合せたる此所の名所にては神奈備山（または川とも）三室山（または岸とも）磐瀬杜、那良志岡などをはじめ尚何くれと詠合せたる名所どもの多かるを、いづれもいと紛紜《マギラ》はしくなりきつるは、もと龍田の社の立野と龍田と二所にありて名高き名所をも龍田に近かる地に多かれば、其を立野の方には羨み嫉む愚痴者やありけむ、もとより本宮とます立野なれば、総て龍田と詠きたる名所どもは山も河も何も悉皆立野の方に在りとしいはむとて、多くの名所どもを其近き辺りに設けたり、行嚢抄に引る応永の頃の紀行の文には既に彼偽妄の見えたるを以て想へば、元亨より応永まで（一三二一〜一四二七年、田村注）の間に設け出づる偽りには違ひあるまじ（カタカナのルビは吉田博士）。

前掲『日本歴史地名大系』第三〇巻が、竜田神社・三室山・岩瀬の森等を、三郷町立野と斑鳩町龍田の両方を記載し、どちらとも決め難いという姿勢であるのと異なり、吉田博士は文献や地勢、歌の内容と意味、人の心理にまで思いを巡らせ一人で書き上げられた。一二〇年も前の『大日本地名辞書』の判断に、賛意を表したいと思う。

㈤　終章

今回訪れた竜田川・岩瀬の森・竜田神社は、法隆寺からタクシーでワンメーターほどの近い距離である。昔法隆寺には来たことがあるが、今回訪ねた竜田川以下の歌枕や名所には一度も来たことが無かった。

法隆寺には、修学旅行や一般の観光客が引きも切らず訪れ、大そう賑やかである。が、少し離れた竜田川周辺は静かな住宅街に隣接する川沿いの公園で、道行く人もほとんどいない。小学生の見守り活動らしき人が、「パトロール」の札を付けた自転車を押しながらゆっくりと通り過ぎて行っただけである。

今まで言葉の上だけと思って読んできた歌枕が、現実のものとして目の前にある。竜田川の流れや三室山、岩瀬の森など、一〇〇〇年以上の時を越えて今、改めて身近に感じられる。机に向かうだけでは得られない貴重な体験である。

また、業平の竜田川の歌は、大和の神々を離れ、平安朝文学が人間尊重の「もののあはれ」の文学であり、人間性あふれる文学であることを象徴している、と実感できた。平安朝文学―なかでも業平や紫式部の作品―を好む自分の嗜好とその理由にも合点がいった。同時に、竜田川や岩瀬の森にまで触れている紫式部の、幅広く奥深い才知には驚嘆するばかりである。

今は昔――。

岩を噛む激しい流れこそないけれど、『万葉集』が生まれた奈良の地で、業平の詠んだ「神代も聞かぬ、竜田川」の魅力に触れ、感無量である。現地に足を運んだ甲斐があったと、今回の旅の意義が痛感される。仲間と現地で様々な話をしながら、川沿いの道をゆったり歩いたことも楽しい思い出である。古典ゆかりの静かな場所で感じたこと、帰ってのちに調べ記憶をたどりながら思いを巡らせるのも旅の醍醐味である。現地で分からなかったことや後からの気付き、見落とした所や思い出せないことがあるのも惜しまれる。もう一度見たい場所、新しく訪ねたい場所が、また増えて行く――。

業平の歌を読み返し現地を思い出すたび、「神代も聞かぬ、竜田川」の魅力がさらに私を引き付ける。平安朝文学がますます親しいものになっていくのである。

Ⅱ　日本文学の原点

○はじめに

ずっと国語が好きだった。他の教科とは違う特別なものだった気がする。私を引き付けたのは恐らく、文字で表された世界を、読むことで体感できる不思議さだった。絵や写真や映画とは全く違う世界である。学年の初めにもらう教科書は、国語だけ一気に読んだ。読み物としても面白く感じたのだと思う。

文法ばかりの古典は苦手だった。言葉や意味を正確に読み取れないせいもあった。後年、人生の宿題とも思っていた『源氏物語』を学ぶ機会を得てから、その意識はがらりと変わった。千年前の貴族の物語に、いま生きている人間と同じような喜怒哀楽や、人生のあらゆる場面と機微が描かれているではないか。生きて苦悩する人間の姿が、目の当たりに見えるのだ。まさしく文学は感動であった。文学は感動であると『源氏物語』を通して実感でき、古典がだんぜん面白くなった。千年たっても古びない物語には、時代を超えた日本人の感性と美意識が浮き彫りになっている。現代との共通点も多い。『源氏物語』は私の古典学習の原点となった。『源氏』を学ぶほど、豊かな世界が目の前に広がる思いがする。日本文化の根源が『源氏』の世界に描かれていると思い、汲めども尽きぬ泉のような古典―『源氏物語』に惹かれるのである。

この章には私の古典文学の原点となるものを置いた。古典の背景には日本独特の風土がある。風土と原風景から生まれた日本の古典文学は、日本人の感性と感動が基盤にある。それを明らかにした好例が五十嵐博士の名著『国語の愛護』、大いに感銘を受け、その実情を再評価した。『源氏物語』「須磨」巻は、その感動がもたらす内容を私なりに書き留めようと試みた。増淵氏の論文集『源氏物語をめぐる』も、五十嵐力・岡一男両博士の伝統を受け継ぎ、文学が感動であることを明らかにしておられ、学ぶところが多い。

なお、日本人の個性を表すものに、他国に見られない虫の音の愛好がある。殊に平安の王朝貴族は虫の音を美しいと感じ、それを季節や心情とともに和歌に表し文芸として磨き、文学そして文化にまで高めた感性を持つ。この感性が、『源氏物語』にどのように描かれどのような効果と感動をもたらすか、考えてみたことがある。今も虫の音の愛好は日本人の中に生きており、日本の文化である。虫の音は「感動をもたらす日本固有の素材」であり虫の音は風土に支えられてもいる。例えば『源氏物語』で、野に鳴く虫が人工的な庭では鳴かぬことを知る（拙稿「古典に見る『虫の音』（中）」『並木の里』八二号・二〇一六年八月刊参照）。王朝貴人の庭は、嵯峨野・紫野の風景をそのまま移したように作られることも少なくなかったのであろう。『徒然草』にも自然のままの庭が良いと出ている。王朝貴族が虫の音を愛した背景には、原風景があったのである。

以下の文章は古典を学び始めてから書き綴ったものである。スタートが遅いうえに歩みののろい亀ながら、豊かに広がる古典の世界の一端なりとも記したいという思いである。これからもずっと学び続けたい。

一　五十嵐力博士著『国語の愛護』の再評価

○はじめに

五十嵐力博士は坪内逍遥博士のご高弟で、また岡一男先生のご師匠である。『国語の愛護』には、昭和三年・昭和八年（以上二つは早稲田大学出版部発行）・昭和一三年（白水社発行）の三版がある。各版には項目の重複や相違もある。私が手にしたのは、川本茂雄氏校訂『国語の愛護』（講談社学術文庫）である。白水社発行の『国語の愛護』を底本に、川本茂雄氏がほかの二冊で補って全容を収め、かつ重複を省いて、昭和五六年（一九八一）三月一〇日に発行された。原稿は大正八年から昭和一三年の発行までのもの。「『国語愛』の観念に関係のあるもの」八編が収められている。

深く感銘を受けたので、概要を報告し感想を述べる。

講談社学術文庫の目次

第三　国語国文教育の重要なる着眼点を論ず　（大正八年稿）
第四　国語の愛護　（大正一四年秋講演）
第五　ウェーリー氏の『英訳源氏物語』を読む　（大正一四年稿）
第六　貰うか、与えるか　（昭和二年冬稿）
第七　雄弁そぞろごと　（不明『青年雄弁』掲載）
第八　教育家としての坪内逍遥先生　（大正一五年春講演）

㈠『国語の愛護』の内容と構成

○序言について

序言に、倭《やまと》は言霊《ことだま》の佐《たす》くる国——と『万葉』の歌人が歌ったことが書かれ、博士の熱い思いが書かれている。

大和詞が｛知識・道・魂｝を｛広く・高く・大きく｝するりっぱな一方の方便たらしめたい（手段となるよう尽力したい）。

国語は豊富にありたい。内外、古今、雅俗に亘って、できるだけの広大味、複雑味をもたせたい。が、同時にこれを用いる人の心嗜みと運用駆使の手心とによって、あくまでも大国民風雅の襟懐を偲ばせるようなものにしたい。

とある。

一冊丸ごと、国語・言語に対する限りない愛情と、それを大切に守り発展させたいという強い思いに貫かれていることに感じ入った。最近「大和ことば」に対する再評価が盛んになっているが、本書の序言は昭和三年（一九二八）四月上旬と記されているから、初版出版時のものである。一九二八年と言えば、実に八九年も前のことになる。

驚くのは、今読んでも文体や例え話が少しも古さを感じさせないことだ。ただ一つ、「国語問題は丹那トンネルである」だけは俄かに理解できなかった（丹那トンネル＝東海道本線、熱海・函南〈かんなみ〉間のトンネル、全長七八四〇メートル。大正七年〈一九一八年〉起工、一九三三年貫通、昭和九年〈一九三四年〉一二月開通）。が、この序言が書かれたころには、起工一〇年目にしていまだ開通の見込みは立たず、難事業の代表格であったのだろう。つまり、国語問題は丹那トンネルの工事のように難問だという事である（第二、部分品の項参照）。その丹那トンネルは起工から一六年後にめでたく開通し、三〇年後の昭和三九年〈一九六四年〉には新幹線の新丹那トンネル（全長七九五九メートル）も開通している。この年の春に弟が生まれ、私は五歳になった。同年の秋に開催された東京オリンピックのファンファーレや映像はかすかに記憶に残っているが、丹那トンネルの経緯も新丹那トンネルも知らなかった。

国語も言語も、単なる意思疎通のための道具ではない。人となり・国となりを顕すもの、努力によって良くしていけるもの、という表現にも心打たれる。その熱い語り口には、五十嵐博士の文学・国語への深い愛情が感じられ、それを発展させ大切に後世に伝えるべき教育者や文学者への強い励ましとも受け取ることができ、胸が熱くなる。これから教鞭をとる若い人にもぜひ読んで欲しい名著である。

博士自身の言葉によると、本書の内容は、「『国語愛』の観念に関係のあるもの」を取り集めたもので、

○国語教育の根本精神を説く立場から

○たやすく翻訳し得ぬ国文特有の匂いと文章の国威を説く立場から

○大昔の大きい国民思想が古代語に表れた趣を説く立場から
○口説耳訴の弁論の精練を説く立場から
○教育家としての坪内逍遥先生の、特別な師道・名講義の一義を伝えたいために書かれたものである。

序言は、

「…お互いの国語の正化、美化、大化、高化、統一化にご合力が願えれば、望外の仕合せに存じます」。と結ばれている。

お互いに使う大切な国語を、正しく美しく、豊かでまとまりのある立派なものにするためにご協力いただければ幸せです――実に謙虚な言葉である。この言葉も静かに深く心にしみ込んだ。

感覚的な言葉や、カタカナ語の氾濫、言い捨て・使い捨てにされる言葉が多い現代である。今こそ立ち止まって言葉のあり方を考え、日本語のこれからをも真剣に考える時ではないか、そんな思いを持ちながら、深く共感しつつ読み進んだ。何度でも味読したい著書である。

以下、目次に添って簡単に内容を述べる。

第一　子供を相手のつもりで試みに国語を大事にすべきことを語る

お互いの使う言葉を大事にして、良くしようという提案。

○言葉がなぜ大切か？

1、意思の疎通に必要、無いと不便であり、実に大事なもの。

2、学びの対象であり、学ぶ手段でもある。
↓言葉遣いのいかんによって理解度が変わり、面白く学べるか否かがわかれる。
3、（人に人となりがあるように）国の言葉には、国の命「国となり」が宿る。
↓国風《くにぶり》の愛情・親しみ・懐かしみ＝父母の直話・直筆のような親しいものが現れて、我々を引きつける。
4、最も美しく使ったもの・言葉の力・味わいを発揮したもの。
↓それが文学　すぐれた文学の価値と重みを教える。
5、尊いものは言葉の力、魂である。
↓言葉には一種の霊があって、心に思う事を実際に移す力あり…「言霊」。

愛語よく廻天の力あることを学すべきなり（＝愛の言葉には天地をめぐらす力があることを知らねばならぬ…道元禅師の法語、『正法眼蔵』）

この章の最後に書かれた、博士のスケールの大きさを表す言葉があるので引いておく。

狭くみて国語か、広くみて人類一般の言語か、その間の境界を、つい飛び越えてしまいましたが、とにかく国語、言語というものの働き、効用、味わい、たましい、力というものは、まずこういうものであります。よく言葉は実態の符牒だ、影だなどという事を申しますが、それは、文字理屈の上の表面の分け隔てで、事実は二つの間に軽重大小の等差などをつけられるものではありません。

易しくと思ったお話が、いつの間にか面倒になってきました。この辺で切りあげましょう。とにかく言葉は偉いもの、国語はその国民にとって非常に大切なものということを、いくらかでも感得してくだされば、満足です。

さようなら（傍線は田村）。

第二　部分品

この章は、博士の「国語教育私論」の一部のよし、「だいたいはなるべく国語の趣味と生命とを伝えるように、また原文のおもしろからぬをもおもしろく、おもしろきをば更におもしろく教えるように、という考えを、おもなる見当として」（傍点は五十嵐博士）書かれたものである。

国語の教育
- 物を言う方の教育
  - 物をしゃべる教育
  - 物を聴く教育
- 物を書く方の教育
  - 文章を作る教育
  - ○文章を読む教育（これを重点的に）

○物を書くほうの、文章を読む教育について

1、随語釈——語を逐《お》い句を追うて、当面の意味だけを解釈するもの。
　　——精確に、妥当に、解りよく、徹底的に、原則的に解釈。毫末の曇りをも残さぬように。

2、添加釈——本文には直接必要のない、おまけの景物をなどを高尚な趣味の贅沢のために付加すること。
　　一　粒々味・・・個々の語や文字・語源などを物語る類。
　　二　連絡味・・・いろいろな要素間のつづき合いに見いだされる趣味を添加すること。
　　三　背後味・・・文字の裏面に踏み込んで、本文の基本根底をなす背景（作者の個人性、時代の思

想など）を取り出し描き現すもの。

四　伝神味…本文の核心生命を成している中心義を、周囲の付属意識に煩わされずに、力強く説論すること。

博士は、「国語教育の最大努力は、常にこの中の最後なる伝神味に注がるべき」とされる。つまり、精練された言葉により、一気直往に、本文の精神を活き活きと伝えることに重点を置く伝神味が重要なのである。以下、随語釈と添加釈の実例について述べてある。添加釈に際して、知らぬことを知らぬというのは、何の遠慮もいらぬと説かれ、教育家に必要な二種類の勇気につき、

消極的勇気→知らぬを知らずと言う勇気。知る努力をし、向上精進すべき。

積極的勇気→心尽くしのお土産を足し前して教授する勇気。言語・修辞・朗読・歴史・土俗・修身処世など、添える物の質と量で教授者の運命が定まる。

と説いておられる。

一つずつ読んで行くだけでも十分に楽しく興味を持てる内容である。こんな話をしてもらえたら、どんなに授業が楽しくなるだろう。授業をわくわくする物にできるのも退屈なものにしてしまうのも教授者の資質と努力に掛かっている、責任重大である。

○講義・演説・説法…等の説話五種類（傍線は田村）

1、放散式→説話の最も下等低級のもの。説話は灰のようにぱっぱっと上の空に散り去るばかり、聴く者の心に留まらぬものをいう。学者、政治家、宗教家などあらゆる方面に通じ、大多数を占める。

2、定着式→説く者の趣意がわかり、弁者の説くところが聞く者の心に影を宿すというだけのもの。

3、左顧右眄式→弁者の説くところが聞く者の心に理解されて定着し、聞く者の心を動かして一種の味を感じさせるが、軽く、薄く、外面的でただ聴衆を笑わせるだけ。こういう話は聞く当座は面白いが、会場を出ると頭の中には何も残らない、一種の「下剤雄弁」ともいえる。

4、内凝視式→説話を聞いた人の心が外に向かわずじいっと内を顧みるようになるもの。真心から出る説話…真心の感化とも言える。左右を気にせず笑いを交換する軽薄な気分は起こらない。せめてこの程度にはなりたいもの

5、暗示統一式（最高の形）→豊富な連想を無数に起こさせながら、根幹の大趣意はりっぱにちゃんと立てて失わない話。本筋の大旨意を話す間に、あれこれをちらちらと暗示的に思い浮かべさせながら、それらを統べ括り従属させて、常に大筋の大を成して行く弁舌をいう。凡人でも努めれば到ることは可能であるという。内容は必ず表現の上に、その量と質を暗示する。百・千の貴い含蓄を一、二語に托した言葉には、必ずその周囲に輝かしい後光が伴う。この後光の影を暗示と言い、本尊の貴い徳の加わる趣を暗示統一式と呼ぶ。

○国語問題は丹那トンネルである

目と口と、昔と今と、伝統と功利の争い…いずれを本意とするかの標準を定め、いずれかの実現を期すべき。「国語問題は丹那トンネルである」から、誰が何を行うにしても、その行く手に、土砂の崩壊、地下水の奔流、地すべり、断層等、いろいろの障礙に出会わねばならぬであろう。

根本的には、国音・国字・国語・国文・国想の五方面より、観察・研究されるべきもの。あれかこれかの二元論で解決できる問題ではない→丹那トンネルが開通したのちも、これらは解決していない。

今もなお、多くの問題は解決していないように思われる。八九年も経つのに！
この章でもっとも印象深いのは、以下の部分である。

語法・文法・修辞等に関するあらゆる技巧は、みなこの言霊を活かし働かせるための注意でありましょう。ただし言《ことば》に霊《たましい》はあるが、それ自身だけで働くものではありません。言の霊機のハンドルにちょっと触れ、スターターをちょっと揺るがす、ここに言が眠りから覚めて、無量相、無限味、の活動を開始するのであります。同じ五十音の中の三十一文字が一種の順序に結び付けられると、天地を動かし鬼神を感ぜしめる。熱意のない者に素読みされてはなんのおもしろ味もない同じ文句が、名優、名説話家の口にかかると、満場に水を打つ。その真理の鍵はここにあると、私は思います。

国語教育に関する理屈や、方法は無数にありましょう。しかしながら、その根本の心得はすべからくここに置かるべきで、言葉の命、魂を伝えること、日本の言葉のすぐれた味わいをしッかりと教え込むこと、これを外にして国語教育はありますまい（傍線は田村）。

○結論は、

国語教育の根本の心得

↓言《ことば》の霊《たましい》を活かし働かせるという一念で真心をもって行う。

言葉の命、魂を伝えること、日本の言葉のすぐれた味わいを教え込むことである。

文字の修飾の末に走らず、美しい思想感情が自然に美しい文字に現されてはじめてりっぱな美しい文章になるという事を教えている。

第三　国語国文教育の重要なる着眼点を論ず

○国語・国文の教育者は

1、正しい国語国文を会得させなくてはならぬ↓間違いを正し、その都度教える。

2、美しい国語国文を会得させなくてはならぬ↓解るためだけでなく、魅力・面白み・美しさの必要な理由も会得させる。

3、裏面内部に潜んでいる精神的の活きた消息を伝えなくてはならぬ↓作者の生活・趣味・心持をありありと見せなくてはならぬ。

文章の批評　低級批評↓語句出典等の機械的解釈。

高級批評↓精神の内奥に立ち入った批評・作品の命を伝える。

4、物によっては時代思潮の背景を玩味させること↓個人・国・時代の関係や結びつきの暗示を玩味させる。

これらの全てによって、国語国文を愛して大切にし、国をも愛し大切に思う心を育てて行く（序言同）。

○残念ながら現状は

切れ切れに刻み刻み語句出典を解釈しつつ、ただ押し進んで行くだけが大多数↓難語片付けの溝浚い。

○理想は

本筋を引纏めて一気に講じ進むこと↓これこそが必要であり最も重要。文学的の文章は、文字の底に流れている思想を、一気に読み進んで、始めて面白く生かして味わい得る。

分析と総合、粒々の注釈と一気呵成の命を吹き込む講義↓**生きた文章を活かして教えること**！

↓高級批評の実例、『保元物語』『紫式部日記』『平家物語』

○国語国文に対する愛着↓国への愛着ともなる・・・これが教育者の使命

国文の優れた文学作品に面白さを味わい、各作家の個性・作風、各時代の思想の主な流れ（思潮）との直接の関わりを味わう。それぞれの作物が、個性・国風・時代の必然によって生まれた事を知る。

現代は読解力の低下が心配される。特に電子機器の発達以来、読んで考える時間が極端に減少しているのだろう。大人がまず本を読む姿を見せるのが一番ではないか。小手先の細工ではどうにもならないことであるが、放置しては危険である。国語力の低下は人生を生き抜く力をも左右すると思う。国語の役割はますます重要になるであろう。日本語を使っていながら意思の疎通ができなくなるというような取り返しのつかない事態になる前に、地道なことながら読み書き考える力を鍛え、表現する練習を積み重ねていきたいものである。

第四　国語の愛護

本書の題名ともなっているこの章段は、五十嵐博士が最も言いたい最も大切な「国語の愛護」について述べられている。つづめて言えば、

先祖から伝えられた国語を大切にし、少しでも良くしていきたい。国語をなるべく正しく、美しく、豊かに、そして統一あるものにしたい、変化に富んで、同時にまとまりあるりっぱなものにしたい。そのために我々はどうすればよいか、教育に携わる者は何をすべきか。

ということに尽きるであろう。

本書を貫く五十嵐博士の国語国文への愛情と情熱は決して偏狭な一国主義のものでなく、言葉への愛情・情熱とも

言えよう。

先祖から伝えられた国語国文学を熟読玩味し過去・現在を考え、様々な外国文学とその歴史や現状を学び分析し、我が国との比較・考察をし、国語の未来をも考えるなど、言葉と国語に愛情と情熱を持ち多くを学んだ博士の見解だからこそ説得力がある。それから九十年経った今も瑞々しく心に染み入る文章である。

では、国語の愛護とはどういうことか、なぜそれが必要か、そのために何をすれば良いのか、教育に関わる者は何を目安にどのように教えればよいか等、これらの疑問に答え、また実践する方法について解りやすい例と比喩で懇切に述べられたのが以下の内容である、前章との重複もあるが記しておく。

○独立した一つの国として、国を維持しいっそう立派なものにしていくために国民の愛護すべきものは、

国がら・祖先から伝えられた淳風美俗…人々の人情が厚く好ましい風俗・習慣
建築、絵画、彫刻その他…古い芸術
山水その他の自然美、国の特産…天然物等、いろいろあるが、
国語は、先祖から伝わって、思想伝通の機関として調法しているもの

↓これらの中でも、特に大切なもの、もっとも愛護すべき物の一つである。

○表現は実態の半分であると言って良い

人というものは、ただ半分だけが自分で、他の半分は自分の表現だ、自分の現れたもの、あるいは現したものである〈エマースン〈アメリカの詩人・哲学者〉の言葉、五十嵐博士訳〈傍点も博士による〉〉。

○言葉による表現は意味が深い。言葉は一部に過ぎないが、言葉の用い方で自分も相手も変わる。

言葉は「人となり」を現し、「国となり」をも現す。人格や嗜好を現し、その人（または国）の過去をも現

在をも、時としては未来をも現す。だから、言葉を大切にし、さらに磨くべき。

○現代の言葉は乱脈を極めている

特に外来語の濫用が甚だしい↓西洋崇拝の気味がある結果…現代も同じ、未だに西洋コンプレックスか?

外国の「国語の愛護」について、ギリシア・イギリス・フランスの例、ドイツのルーテルや、ロシアのツルゲネフの遺言のことなど、いずれも自国の国語を愛護する熱意が語られて興味深い。

○国語を愛護するための根本のめやすは、以下の四つ（国語を少しでも良くするために、小・中・高・大すべての教育に通じ、読む・書く・話す・教えるすべての場合に通じるもの）。

第一、正しく規則に合うように、文法論理に合うようにしたい。

＊合法合格は言語文章の第一義、正しい言表は、美しい磨いた言葉の土台となる。読書・作文・談話のすべてにわたって常に学生の口癖筆癖を正路に導くべき（実例六つ）。

第二、規則に合うだけでなく、さらに進んで美しい味わいのあるりっぱなものに、品の高い物に発展させたい。

＊良い比喩・美しい言葉が連ねられれば妙味が出る。「詞の生きた命のある味わいを知らせたい」、昔も今も美しい言葉があり、磨けばますますよくなる可能性あり。言葉を磨けば生活が美しくなり品格が高くなるから、お互いに注意して国語をもりたてていきたい（実例八つ）。

第三、さらに進んでなるべく多くの要素を取り入れ、趣味を豊かにしたい。

＊口語本位だが新しいものを取り入れないと国語を貧弱にし、窒息させてしまうだろう。口語を基本にし、これに合う限りは、古今東西のあらゆる言葉文体や様々な要素を摂取して自らを肥やし、趣味を豊かにする。

第四、豊かな中に、まとまった統一のあるものにしたい。

＊様式の違う文章・時代や国の異なる文章等を現代口語文に加えるときは、その主位を奪い、角を倒して口語文に馴染むように用いる

↓文章の前後に調和するよう工夫し、文章に品位や新味・躍動感を添え、趣味を豊かにする。

○言文一致体が今後の標準文章となる…実際になっている。

我々の思想はその生れた国、生れた時代の言葉で表されるのが自然である（本居宣長は『古事記伝』に、「心持ちと事柄と言葉の三つが調和して助け合わねばりっぱな生きた文章はできぬ」、と説いた）。

言語文章の推移変遷は、先ず①話す言葉、続いて②書く文章の中の散文（文学的文章）、③書く文章の中の散文（普通の文章）、さいごに④詩歌が続く。

○様式の違う文章の調和

国語史上、言語と文字と（口言葉と目言葉と）が一致していたのは平安朝まで。

鎌倉時代は、地の文（なり・けり）と対話の詞（候）との対立が現れ、その後も変化は続く。

↓昔から時代の変わり目ごとに、前代のあるいは外国の文体を当時の詞に取り入れなじませて来たからこそ、新時代の文章が、古語の品位と、新語の活躍味と、外国風の珍しさと、国風の目安さとを兼ね備えて、趣味様式がだんだん豊富になって来たのであろう（傍点は五十嵐博士）。

○文体の変遷↓文尾の助動詞の変遷である（文体の変わり目をもっとも特色づけるのは助動詞）

平安朝…なり、けり、侍り。　鎌倉…候ふ。　室町…ござる、おりやる。

江戸…あります、ありません、です、だ、である、でしょう。…今もほとんど江戸時代と同じ。

○言葉の変遷は予測も補正もできないが、かえって間違いのない（少ない）道を進むもの

→これは事後に言えることであるから、現在国語の指導に携わる者は、微力を意識し、さかしらと心配しつつも、ともかくできるだけ骨を折ることが望ましい。

博士の趣意は以下の言葉に示される。

国語というものは、先祖から伝えられた一つの宝物で、たいせつな財産であるから、これをりっぱに維持して、なるべく豊富にし、善美にするのが子孫たる我々の義務である。また我々の言葉をりっぱに護《も》り立てるのが、取りも直さず我々個人銘々をりっぱにする所以《ゆえん》であり、同時に国をも輝かす所以《ゆえん》である。

そして、乱脈を極めている今日の国語に対して、前述の四つの標準により、我が国語を正しくし、美しくし、豊かにし、纏まりのあるものにして、国語を光らせたい、国をも光らせたい、そして変化に富んで、同時にまとまりのあるりっぱなものにしたい、そして少なくともこの点から見て我が国を世界の第一位に置きたいというのであります（傍点は五十嵐博士）。

博士の国語への思いと柔軟な姿勢がうかがえる、熱い文章である。

ところで昨今――幼少期からの英語教育が必要とされ小学校で英語の学習が始まったが、その勢いはますます加速し、英語の授業にあてる時間が増加していくようだ。しかし、五十嵐博士のこの文章を読めば、まずは基礎となる国語国文をしっかりと身に付けることが肝要で、国語で思考し正しく美しく書くための教育がいかに大切かという事がわかろう。母国語で話せないことは他言語で表現出来ようはずもないからである。

さらに言えば、日本の文化伝統を学び、自分の言葉で語ることができなければ、他国との相違点・共通点を認識することは難しいだろうし、お互いの良さを認める文化交流も難しいであろう。

文化伝統の底に流れる日本の心や美意識は、さまざまな古典文学を読むことで楽しく学べる。国語国文・古典を楽しく教えられる先生が大いに期待される。

第五　ウェーリー氏の『英訳源氏物語』を読む

博士は先ず、紫式部の偉大さと『源氏物語』の概略と作品の意義について簡単に述べ、次いで、翻訳の際の留意点に触れたうえで、ウェーリー氏の『英訳源氏物語』が名作であるとの評価を述べ、翻訳上惜しまれる点について、原文を挙げながら記しておられる。

○明治四〇年、「歴史、法制、文化の三つの面から見た最大偉人七名」選定の結果は
「神武天皇、聖徳太子、空海、頼朝、秀吉、家康及び、紫式部」（米・ブルックリン、インスティチューションの依頼により、日本の有識者百数十人の理由付記の投票の結果により定まったもの）

○『源氏物語』は古典中の百科事典的詩歌…ポーエム、エンシクロペディーク…西洋ではダンテの『神曲』。
★『源氏』の中には、当時の人情・風俗・制度・宗教・学問・芸術等、あらゆる方面の文化の消息が、描写され、説明され、明示され、もしくは暗示されている…これらの闡明は『源氏』研究の最も光輝ある部分である。
★字句・出典・語脈・詞姿・文彩に関する注釈的、啓蒙的、敷衍的、もしくは現代語的説明…当面の肝要事。

○文学書の翻訳に見逃してはならない三要素
1、原文の意義を正しく訳すこと→翻訳用意の基礎・根本要件。
2、原作の趣味風致（趣・風情・味わい）を移すこと→原作の示す知識的の意義輪郭、趣致風韻を移す。
3、右の1・2を実現し、外国語の文学的芸術品として存在価値のあるものになる（原文の外国語化を要す）。

○ウェーリー氏の『英訳源氏物語』一巻（桐壷～葵までの九帖）を取り上げ、『英訳源氏物語』は数ある現代語訳・外国語訳・ないし梗概物・翻案物等の中で、最も優れた芸術的価値の豊かなものであろう、とウェーリー氏の英訳を歓迎し、その素晴らしさを十分評価しつつ…「多少不満なところがないではない」とされ、それは「原作の意義趣味を取り違えたらしくみえるところ」、「及び原作に対して無理な不穏当な添加、削除、換質を施したらしくみえるところ」であり、「これらは文学の翻訳としてはかなり重要な条件で、訳された古典のために、必ずしも黙してやむべきものではないだろう」。と書かれている。特に、源氏物語の特別な文致の一つ…省略的、暗示的、挙隅的な描写…は（冒頭部「いづれの御時にか…」のように）、嗜みあるゆかしさと簡潔味とを顕したものであるが、以下の影響があるという。

↓煩叙詳説を好む後世の読者には非常な負担であり、夥しい誤解の種子となった。

↓暗示、挙隅、省略に対する推測の毫釐の差が千里の隔たりを生ぜしめる。

↓源氏解釈の一つの鍵は暗示の謎を解くところにあるので、その隠されたる部分の推察は最も考慮せねばならぬことであり、殊に換質と添加とは最も慎まねばならぬことである（傍点は五十嵐博士）。

さらに以下の①～⑤の批評を加え、内容が検討されている。

①桐壺の巻…冒頭部「いづれの御時にか…」の文致の相違・帚木「雨夜の品定め」での源氏の心理解釈の相違。

②桐壺の巻…更衣がなくなり、帝が悲嘆にくれる様子「**…見奉る人さへ露けき秋なり…**」の批評。

↓季節「**秋**」**の欠落**。「**見奉る人**」の示す人物の相違について↓本文と英訳に相違あり（拙稿「古典に見る『虫の音』（中）」鈴虫の項『並木の里』八二号・二〇一六年八月刊参照）。

③桐壺の巻…靫負の命婦が更衣の母を訪ねる条

↓「野分だちて」を「彼岸のころ」と訳した意味と効果の相違、「靫負の命婦」の意味の相違。

④若紫の巻…源氏が藤壺に近づき積年の思いを遂げる場面

↓数日に亘る原文の内容を一日のこととして扱い、正確に伝えていない、など。

⑤花宴の巻…源氏が春鶯囀を舞い、左大臣が激賞したときの会話について

↓英訳の意味内容が原文と異なる、など。

第六　貰うか、与えるか

○祝詞《のりと》の一説に関する一疑義について

「祈年祭《としごいのまつり》」のうち、天照大御神の大御前に白《もう》す条の一節について、「向こうから来るのか、こちらから出掛けて行くのか、貰うのか、与えるのか」についての疑いが述べられている。

この章は、五十嵐博士が国語の語句や文法などに終始せず、祝詞を文学としてとらえ、その本来の姿とあるべき理想の姿を考察して書かれたものと拝察する。

部分的な解釈について述べてあるが、全体を見渡し深く掘り下げ、祝詞の成立事情までを考慮に入れた大きなとらえ方である。博士の、文学を味読し真意を汲み、正しく大切に後世に伝えたいという真剣な姿勢が感じられる。

第七　雄弁そぞろごと

現代弁説の「あり」と「あらまし」↓現代弁説の現状と理想について述べたもの。

○これからの雄弁家に望むこと

1、真理正義を擁護するために弁説を学ぶという気高い心を持つこと。
修辞の必要な四大理由（匡正、教訓、暗示、防衛のため）←ギリシアのアリストートルによる。
2、今の弁説家の言葉をもう少し磨き上げたい。
文章に磨きをかけ、文脈を整え、普通の演説でも、一通りは文章として物になっているようにし、すぐれた物は一種の文学にもなるようにしたい。
3、我が国の雄弁に、教則・箇条・テクニック等の定まることを望む。
式法定めの名人が出て、手使い、身振りから、息心調和の腹の据えよう、息つぎ言葉あしらいの間拍子などということまで、精神に裏付けられた形式の研究を、綿密に正確にしてくれたら、一種の優美な規律と調和とを見ることができるであろうに、という希望。

第八　教育家としての坪内逍遥先生

主に教育家として、殊に文芸教育家としての坪内逍遥先生についての所感である。「三十五年間親炙してきた間に、自然に頭に残っていることどもを思い起こして、先生の面影を写してみたい」という試みである。
○教育者、殊に文芸の教育者にとって大切な資格三つ。
1、専門とする学問について、広く深く知ること。
2、それらの知識をりっぱに活かして人に伝えること。
3、その人物、行為が人の師表たるに足ること。
坪内逍遥博士は、この三つの資格を珍しいまで豊かに備えておられた理想の教育者であったよし、五十嵐博士がいかに師に親炙傾倒し崇敬の念を抱いておられたかがしのばれる。同時に、一面が述べてあるとは言え、坪内逍遥博士がどんなに素晴らしい教育者であったかということも十分に伝わり、麗しい師弟愛がしのばれ、読んでいて心が温かくなった。

(二) 『国語の愛護』に学ぶ

○国語・言語に対する限りない愛情と、それを大切に守り発展させたいという強い思いに感じ入った。

国語も言語も、単なる意思疎通のための道具ではない。「国語は人となり・国となりを顕すものであるから努力によって良くしていこう」、という表現にも心打たれる。「文は人なり」(ビュフォン) とはよく言われる言葉だが、博士はもっと積極的な姿勢である。その熱い語り口には、五十嵐博士の文学・国語への深い愛情が感じられ、それを発展させ大切に後世に伝えるべき教育者や文学者への強い励ましとも受け取ることができ、胸が熱くなる。これから教鞭をとる若い人にもぜひ読んで欲しい名著である。

○著作の内容は日本の文学にとどまらない。修辞学・哲学・社会の在り方・広く外国文学にも通暁した博士の、幅広い視野と奥深い考察である。外国語に堪能な川本氏が復刻の労を取ったのは、小さく日本文学の世界に収まらない五十嵐博士のスケールの大きさを理解していたからではないか。

○個性的な比喩 (難語片付けの溝浚い・左顧右眄式・下剤雄弁・国語問題は丹那トンネルなど) や、豊富な例による解りやすい解説 (牛追い・舷々相摩す・芭蕉の葉など) がたくさん盛り込まれている。学びつつ感心・納得し心豊かになる材料に溢れ、五十嵐博士の懐の広さと豊かさを思う。

特に印象に残ったのは、「牛追い」のこと。結婚後初めて青森県の夫の生家を訪れたときに聞いた義父の言葉が、鮮やかに蘇った。穏やかな義父の言葉は「息子は南部牛だから、どっこい動かぬときは後ろから追って下さい」。それを聞いて、牛は後ろから追うものなのだと初めて知った。「牛を追う」とは先に進ませるために、後ろから急き立て追い立てることで、後から追いかけることではない。馬は引くもので引けば動くが、牛は引いても動かないから後ろから急き立てるのである。夫の生家は岩手県寄りにあり地域の言葉は南部弁である。南部地方には「南部牛追い唄」という民謡もある。夫は行動型なので一度も後ろから追う（＝急き立てる）ことなく三五年が過ぎたが、義父のこの言葉は、十和田八幡平国立公園とその近くで見た南部牛の姿と共に懐かしい思い出である。

○五十嵐博士はユーモアを持って諭し、あるべき方向を示すが、その行き方は穏やかで、謙虚な呼び掛けや提案といった方法である。困った事象や改めるべき悪習を実際どのように教え導かれたのか、ぜひ直接聞いてみたかった。今は著作で思いを巡らせるしかない。

○博士の文学への思いは、博士の著書、日本文学全史 巻三『平安朝文学史 上巻』（昭和一二年六月・東京堂刊）と、同巻四の『平安朝文学史 下巻』（昭和一四年七月・東京堂刊）にも存分に発揮されている（日本文学全史は第一巻〜第十二巻まであり、博士が執筆されたのは第三巻と第四巻の『平安朝文学史』上巻・同下巻である）。

文学の発達・変遷や形式や分類の羅列が多い文学史にあって、他に見られぬ大胆で繊細かつ作品の真髄をぐっと掴んだ批評は、それぞれの文学作品が持つきらめきを生き生きと伝え、五十嵐博士の文学的なひらめきをも感じさせ、作品の命に触れることのできる批評であった。特に『源氏物語』や『古今集』の批評は、具体的な個所を挙げて原典の面影や香りをそのままに現代語に訳されおり、どのように優れているか、またそれがどのように我々の心に響き感動をもたらすかということまで記されているので、自分では言葉にできない作品の良さが解り共感でき、ああ、それゆえ心に響くのだと深く納得できた。

○国語や文学とは何か、なぜ惹かれるのか・読むのか・学ぶのか、享受するには何が大切かなど、この本を読んで、自分の考えや生き方までを省みる機会ともなった。国語も文学も人を作り育て血肉となり、文学は心の糧ともなっている。精神的な活動がなく物質的なものだけでは心がすりへってしまう。渇いた心を潤し癒し、感情を豊かにし、人類のあるいは日本の来し方・行く末を教え啓発し、より高みへ導いてくれるのが文学であると思う。この著書に接し、文学への思いを強くし、ますます古典への愛着を感じるようになった。

○五十嵐博士の著書には、文学の意義や価値・それをどう味わうか・感動をもたらすものは何かなど、文学の神髄を追究する真摯な姿勢が感じられる。早稲田学派の批判精神であろう。その系譜は、坪内逍遥博士から五十嵐博士へ、そして岡一男先生を経て増淵勝一氏に受け継がれていると実感でき、まことに感慨深い。増淵氏から常に問いかけられ学んで来たことは、五十嵐先生から岡先生を経て今に至るのだ。まさに師資相承である。

二　『源氏物語』「須磨」の巻をめぐる——人生の真実、「須磨」の巻の味わい——

○はじめに

虚構をもって真実を描いたものが小説であり、感動を与えるものが名作である——常々講師のおっしゃるとおり、『源氏物語』を読むたびに、登場人物の言葉や地の文にしばしば人生の真実を感じてうなっている。横須賀市民大学講座での新しいテキスト『平成簡注・源氏物語⑫須磨』（市民大学講師の増淵勝一氏校注、二〇一八年一一月・啅雀本工房刊）を手にし、もう一度気持ちも新たに学びたい。

『源氏物語』は日本の古典中の古典、その最高峰の物語の五十四帖の中でも、「須磨」の巻は特に優れていると聞き、一度目は物語のストーリーを中心に学んで来た『源氏』の良さを、二度目は内容や技巧の面からも改めて考えてみたいと思う。

二度目の講座に先立ち、先ずは新しいテキストを開いて初めて学んだ時の感慨を記し、その時に感じた「人生の真実」を思い起こしながら再び味わいたい。引き歌や漢籍の引用・ストーリーの展開や構成・人物の心情や場面の構築などがどのように優れているのか、また『源氏』の遺跡を訪れ印象に残っていることなども併せて、今いちど自分なりに考えてみたい。
本稿では人生の真実を感じた項について述べる。各項の段落番号とタイトル・頁数は、前掲『平成簡注・源氏物語⑫須磨』の目次にあるものを記した。

(一) 長の別れに際する感慨

〈源氏、中納言の君と別れを惜しむ〉(段落番号6、七頁)

まず、忘れられない箇所は、須磨に流謫する前に様々な女性と別れを惜しむ源氏の、葵の上付きの女房であった中納言の君への、言葉である。彼女は召人であったから、ふだんそう親しく逢うことはできなかった。以下、引用。

源氏「また対面あらむことこそ、思へばいと難けれ。かかりける世を知らで、心やすくもありぬべかりし月ごろを、さしも急がで隔てしよ」などのたまへば、ものも聞こえず泣く。(七頁六〜八行)

この言葉は初めて読んだときに深く心に染みた。『源氏物語』は千年以上も前の虚構の物語であるが人生の真実を描いており、描かれた場面に今も同じ感慨を持つことができる。

再び会う事は考えてみれば困難だ。いつでも会えると思っているときは何気なく過ごし、特に会おうと考えもせずに来たが、今となってはまた会えるかどうかも覚束ない。こんなことなら気安く会えるときにもっと会っておけば良かった。ああ、今となってはもう遅い――。恋人同士だけでなく、親子でも友人でも近くても遠くても、思いがけない長の別れに際して広く当てはまる感慨ではないか。生きていても会えないかもしれない、ましてどちらかが世を去れば二度と会えないのである。身内や友人を幾人か亡くした今は、体験としても実感でき、更に心の奥深いところに響いてくる感慨である。切実な心情という点で、人生の真実を表すこの言葉に心打たれた。

なお、「かかりける世を知らで…」の口語訳はテキストの頭注に「有為転変のこういう世の中とも知らず、わけなく会えたはずの月日を、のんびりと疎遠にしていたことよ。」と記されている。指示語や書かれていない内容をも補った頭注は解りやすい。

今回新たに学んだことは、『源氏物語』の主な読者は宮廷に勤める女房であること、その女房達の心情を汲んで、須磨流謫の前に別れを惜しむ源氏の思いやりは読者の共感を大いに得たであろう、ということ。

なぜ源氏は女房階級に人気があったのか？　愛した女性を身分の上下にかかわらず大切にし、誠意と愛情をこめて語らったから。読者に対するサービス精神があるところも、源氏が広く読まれた要因のひとつであるよし、講師の言葉に深く頷いた。

一夫多妻の通い婚が多い平安時代は女性の立場が不安定である。「光源氏のモデルとしてはなんといっても『伊勢物語』の主人公、在原業平に及ぶ者はいないであろう」と増淵氏が言われるように（増淵勝一氏著『源氏物語をめぐる』三頁、二〇一四年一一月・国研出版刊）、どの女性にもそれぞれに思いやりのある源氏の行動は、在原業平を彷彿とさせ、当時の読者である女房階級の理想の姿でもあろう。紫式部が業平を源氏のモデルの中心に設定したのも頷ける。人物造形にもストーリーにも、『伊勢物語』の影響が見られる。大好きな『伊勢物語』の引用や関連のありそうな箇所を見つけると〈ここにも『伊勢物語』の影響がある！〉と思い、嬉しくなる。

他にも、以前「須磨」の巻で学んだ時に印象深かったことなど十余項目を、以下に記してみたい。

(二) 身の浮き沈みへの思いと主従の心

〈源氏、桐壺院の御陵へ赴く〉(段落番号16、一九頁)

桐壺院の御陵へ参るにあたり藤壺に伝言を問うた後、わずかな人数をお供にして源氏は桐壺院の御陵に赴く。下鴨神社を遠くから見渡す所で右近将監と源氏との歌のやり取りがある。歌は以下の通り。

右近将監「〽引き連れて葵かざしてそのかみを思へばつらし賀茂の瑞垣……」

源氏「〽憂き世をば今ぞ別るるとどまらむ名をば糺の神にまかせて……」

と、宣うさま、物めでする若き人にて、身にしみて、〈あはれにめでたし〉と見奉る(一九頁八～一三行)。

二首の大意は前掲書の頭注をひく。右近将監歌、「行列して葵をさして歩いたあの御禊の時を思うと、賀茂の神のご加護もなかったのかと恨めしい。」源氏歌、「今私は憂き世と別れて須磨に参ります。あとに残る噂の是非は糺の神(下鴨神社の森の名から、物事の正邪を判断する下鴨社の意となる)にご一任して」(以下も同様に、頭注の訳は「　」で記す)。

右は、過去の華やかな御禊に源氏の随身としてお供した右近将監が往時を思い出し源氏の馬の口を取る場面、今はごく少人数のうらぶれた御陵行き、昔とのあまりの違いに神を恨めしく思う心情を吐露した歌である。それに答える源氏は世が変わり冷遇されている右近将監を思いやりつつ、自身は神を恨むでもなく逆臣という汚名や噂を神の判断にお任せしようという静かな心境の歌である。

ところで下鴨神社と言えば、境内にある業平の歌碑が想起される。「恋せじと御手洗川にせしみそぎ神は受けずぞなりにけらしも」（『伊勢物語』六十五段、『古今集』巻十一・恋歌一、五〇一番歌）の一首である。忘れたいと思う願いをとうとう神は受けてくれなかった（御手洗川でみそぎをしたが失敗に終わった）という内容である。「須磨」の巻の歌とこの歌は、神頼みという点が相通ずると思う。業平も源氏も、自分ではどうにもならない思いを神にまかせるのだ。

ともかくも、源氏は官職を解かれ、そのうえ、流罪にもなっては困ると身の危険を感じ、自主的に都を離れる。その前に故院に別れを告げに行く。その途中、下鴨神社を遥かに見渡す場所で源氏は馬を下り、糺の森の神に向かって手を合せる。右近将監はその姿を素晴らしいと感激しながら拝見するのである。短い中に将監が源氏に心酔し、どこまでも付き従う誠の心が描かれ、ここにも人生の真実が感じられる。

「御手洗川」は、神社の近くを流れている川で、参拝者が手洗や口をすすいだりする川。「みたらし川」と聞くと私の頭は下鴨神社に直結しこの歌を思い出す。本来は普通名詞であるが、『八雲御抄』などでは山城国の歌枕とされ、その場合は上賀茂神社の御手洗川を指すよし。そういえば、紫式部の歌碑が上賀茂神社の片岡社のそばにある（「ほととぎす声まつほどは片岡の杜のしづくに立ちや濡れまし」）。

㈢　亡き人を思う心情と嘆き

〈源氏、墓前で祈り、故院の姿を見る〉（段落番号17、二〇頁）

故院の墓前での侘しい様子が描かれる。

御山に詣で給ひて、おはしましし御有様、ただ目の前のやうに思し出でらる。①限りなきにても、世に亡くなりぬる人ぞ、言はむ方なく口惜しきわざなりける。（中略）

御墓は道の草しげくなりて、分け入り給ふほど、いとど露けきに、月も雲隠れて、森の木立木深く心すごし。〈帰り出でむ方もなき〉心地して、拝み給ふに、②ありし御面影さやかに見え給へる、そぞろ寒きほどなり。

源氏「③へ亡き影やいかが見るらむよそへつつ眺むる月も雲隠れぬる……」（二二〇頁一～九行）

①「限りなきにても……」の頭注訳は、「この上ない天皇の御身でも亡くなってしまった人は、誠に情けない事だ」。天皇亡きあとの虚しさや侘しさが凝縮され、故人を悼む気持ちは今も昔も、貴人も庶民も、変わらない。そこに人生の真実があり心を打たれる。

後半は暗い森の中で、故院の②「生前のお姿がはっきりとお見えになったのは、ぞっと寒気を覚えるほどだ」とあり、後への伏線と波乱の展開を思わせる。書き手の妙である。

この場面は「どこかハムレットが父王の亡霊を見る場面に似ていて鬼気のせまるのを感じる」。また「上田秋成の『雨月物語』の「白峯」に西行が崇徳上皇の御陵にもうでて、御亡き影にまのあたり対面するところの源泉の一つがここにある」と岡一男博士が述べておられる（『評釈源氏物語』二四八～二四九頁、昭和四六年一二月・旺文社刊）。幻想的なシーンである。

③の頭注訳「亡き父帝は、何と思って（藤壺と密通した〈『細流抄』『哢花抄』〉）私をご覧になることだろう。あの父帝になぞらえて眺めている月も、雲に隠れてしまったことよ。」都から遠い須磨に、自ら行く決心をしたとはいえ、亡き父帝を慕いこがれる年若い源氏（二十六歳）の心細い気持ちがしのばれる。

(四) 雅な源氏の盛衰の姿と厭世観

〈天下あげて、源氏の失脚を惜しむ〉（段落番号18、二二二頁）

短いこの段はいつの世にもある栄枯盛衰を思わせ、現代にも通じる嘆きが書かれている。

大方の世の人も、たれかはよろしく思ひ聞こえむ。七つになり給ひしよりこのかた、御門の御前に夜・昼さぶらひ給ひて、奏し給ふことの成らぬはなかりしかば、この①御いたはりにかからぬ人なく、御徳を喜ばぬやはありし。（中略）②思ひ知らぬにはあらねど、さしあたりては、いちはやき世を思ひはばかりて、参り寄るもなし。

世ゆすり惜しみ聞こえ、下にはおほやけをそしり恨み奉れど、身を捨ててとぶらひ参らむにも、〈何の甲斐かは……〉と思ふにや、かかる折は人わろく、恨めしき人多く、③〈世の中はあぢきなきものかな〉とのみ、よろづにつけて思す。（二二頁一一行～二三頁六行）

七つになって源氏が桐壺天皇のそばについいて以来、「源氏が天皇に申し上げることで通らぬ事はなかったので、①源氏のお引立てを蒙らぬ人はなく、そのご恩恵に感謝しない人があったろうか」、ところが源氏が失脚したのちは、②「恩義を忘れたわけではないが、当面はきびしい世の中に気がねして」訪問する人もない。「天下をあげて」源氏の失脚を惜しむけれども、「心中では朝廷を非難しお恨みするが、わが身を捨ててお見舞いに参っても」何の甲斐があろうと思うのか、このような折は「人聞き悪いほど恨めしく思われる人」が多くいて、③世の中は「情けないものと、万事につけ思われる」のである。

同じような感慨が、8の〈**源氏、二条院へ帰る**〉の段にもある。

さらぬ人は、とぶらひ参るも重きとがめあり、わづらはしきことまされば、所せくつどひし馬・車のかたもなくさびしきに、〈世は憂きものなりけり〉と思し知らる。（九頁九～一一行）

さらぬ人とは「源氏に親しく仕える人以外の疎遠な人」、そういう人が源氏をお見舞いに行くと右大臣方の強いお咎めがあるので人が寄りつかず遠ざかる。賑やかだった訪問者もなく馬・牛車もない閑散とした屋敷内を見ての感慨、……世の中はいやなものだなあと思い知らされた、のである。権勢や富のあるところに人は寄ってくる。その有無によって手のひらを返すような周囲の人々の人情の薄さを嘆く心が良く表れている。芥川龍之介の『杜子春』の世界でもあり、現在にも通じる人生の真実であろう。

(五) 光源氏の孤独

〈源氏の住居が作られる〉（段落番号21、二五頁）

いよいよ、須磨に源氏の住まいが作られる。なぜ須磨か。歌枕の地であり、都からそれほど遠くない所で人家もまばら、隠棲地にふさわしいと思われる場所が須磨なのであろう。また実在の人物、在原行平にも因むと思われる。行平は阿保親王の第二子であり、業平の兄でもある。実際行平が須磨に籠った故事によって、よりアリティが増す。行平の歌も引用されている。

おはすべき所は、行平の中納言の、「①藻塩垂れつつわ」びける家居近きわたりなりけり。海づらはやや入りて、あはれに心すごげなる山中なり。（中略）

②近き御庄の司召して、さるべきことどもなど、③良清の朝臣など親しき家司にて、仰せ行ふもあはれなり。時の間に、いと見どころありてしなさせ給ふ。（中略）

……人騒がしけれども、④はかばかしく物をも宣ひ合はすべき人しなければ、知らぬ国の心地して、いとうも

れいたく、〈いかで年月を過ぐさまし〉と思しやらる。（二五頁八行〜二六頁七行）

①は行平の歌、「〽わくらばに問ふ人あらば須磨の浦に藻塩垂れつつわぶと答へよ」（『古今集』巻十八、雑下、九六二番歌）。この歌の詞書には「田村御時に事にあたりて、津（摂津）の国須磨といふ所にこもり侍りけるに、宮の内に侍りける人につかはしける」とある。事に当たりての事件が何かは分からないが、行平は須磨に流謫の身となり、宮中に仕えていた親しい人に宛てた歌である。

源氏の行く先が須磨になったもう一つの要因は、私有の荘園が考えられる。知行地のある場所ならば、過去の流罪人（屈原・菅原道真・白楽天など）のようにみじめな生活を送らなくて済むであろう。物語には書かれていないが、私有の荘園が近くにあれば生活に必要な物資や人手が調達でき、生活に困らず暮らせるとのことである。式部はそれを須磨に設定し、源氏のわび住まいを考えたのであろう（講座にて増淵勝一先生談）。

実は行平が当地へ来たのも、おそらく父の阿保親王（七九二〜八四二）の荘園があったからであろう。当地（兵庫県芦屋市）のJR東海道線芦屋駅の北には親王塚町があり、親王塚公園や阿保親王塚古墳（古墳は翠ヶ丘町にある）、東海道線の南には宮川町・宮塚町・親王堺橋など、いにしえの阿保親王の荘園の面影を伝える地名が存在する。源氏の下向地が須磨であるのは、この行平・阿保親王の話が下敷きになっているのかもしれない。

『伊勢物語』八七段には、当地の地名が示されている。

昔、男津の国むばらの郡芦屋の里にしるよしして行きて住みけり。昔の歌に、

〽葦の屋のなだの塩焼きいとまなみ黄楊の小櫛もささず来にけり

とよみけるぞこの里をよみける。ここをなむ芦屋の灘とはいひける。

②住居を作るに当たって、近くの荘園（私有）の管理人を召して、必要な事物を準備し実行できる体制を整え、③

源氏の家司である良清の朝臣―「源良清。父は播磨の守」―が実際の指揮を執ったのである。

仮の住まいとはいえ住居の準備は着々と進んで行く。準備でまわりは騒々しいが、④「しっかりと相談相手になる人が」一人もいない源氏は「ひどく気がめいって」、この数年をどうやって過ごしたら良いだろうと先が思いやられ途方に暮れるのである。

個人的な話になるが、夫の転勤に伴い九回転居した。源氏の境遇とは比べるべくもないが、知り合いのいない所へ行って「ひどく気がめいり、どう過ごしたら良いだろうと途方に暮れる」気持ちは、実際に経験し深く共感できる。ここにも人生の真実があると思う。

㈥ 別れの悲嘆を増す香りの記憶

〈紫の上、源氏を恋い慕う〉（段落番号23、二七頁）

前段22で源氏が五月雨の頃、京へ――紫の上・藤壺・朧月夜、左大臣や夕霧の乳母にも――便りを送る。

京では、源氏の文を受け取り心乱れる人ばかりであるが、その中でも特に源氏が去って落胆した紫の上の様子が描かれる。源氏を恋い慕い、いつまでも元気のない紫の上は何を見ても悲しく元気が出ない。


もてならし給ひし御調度ども・弾きならし給ひし御琴・脱ぎ捨て給へる御衣の匂ひなどにつけても、

紫の上「今は……」

と、〈世になくなりたらむ人のように〉のみ思したれば、かつはゆゆしうて、（二七頁一一〜一四行）。

源氏の使いならされた道具類に加えて挙げてある物の中で特筆したいのは、源氏の脱ぎ置いた衣装、その衣装の残り香である。

人間には視覚・聴覚・味覚・嗅覚・触覚の五感がある。「嗅覚は五感の中でももっとも原始的なシステム」であり、その「シグナルは視床を通らずダイレクトに大脳に流れ込む」から「鮮明な印象が残りやすい」という。他の感覚――視覚・聴覚・味覚・触覚――は、嗅覚より情報処理過程が進化してからの感覚であり、四つの「シグナルは先ず脳の視床に届き、ある程度情報を整理・統合したうえで大脳に送られる」ゆえに、嗅覚ほどのインパクトはないという（北村昌陽・外崎肇一氏談「においの記憶はなぜ色褪せない？」『スゴイカラダ』二〇一四年四月・日経ＢＰ社刊）。視床を通して整理・統合される視覚・聴覚・味覚・触覚の記憶が徐々に薄れても、嗅覚には鮮明な印象が残りやすい。においによって記憶や感情も鮮明に呼び覚まされるのであろう。嗅覚と、それ以外の感覚が異なる所以である。

幼いころに源氏に引き取られ、父母にも夫にもなり紫の上を育ててきた源氏の存在の欠如は、紫の上に耐えられない孤独感をもたらしたのだろう。ここでは何を見ても触っても源氏を思い出して悲しみに暮れるばかり、源氏の残り香を感じるたびに悲しみが新たに押し寄せてくるやるせない姿を描いたのではないか。紫式部は嗅覚と記憶の仕組み云々を書いたのではないが、特定の匂いの記憶と感情は深く結びついており、嗅覚にも訴える喪失感や悲しみは見る物聞く物よりもいっそう切ない思いを引き出すという事を意識していたのではないだろうか。深い洞察である。宣孝亡き後の紫式部の実体験かもしれない。文章の上だけでなく心にじかに訴える悲しみであり、人生の真実を強く意識させる描写である。

(七) まだ「子の道」に惑わぬ年若い父、源氏

〈源氏、夕霧のことを思う〉（段落番号27、三一頁一〜三行）

大殿の若君の御ことなどあるにも、いと悲しけれども、〈おのづからあひ見てむ。頼もしき人々物し給へば、うしろめたうはあらず〉と思しなさるるは、なかなかこの道は惑はれ給はぬにやあらむ。

テキストでは、三行だけのごく短い章段である。左大臣邸の「都からの便りに、夕霧の話などがある」につけても、大そう悲しいが、「そのうち会うことができよう。頼りになる祖父母・伯父君らがおられるので、心配にも及ぶまい。」こう思われるのは、「子の愛にはさほど惑われぬ物なのか」——。作者が地の文で、源氏をいぶかっている文章であろう。幾多の女君には熱心に文を送り悲しみも深い描写が多く見えるが、わが子への心配が驚くほどあっさり打ち消されているのは疑問であるという思いである。

「この道」とは、「この道」と「子の道」を掛けた引き歌（傍線部）による。『源氏物語』には「桐壺」の巻以来たびたび出て来る紫式部のひいおじいちゃん、藤原兼輔の歌である。「人の親の心は闇にあらねども子を思ふ道にまどひぬるかな」（『後撰集』巻一五・雑一、一一〇二番歌）。藤原兼輔（八七七〜九三三）は平安前期の歌人で、三十六歌仙の一人。邸の一つが賀茂川の堤近くにあったので堤中納言と呼ばれる。

元服したら変わることもあろうが、この時代は、子供は幼いころ母方の屋敷で育てられることが多い。流謫の身の源氏が心配しても仕方がないということか——。がしかし、親の心は子ゆえに惑うものだというのは現代にも通じる人生の真実である。女君への思いが優先で、「子の愛にはさほど惑われぬ物なのか」という語り手のつぶやきは、まだ夕霧に愛情を注いでいないという揶揄のように受け取れる。後に夕霧が成長するにつれ、源氏は心を砕き親らしい言動や子を思う姿も描かれ（「藤裏葉」巻など）、源氏の成長も見られるようになる。

(八) 胸を打つ帝の朧月夜への心情
〈朧月夜内侍、参内する〉(段落番号30、三五頁)

朱雀院「〈世の中こそ、あるにつけてもあぢきなきものなりけれ〉と思ひ知るままに、〈久しく世にあらむもの〉となむ、さらに思はぬ。さもなりなむに、いかが思さるべき、近きほどの別れに、思ひおとされむこそねたけれ。『〈生ける世に』とは、げによからぬ人の言ひ置きけむ」

と、①いとなつかしき御さまにて、物をまことに〈あはれ〉と思し入りて宣はすにつけて、ぽろぽろとこぼれ出づれば、

朱雀院「②さりや! いづれに落つるにか?」

と、宣はす(三五頁三~一〇行)。

この段落では、帝の朧月夜に対する心情と言葉が胸を打つ。

朧月夜は源氏との関係で出仕をとめられ、世間から笑われるのでふさぎ込んでいたのを父の右大臣が熱心にとりなし、弘徽殿の大后からも申し上げ、帝にお許しを頂いて、再出仕となる。

頭注を引用しながら口語訳を以下に記してみる(「　」は頭注訳の部分)。

朱雀院「〈世の中は生きていてもつまらぬ物だ〉と悟ったから、〈長生きしよう〉とは少しも思わぬ。私が死んだらどうお思いか。ほど近い須磨(源氏)との別れほどにも思ってくれまいが、それが残念だ。生きているこの世で(恋しい人と共に暮らさなくては何にもならない)とは、本当に女にもてぬ意気地なしが読んでお

いた歌らしいね。」

と、「①いかにもやさしく、三人の関係をしんみりと考えておっしゃるのを見て」、内侍の目から涙がぽろぽろとこぼれ出てきたので、

朱雀院「②それごらん！（その涙は）どちらの為に落ちるのか？」

と、仰せになる。

朧月夜のことをいとしく思いながら、源氏に勝てぬと思う気弱な帝の苦しい胸の内を、角《かど》の立たない穏やかな言い方で半ば茶化すように語りかける言葉が切ない。それを聞いて、今も源氏を忘れられない内侍も、さすがにこらえきれずに泣く。源氏を思う内侍を帝は責めることもしない。ひたすら愛しく、縛ることのできない深い思いなのではないか。今は天皇となり何事も思い通りになりそうな立場の朱雀院だが、この恋の道はうまく行かない。朧月夜との恋はつらい気持ちではあるけれど、理不尽なことは言わず行わず、穏やかに添いたいという誠意ある心情なのではないか。これも深い愛の形であろう。人生の真実が感じられる。帝の気弱さと優しさが自然で矛盾なく、非常によく描かれている。

引用の「〽生ける世に」の引歌は「恋ひ死なむのちは何せむ生ける日の為こそ人は見まくほしけれ」（『拾遺集』巻十一・恋一、六八五番歌、大伴百世）。

㈨　秋の景色と心情を織り込んだ名文の味わい

〈須磨の秋〉（段落番号31、三六頁）

思わず口ずさむ名文章が以下である。少々長いが引用する。

須磨には、いとど「①〽心尽くしの秋」風に、海は少し遠けれど、行平の中納言の「②〽関吹き越ゆる」と言ひけむ浦波、夜よるはげにいと近く聞こえて、またなくあはれなるものは、かかる所の秋なりけり。

御前にいと人少なにて、うち休みわたれるに、一人目をさまして、③枕をそばだてて、四方の嵐を聞き給ふに、波ただここもとに立ち来る心地して、〈涙落つ〉とも覚えぬに、「④〽枕浮く」ばかりになりにけり。琴を少し掻き鳴らし給へるが、われながらいとすごう聞こゆれば、弾きさし給ひて、

源氏「⑤〽恋ひわびて泣く音に紛ふ浦波は思ふかたより風や吹くらむ……」

と、うたひ給へるに、⑥人々おどろきて、めでたう覚ゆるに、忍ばれで、あいなう起き居つつ、鼻を忍びやかにかみわたす。

⑦〈げにいかに思ふらむ。わが身一つにより、親・はらから片時離れがたく、ほどにつけつつ思ふらむ家を別れて、かく惑ひあへる〉と思すに、⑧いみじくて、〈いとかく思ひ沈むさまを、「⑨心細し」と思ふらむ〉と思せば、⑩昼は何くれとたはぶれ言うち宣ひ紛らはし、つれづれなるままに、色々の紙を継ぎつつ、手習ひをし給ふ。めづらしきさまなる唐の綾などに、さまざまの絵どもをかきすさび給へる、屏風のおもてどもなど、いとめでたく見どころあり。

人々の語り聞こえし海・山の有様を、遥かに思しやりしを、御目に近くては、げに及ばぬ磯のたたずまひ、二なく書き集め給へり。

従者達「⑪この頃の上手にすめる千枝・常則など召して、作り絵を仕うまつらせばや」

と、心もとながりあへり。⑫なつかしうめでたき御有様に、世の物思ひ忘れて、近う馴れ仕うまつるをうれし

きことにて、四五人ばかりぞつとさぶらひける（三六頁一行〜三七頁九行）。

名文の始まりは叙情たっぷりの美文であるが、現代人には盛り込み過ぎて長く、分かりにくい。

この文章の主脈は「須磨には…浦波…聞こえて…あはれなる…秋なり」である（本文に波線、田村）。

これに掛詞・引き歌の技巧を加え、修飾句を適時に挿入あるいは倒置させて、文体に複雑な屈折を与えている（岡一男博士、前掲『評釈源氏物語』二六三頁「須磨」）。

こう聞けば、なるほど文章の意味が解りやすい。読み馴れればすらすらと頭に入るが、この文章をはじめからひと息に書いたり読んだりできる紫式部は、よほど心肺機能の強い人物であろう。この物語を書いた紫式部は、頭脳明晰は言うまでもないが、その上元気で相当心肺機能の強い女性だったと思われる。まことに、「文は人なり」で、個性が現れている。

引用①〜④（引き歌や漢籍の原典）については省略する。

心情の考察等⑤〜⑫について、以下に述べる。

この段の中盤以降は源氏や従者の心情に添って味わいたい。

海に近い住まいで聞こえる波音は夜半に響き、はなやかな都での生活から離れた源氏にいっそう寂しさ・侘しさを募らせる。夜中に目覚め源氏は無聊に琴を弾くが、余りにもの寂しくて琴を弾きやめ歌う。

⑤「〽恋ひわびて泣く音に紛ふ浦波は思ふかたより風や吹くらむ……」

「恋しさにたえかねて泣く声かと聞こえる浦波は、私を思う人の住む都の方から風が吹いて寄せて来るのだろうか」（頭注口語訳、三六頁）紫の上を思う源氏の切ない気持ちが込められた歌である。

⑥その声に、側近の従者ははっと目をさまして、源氏の歌う声・姿の素晴らしさに心を動かされ、また歌に込めら

れた思いにも感じ入り、「ただわけもなく起き出して」座り、（涙を流しながら）そっと鼻をかむ。それぞれに恋しい人や家族を思いやるのであろう。静かな夜に波音と源氏の声が響き、風流人でない従者たちも、もの寂しさ・悲しさを源氏と共有する場面であると思う。この様子を見た源氏の心に変化が起きるのが次の文章である。

⑦げにいかに思ふらむ。＝「本当に彼らはどう思っているのだろう。」（頭注口語訳）と、源氏は考える。今まで自分の悲しみにのみ心を占領され他に思いが至らなかった源氏の大きな変化の始まりである。源氏ただ一人のために親・兄弟など片時も離れられない家族や「それぞれの身に応じて思う家庭と別れて、こんな辺地にさすらいあっている」と思い至ったのだ。これまで貴族の男女しか人として数えていなかった源氏が、ここで自分の歌を聞いて涙を流す従者たちの心は如何に、と思いを致す重要な場面であると思う。

⑧いみじくて＝（従者たちの様子を見ると）気の毒で、

⑨「自分がこうも意気消沈しているのを」、どんなにか心細く思うであろうと考える。初めて従者への思いやりが芽生えたと見られる。そう考えてから源氏がどうしたか、次の文章で分かる。五つ上げておく。

⑩昼間は

1、なにかと冗談をおっしゃっては寂しさを紛らし、

2、「様々な色紙を巻物のごとく継ぎ合わせて」、思いつくままに歌など書きなさる。また、

3、珍しい「舶来の綾（筋を斜めに織り出した絹）」などに様々な絵を、気の向くままにお書きになった。

4、屏風の表に描かれた絵などはたいそう素晴らしく、見どころがある。

5、「在京の時は遠くから想像しておられたのだが」、風光明媚な海山の景色を、今は御目の前にご覧になり、なるほど「筆も及ばぬ海辺の風景を、無類に」上手に描き集められた。

⑪この源氏の上手な絵を見て、従者たちがわくわくしながら言ったと思われるのが、次の言葉である（「　」部分は頭注口語訳）。

「近頃の一流と言われる千枝や常則らを召して（両者とも村上朝に実在の画工）」、「源氏の墨絵に彩色をさせたいものだ」、と、「お互い待ち遠しく思いあったのである」。身近な従者に心細い思いをさせまいと明るく活動的に振舞う源氏の行動が成功したと言えよう。従者たちの心も明るくなってきた様子が描かれる。

⑫従者たちは、なつかしうめでたき御有様＝「源氏の優しく立派な御有様を見ては」、この世の物憂さを忘れ、都から離れて侘しくもの寂しい生活の中にも、源氏のお側近くでお仕えするのを嬉しいことにして、お供の中の四、五人くらいは「始終お側を離れずに奉仕していた」のである。

ここに源氏主従の固い絆が生まれ、信頼関係はより深まった。辺境での暮しは侘しくそれがいつまで続くとも分らない環境だが、心の通う人あればこそつらい生活にも耐えられるのである。ここにも人生の真実がある。この信頼関係の深まりと主従の固い絆が次章の和歌に発揮される。

㈩　源氏主従の歌四首に託された心と深い絆

〈源氏、従者らと和歌をよむ〉（段落番号32、三二七～三二八頁）

此の段は三つの読みどころがあると思う。

①冒頭部分の、須磨の邸の廊下から海を見やる源氏の、この世の人とは思えぬほどの美しい姿。

②沖の船や海人の舟歌・楫の音・雁の声など聴覚描写に優れた場面と絵にしたいような夕暮れの景色。

③後半の主従四人の歌の連接の巧みさと、そこに込められた人物の心情と人生の真実について、である。

以下に本文を引く。(①は源氏の美しさに、②は聴覚描写に優れた場面に、番号を施した。)

前栽の花色々咲き乱れ、おもしろき夕暮れに、海見やらるる廊に出で給ひてたたずみ給ふ①御さまの、ゆゆしう清らなること、所がらはましてこの世のものとも見え給はず。①白き綾のなよよかなる、紫苑色など奉りて、こまやかなる御直衣、帯しどけなくうち乱れ給へる御さまにて、

源氏「釈迦牟尼仏弟子……」

と、②名乗りて、ゆるるかに読み給へる、また世に知らず聞こゆ。

沖より②舟どもの歌ひののしりて、漕ぎ行くなども聞こゆ。②ほのかに〈ただ小さき鳥の浮かべる〉と見やらるるも、心細げなるに、雁の連ねて鳴く声、楫の音にまがへるを、うち眺め給ひて、①御涙のこぼるるをかき払ひ給へる御手つき、黒木の御数珠に映え給へるは、故郷の女恋しき人々の心、みな慰みにけり。

源氏「〽初雁は恋しき人のつらなれや旅の空飛ぶ声のかなしき……」

と宣へば、良清、

良清「〽かきつらね昔のことぞ思ほゆる雁はその世の友ならねども……」

民部の大輔

惟光「〽心から常世を捨てて鳴く雁を雲のよそにも思ひけるかな……」

前の右近の将監

将監「〽常世出でて旅の空なる雁がねもつらにおくれぬほどぞ慰む……

友まどはしては、いかに侍らまし」

と言ふ。親の常陸になりて下りしにも誘はれで、参れるなりけり。下には思ひくだくべかンめれど、ほこりかにもてなして、つれなきさまにしありく（三七頁一〇行〜三九頁二行）。

①**源氏の美しさ**と、

②**聴覚描写に優れた場面**、については省略する。

③以下、**主従四人の歌の連接の巧み**さと、そこに込められた**人物の心情と人生の真実**について述べる。

この部分の四人の歌の意味を、前掲「⑫須磨」テキストの頭注（三八頁）より記すと、

源氏歌「初雁は恋しい人の仲間なのか、旅の空を飛びゆく声が悲しく聞こえる。」

良清歌「連なる雁の声で次々と昔の事が思い出される。雁は当時の友ではないが。」

惟光歌「自分の好きで常世を去って鳴く雁を、昔は雲の彼方のよそ事と思っていたことよ。」

将監歌「常世を出て旅の空に鳴く雁も列に遅れず仲間と共にいる間は安心だ。」

字数の限られた頭注では簡潔に整理されているが、四首の和歌は、四人の人物それぞれの雁との共通点や自らの思いが込められ、しっかりと受け止められ次にリレーされている。――今まで雁を自分とは関係のないものと思っていたが、源氏も従者三人も都から遠く離れて旅の空の下にいる境遇を思うと、雁は故郷を恋しく思う仲間であるという感慨である。雁は自ら暖かい故郷を捨てて旅の空に鳴くのを、今まではよそ事と思っていたが、源氏のお供をしてわざわざ京の都を捨ててこの須磨の浦で泣いている自分たちも同じではないかと気づき、その我々も、空飛ぶ雁のように仲間と共にいるから安心だ、友にはぐれたらどんなに寂しいことだろうと、主従の睦まじさを喜ぶのである。

ここにも人生の真実が語られている。主従の――というより今は運命共同体の仲間の――しっかりとした心の結び付きが、苦境を乗り越える力となることが描かれている。現在にも通じる心情である。

連作風に詠まれたこの四首の和歌の序次連接に関する作者の苦心について、岡一男博士が師である五十嵐博士の言葉を引用し、以下のように述べておられる（前掲『評釈源氏物語』二六四頁）。

五十嵐力博士は『平安朝文学史』（下巻）において、源氏に次いで第二首目を一の家来、惟光でなしに良清に詠ませたのは、彼が「播磨守の子で、ここの須磨には最も深き関係があり、播州本位に考へて、第一位を与へるべき男」だからだと説き、その連接を「無上の連接振り」と評していられる。また第三の惟光の後をうけて、結びに当たった、前の右近丞の作については、「いかにも筆力千鈞の、重い結尾《とめ》ではないか、主君がさすらひの旅愁に始まり、それに喚びさまされた近侍二人が現在の悲境の自覚に央《なかば》し、而して陽気な青年崇拝者が眼前の親睦融和に見出した意義深き慰めに終はる。吾等は之れを見て、立派に秩序立てられた哀史一章を、わざと断叙して豊かな余意を見せたかのやうに思ふのである。」と述べていられる。

これ以上添える言葉は見つからない。作者紫式部の描写はもちろん素晴らしいが、それを分析・解明し教え示してくれる岡・五十嵐両博士の言葉も、筆力千鈞である。

なお、両博士の論をさらに進め、四首の歌の変化を心情に即して考察され、いくつかある漸層的な場面構築方法の中でも「起承転結的手法」と分析されたのが増淵勝一氏である（『源氏物語をめぐる』五二～五三頁）。

(十一) 月を眺める思い、今むかし

〈八月十五夜、去年の宮中を回想する〉（段落番号33、三九頁）

月のいと花やかにさし出でたるに、〈今宵は十五夜なりけり〉と思し出でて、殿上の御遊び恋しく、〈所どこ

ろ眺め給ふらむかし〉と思ひやり給ふにつけても、月の顔のみ、まもられ給ふ（三九頁三〜五行）。

月の美しい印象的なシーン。満月を見るとこの場面を思い出し、冒頭部二行を暗誦するほど好きな文章である。そして浩々と輝く月の面をしばし見つめる。季節ごとに月の輝きは微妙に異なるが、あまねく広く夜を照らす月の光は、『源氏物語』が書かれた頃もこうして空にあったと思うと、時の流れを越えて心に響く物がある。心に何か憂いのある時はなおさら、自分の内面を見つめさせるような澄んだ光であると思う。

「月の顔見るは忌むこと」と『竹取物語』に言い、『源氏』にも宇治十帖の「宿木」の巻で匂の宮から、中の君に言う…「一人、月な見給いひそ。心空になれば、いと苦し」。月を見ていると「心空になる」↓魂が奪われると信じられていたようだ。その後、月を見ながら中の君が物思いに沈むのを見て、老女房が「今は入らせ給ひね。月見るは忌み侍るものを」とも言う。が、曇りなき月の光は人の心を捉えるのである。美しい月を見ることで憂いが慰められるのも人生の真実である。じっと眺めずにはいられない。

㈩ 道真の詩に暗示された源氏と作者の無常の思い

〈大弐上京の途中、源氏へ文を送る〉（段落番号34、四二頁）

……駅《うまや》の長《をさ》に句詩取らする人もありけるを……（四二頁九行）

菅原道真が左遷の途中、明石の駅で駅長に詩を与えたことが『大鏡』にある。

又、播磨の国におはしましつきて、明石のうまやといふ所に御やどりせしめ給ひて、駅《うまや》の長《をさ》のいみじく思へるけしきを御覧じて、作らしめたまふ詩《からうた》いとかなし。

駅長無《カレ》レ驚《クコト》 時《ノ》変改《スルヲ》。　一栄一落是《レ》春秋。（『大鏡』巻二、左大臣時平）

この漢詩の句碑が明石市の休天神社《やすみてんじんじゃ》の境内にある。道真（八四五～九〇三年）は九〇一年、藤原の時平の讒訴で太宰権帥に左遷され、二年後に没した。道真の詩句は『大鏡』に姿をとどめ、静かな神社にこの句を刻んだ石碑がある。これを目にして、一一〇〇年以上も前の詩句が大切に語り継がれて今に至ることに心を打たれた。

数年前にここを訪れたときは、後半の「一栄一落是春秋」の意味が良く解らなかった。無常を嘆く漢詩だろうとは思ったが、春秋が、春と秋、年月・歳月、年齢・よわい、どれを意味しているのか、どんな嘆きが込められているか、辞書を見て考えても推し量れない。『大鏡』の注釈書を読んだがピンとこないまま、「もやもや」が残った。花が咲き、落ちるのを繰り返す、歳月とはこういうものだ…と言いたいのだろうか、春が来て花が咲くとも秋には枯れて地に落ちるように世の中は移り変わるものだ…の意なのか。残念ながら道真の深い心は理解できなかった。

ところが、今回須磨の巻を読みながら考えている間、『大鏡』の注釈にこの詩の口語訳を見つけて驚いた。

口語訳→驛長よ、時めいては失脚する、時世の移り變るのが、なんの驚くにあたらうぞ。かの紅花緑葉の榮が一旦秋風に逢うて見るかげもなく凋落する、すでに大天地はかく春秋の推移において、世の盛衰の理法を、年々明らかに見せてゐるではないか（岡一男博士校注『大鏡』日本古典全書一〇四～一〇五頁、昭和四二年五月・朝日新聞社刊）。

句碑を見てから数年を経て岡博士のこの口語訳を読むと、いま改めてその感慨が胸に湧き起こる。句の後半部分に言葉を補い、この詩の心を深く伝えてくれるからである。道真の心を、まるで岡博士がここまで届けてくれたように作品の奥深さや感動が理解できる。ああ、こういう思いの込められた詩なのだと、初めて納得できた。ありきたりの

「世は無常」という詩ではなく、十四文字に込められた道真の心を想像することができた。

人の命は短いが詩は今も残る。石に刻まれた人生の真実がここにある。真実の思いに裏打ちされた言葉や心は、長い年月を経てもそのまま残り、見る者の心に響くのだ。紫式部は五節の君の文通の場面に道真のエピソードを引くことで、源氏流謫の須磨に近い明石で詠まれたこの詩に、源氏の無常の思いを語りつつ、自らの思いも込めさりげなく暗示したのではないか。無常の詩は今も明石の休天神社に残る。

○結び

以上見て来たように、『源氏物語』は「須磨」の巻だけを見ても、波乱万丈・悲喜交々、高貴な身分の人物達が数多く登場し、壮大なスケールをもって描かれたドラマである。表面的に読めば特別な人々の特殊な世界・絵空事と思いがちであるが、その一方で、別れの悲しみ・恋のときめき・親子の情・人の出会いや別れ・避けがたい生死・世間での身の処し方・相手方への思いやりなど、何気ない出来事と共に人生の真実が描かれている。すなわち、人生の縮図である。今、私たちがそれと意識しないでやり過ごしている日常茶飯事や様々な出来事の中にも、それぞれに人生の真実があるのである。

『源氏物語』は紫式部の個性をもって描かれた日本を代表する古典の文学作品である。それが今も愛され読まれ続けているのは、物語が現代にも通じる人間的なドラマであり、今もなお感動を与えてくれる物語だからだろう。時代や社会が変わっても、人の喜怒哀楽は変わらない。紫式部が書いた数々の物語が人の心を打つのは、当時の宮廷社会と人物の喜怒哀楽を描きながらも、時代を超えた鋭い人間洞察が普遍性を持つからであろう。個性が普遍性を持った時に、物語は偉大な文学作品となる。名作は人生を豊かにする。様々に散りばめられた詩編や詩情、そして人生の真実を味わいつつ、より積極的により深く、これからも『源氏物語』にアプローチしたい。

三　古典学習への道――増淵勝一氏著『源氏物語をめぐる』をめぐる――

(一)　本書の構成

本書は、『平安朝文学成立の研究　散文編』(一九八二年九月刊)・『同　韻文編』(一九九一年四月刊)・『紫清照林―古典才人考―』(一九九五年一一月刊)につぐ、増淵勝一氏の第四論文集である。

全体は、Ⅰ『源氏物語』をめぐる、Ⅱ紫式部をめぐる、Ⅲ『源氏物語』周辺、の三部に分かれる。Ⅰ部は十二章、Ⅱ部は三章、Ⅲ部は五章から成り、各章はまた数項目ずつのものから成る。各章の目次を簡単に示すと以下の通りである。

Ⅰ『源氏物語』をめぐる

一　業平と光源氏　　二　管絃のこと　　三　行事の場面の役割

四　漸層法的手法――場面構築の方法(1)――

五　緊張とユーモアと――場面構築の方法(2)――　　六　親に先立たれた子

七　雷・火災――『源氏物語』の仕掛け――　　八　「若紫」巻舞台の背景

九　小野の山里考――秋の大原にて――　　十　老いのいろいろ

十一　旅の話――付、浮舟の教養について――

十二　作り物語と歴史物語――『源氏物語』からの派生――

Ⅱ　紫式部をめぐる

一　紫式部の身分　　二　紫式部の墓のことなど――京都恋しく――

三　紫式部再考――伝承をめぐる――

Ⅲ『源氏物語』周辺

一　貴船幻想――和泉式部をめぐる――　　二　『和泉式部日記』歌の一特性

三　『堤中納言物語』小考

四　『狭衣物語』考――行事の描写から作者に及ぶ――

五　王朝時代の歯の話

㈡　Ⅰ　『源氏物語』をめぐる　読みどころ

序に代えて、先ず、はじめの読みどころ「一　業平と光源氏」の感想から述べたい。

一　業平と光源氏　この章は㈠～㈧まで八項目。

章の初めは㈠光源氏のモデル。冒頭のタイトルから、興味が引かれる。

本書によって再認識したのは、順を追って具体的に挙げられた光源氏と在原業平との共通点がこんなにも多いこと、そして長大なこの物語の構想は『伊勢物語』を読み込んだ紫式部による熟慮の末の創作、ということである。『伊勢物語』は珠玉の歌物語、度々ひも解く愛読書である。日本の古典が読みたいというアメリカの友人に、私がまっ先に薦めたのもこの『伊勢物語』であった。「激しく一途な恋、とことん恋に徹する情熱」があり、恋人だけでなく、友人や仕える主人、本人が恋せぬ相手にまで「やさしさ・思いやり」があり、「切実な恋・あわれを深める恋」が描かれ、「男女の心の琴線にふれる」物語なのである（七　式部の業平評価の理由・一六〜一八頁）。

大好きな『伊勢物語』の、優美で余韻の残る作り方そのものが、『源氏物語』によく生かされていると知り、大いに納得し嬉しくも感じた。紫式部は「業平を主人公とする『伊勢物語』の魅力を熟知し、これを利用し」た上で、さまざまなストーリーを「構想し、執筆した」のである（同七、一八頁）。

ただ『源氏物語をめぐる』の本文にもある通り（一八〜一九頁）、

……これらの物語は、道長が冗談めいて言い掛けたように、式部は「すきもの」で、『源氏物語』は好色物語だと誤解されないとも限らない。紫式部はそれを見越して、「なよびかにをかしきことはなくて、交野少将には笑はれ給ひけむかし」と述べて（「帚木」）、『源氏物語』のまじめさを弁護する（同七、傍点は増淵氏）。

紫式部が見越した通り、『源氏物語』を読んだ道長でさえ、引用のごとく「すきもの」と冗談めいた冷やかしを述べたのである（『紫式部日記』にあるエピソード）。題名は知っていても『源氏物語』の内容を知らない現代人には、なお誤解されがちである。

実際に、『源氏物語』が好きで学んでいると話すと、大抵は「ああ、あのプレーボーイの源氏ね」とか「女たらしの源氏の話ね」と言われる。もっと過激なのは「平安時代のエロ本か」というもの。あまりの落差に絶句し、これには目をむいた。誤解も甚だしいが、そんなイメージを持つ人もあるのかと驚くばかりである。こんな言葉で『源氏物語』をひとくくりにして欲しくないのだが――。

『源氏物語』は有名でありながら難解で長大なために手に取る人が少なく、正当に評価されていないように思う。むしろ主人公の恋愛遍歴ばかりが強調され過ぎ誤解を受けているために、却って敬遠されている作品なのではないか。それゆえ先のような誤解がまかり通る。

日本で生まれ育った人なら『源氏物語』を知らぬ人はないだろうが、全巻を読み通した人は少ないであろう。『源氏物語』がどんな物語で、いかなる文学的価値のある作品かを語れる人は更に少ないに違いない。私自身、とても一人では読めないので講座に参加してやっと読み終えた。

千年前に生まれた『源氏物語』は、日本独自の感受性や様々な感情を余すところなく表現し得た日本最高の古典文学、その研ぎ澄まされた感性や美意識は現代まで受け継がれ、意識するしないにかかわらず日本人の心の中に脈々と生き続けていると思う。『源氏物語』は時代や社会が変化しても変わらない人間の感情や、日本人の繊細な美意識・無常観などを描いた日本最高の文化遺産だと確信している。素晴らしい物語を知らないまま、毛嫌いしたり好色物語と一蹴したりしないで、じっくり何度でも読み味わいたいものだ。

その道しるべとして最もふさわしいのが増淵勝一氏による本書、『源氏物語をめぐる』であろう。本書は『源氏物語』の面白さ・奥深さと味わいを語り、その感動の由って来たるところや、作品の構想や発想の源を表す。また同時代あるいはその前後の作品との関わり・共通点・相違点・注目される点などが語られ、読むほどに興味を引かれる著書である。表現は平易でありながら、古典全般を広く見渡し長く真摯に研究を重ねられた増淵氏ならではの、鋭い切り口と冴えた語りである。本書『源氏物語をめぐる』を読んで、『源氏物語』の素晴らしさを深く理解したいと思う。

巻末の〈所収論文発表要目〉を見ると、本書には一九九三年以降の論文が収められている。二一年前からのものだ。私が初めて「並木の里の会」の研究会に出席したのは二〇〇六年七月末であった。入会して八年数か月、所収論文の年数の半分にもならない。しかし、今も二一年前も、師の文学に対する姿勢はいささかもぶれていない。師の研究の姿勢は講座からも研究会からも窺い知ることができる。過去の論文を読めばもっともっと前から、ずっと変わらず貫かれてきたことが分かる。

学者は生涯学問、その道に終わりはない、どこまでも作品の文芸性を追究する、という一途な姿勢である。徹底した厳しい研究姿勢は師が自らに課したものであり、先師岡一男博士の薫陶を受け、地道な研究を積み重ねた成果が本書となり、講座の面白さにも生かされていると思う。

横須賀市生涯学習センターの市民大学で二〇〇一年に始まった増淵氏の『源氏物語』講座は、一三年（途中から「宇治十帖」を並行して六年、延べ一九年）かけて全巻を講読し二〇一四年春に終了した。その後は『紫式部日記』講座となる。

市民大学の講座名は「読んで楽しむ『源氏物語』講座」。タイトル通り、読んで楽しい講座だった。講師は本書『源氏物語をめぐる』の著者、増淵勝一氏である。これは横須賀市民にとって、また私自身にとっても、非常に幸運なことであった。私の古典学習の原点となった講座である。

講座は軽やかで面白く分かりやすい。身近な話題に導かれ、すんなりと物語に入り読み進むうち、内容にも興味を引かれ『源氏物語』に近づいて行く。受講生は楽しみながら内容を理解すると同時に、いつの間にか深く物語の味わいにも触れることができる。『源氏物語』を文学として楽しみ、自分なりの鑑賞にたどり着くのである。スタート時は定員九〇人だったが受講希望者は年々増え定員も増加、今は一四〇人を超えていることも講座の面白さを裏付けるであろう。次年度は再び『源氏物語』講座がスタートすると聞く。古典を学びたい人が多いこと、その期待に応え得る講座であることがうかがえる。

この本の内容は書物の中だけにとどまらず、折に触れ講座で話されたものでもある。生きた言葉で分かりやすく、物語の様々な箇所で場面に応じて、師の声によってじかに語られたものである。これらが講座の面白さを増し物語の鑑賞を深めて行ったことは言うまでもない。苦手な古典が講座をきっかけに面白いと思えるようになり、文学の醍醐味や喜びを感じてどんどん古典の面白さに引かれて行く。この文章は、市民大学講座から古典の研究会に参加するようになった私自身の、率直な感想でもある。

冒頭、一の感想に続いて、以下に「Ⅰ『源氏物語』をめぐる」のうち特に印象的な七章(三、五、八、九、十、十一、十二)を、目次番号のままタイトルと共に挙げ、読みどころを述べてみる。

三　行事の場面の役割　この章は㈠～㈤までの五項目(以下同様)。

話の筋を追いながらやっと読む間は気付かないが、行事や場面にはそれぞれ意味があると言われ、はっとする。ひとつひとつの場面に没頭していると見えないことも、いくつか例を挙げて示されると場面の共通点や相違点が見えて来る。特に、男踏歌が重要である(㈡「男踏歌」と紫式部・㈢「男踏歌」描写の理由・㈣『源氏物語』と男踏歌)。

男性に垣間見のチャンスが多いのに比べて、女性が男性を見る機会は極めて少ない。紫式部の時代にはもう古き良きこの行事は廃れていたが、「『源氏物語』に描かれる行事や催事は、女性たちの男性批評、つまり女性による男性品定めを行うための場として設定されていることが少なくない」㈤行事描写の理由・四三～四四頁〉。男性品定めの必要性がある時に用いられたのが端午節の騎射や男踏歌なのだ――。初心者はそこまで思い至らないから、なるほどそんな意図が込められていたのかと感心するばかりである。記録と物語場面の共通点や違いに触れつつ、順を追って分かりやすく説かれている。

五　緊張とユーモアと　㈠～㈤まで五項目。

深刻な場面での滑稽な振る舞いに救われる。クスリと笑えるとともにほっとする。緊張を和ませる笑いの効用である㈠源氏明石の浦退去の場面〈明石の入道の様子・五七頁〉、㈡『蜻蛉日記』との違い〈葵の上の父である左大臣の様子・五九頁〉〉も明らかである。

面白いと思える場面も意図的に配置し、緊張のあとにほっと和むように計算されたものであったとは。紫式部、恐るべし。意識しないでこういう運びになったのならば、なおさらの天才、やはり驚嘆に値する。

八　「若紫」巻の舞台の背景　㈠～㈧まで八項目。

場面の舞台については以下の文に言い尽くされているので、本文を引用する。

実在の土地をそれと言わずに、「なにがし寺」と書いたときに、読者の想像力を期待しているのである。ちょうど光源氏が道長・伊周・高明・融以下の各々の人物の一面をすべて備えており、彼らがその時々に光源氏のモデルとされるのとよく似ている。北山の何がし寺も鞍馬寺、岩倉の大雲寺・志賀寺・石山寺等の各々の一面をないまぜにした形でイメージを作ったのだと思う。「なにがし寺」が鞍馬寺だったら、はじめから鞍馬寺と書けばよいわけで、それを避けて「なにがし寺」としたのは、固有名詞のイメージに限定されない、自由な想像力をそこから発揮させたい、という意図があったからであろう。『河海抄』のいう「夕顔」巻の「なにがしの院」が「河原の院」ではなくて「なにがしの院」と記されているのも同じ理由である㈦「北山のなにがし寺」のモデル・八九頁）。

つまり、どこが舞台か躍起になって断定する必要はない。が、本文を良く読み込み、舞台と思しき場所を比定し、『源氏物語』をしのびながら想像力を働かせることは大いに有益なことだと思う。

九　小野の山里考　㈠～㈦まで七項目。

大原・小野・高野あたりは実際に歩いたことがある。実景を思い浮かべながら読むと、景色と物語が連動して、いにしえの「小野」の広さと懐の深さとが実感できる。

この一文――小野郷をしだいに北上して行きつくところは、来迎であり、極楽往生である。――には胸を突かれた思いがする㈦　女人往生の地・大原、一〇四頁）。小野の奥は大原であり、大原の三千院には往生極楽院がある。少し上ると来迎院があるのだ。物語のストーリーと現実の地名が連動し、小野に住む落葉宮と、出家して大原にいる浮舟の身の処し方の違いが象徴されている。今でも静かな「小野のわたり」と物語が見事に重なっている。「夕霧と落葉宮、薫と浮舟との各々の人間関係から生ずる苦悩や不安、孤独感や厭世観等を筆述するために、小野・大原がきわめて有効に使われている」（同㈦、一〇五頁）と実感でき、本書の説く「式部の表現のうまさ」も実感される。ここまで考えて書かれた『源氏物語』はすごい。

同時に、紫式部の技巧を解明し根拠と共に読者に示してくれる本書も、物語の意を汲み読者の理解を深めるという点で素晴らしいと思う。氏の論考は、細かい語句に左右されず、場面の捉え方が俯瞰的である。また各場面は常に、作品全体の中でどういう役割や意義・効果を持つかが語られる。

来迎院のさらに奥には音無（おとなし）の滝がある。来迎院の説明では「声明を熱心に唱えていると周囲の雑音が聞こえなくなるところからの命名」㈠魯山来迎院、九四頁）とのこと。滝は今も清らかに流れている。

十　老いのいろいろ　㈠～㈦まで七項目。

この一編は、初めて読んだ古典の論考だったので、特に感慨深い。

横須賀市民大学の初年度の抽選に外れ（市民大学の『源氏物語』講座は二年目から受講できた）残念に思っていたころ、夏に公民館で短期の古典講座があり受講した。講師は市民大学と同じく増淵氏である。ここで初めて氏の講座を受け古典が面白くなった。公民館で少人数のアットホームなサークルを知り入会。受講を始めて三年経ったころ、講師からクラスの皆に『並木の里』六一号（二〇〇四年一二月発行）が配布された。ここに載っていた論考が、この「老いのいろいろ」である。手にしたのは確か二〇〇五年だった。のちに研究会の一員になるとはつゆ思わず、初めて目にした師の文章である。文学の論文自体が初めてであり、『徒然草』『枕草子』『源氏物語』以外の文献はどれも聞いたことのない本ばかりであった。

ずいぶん色々な本が引かれているなあと感心し、文献までは理解できなかったが、タイトルも内容も面白いと思った。様々な古典のいろいろな「老い」が挙げられ、それぞれの作品の老いの描き方に対するコメントが新鮮であった。難しくてしゃちこばった作品だと思いこんでいた古典文学の中に「老いの描写」という投網を打って素材をすくい上げ、目の前でおいしく料理されたような印象であったのを思い出す。作品によってこんなにも老いの描き方が違うのだと実感できた。特に清少納言と紫式部の「老い人」描写の違いが際立ち、強く印象に残った。

師の講座まで、古典は語法や文法が面倒で文学として味わえる対象ではなかったし、『源氏物語』以外はあまり興味がなかった。古文は文章も内容も、石碑に彫刻したようにガチガチの、堅いあるいは固い・硬い（おまけに難い！）ものだと思っていたので、この論考は意外であり驚きでもあった。描き方そのものに作者の個性があるうえ、それを書いた作者の老いに対する好悪の感覚まで読み取れることにも驚いた。もしかしたら古典はおもしろいのかもしれない、と思える論文であった。受講していた『源氏物語』はもちろん面白く興味も意欲も持っていたが、はじめて他の古典も読んでみたいなと思える内容であった。その『並木の里』六一号の編集後記もまた、印象的であった。

…だが、しかし、無料雑誌から学ぶべきこともあるのではないか。だれも読んでくれない論文を書いても仕方がない。専門家だけではなく、ときには一般読者にも理解され、楽しんでもらえるような作物があってもよいのではないか。論文も改革が必要かもしれない（前掲『並木の里』六一号、七七頁）。

学術論文は難しいから専門家にしか読めないし分からない。専門家は難しい論文をたくさん読んで勉強しなくてはならないから大変だろうな。そんな勉強をしていない素人が読んで分からないのは当たり前、面白くないのも理解力がないから仕方がない、と思っていた。

だが、一般読者でも読んで理解できれば興味が持てる、内容に共感できればこんなに面白いではないか。そんな論文が可能なら素人でもぜひ読んでみたい、と思った。文学は専門家だけのものではないはずだ。読みたい者が等しく楽しみ学べばよい。

「老いのいろいろ」は、本書の序にもあるように「平易に書いて読み手に分かってもらおうと努めるのが肝要」という姿勢で「できるだけ読者にわかりやすく説くことに腐心して」書かれた論文だったから、初心者の私にも面白いと思えた文章なのだと、今は深く頷ける。このような視点に立って進められるから、講座も平易で分かりやすく、楽しいのだろう。

十一　旅の話　㈠〜㈦まで七項目。

旅立てば単調な日常生活を忘れて「目覚むる心地」がし、またその土地独特の発見がある、というのはそのとおりであろう（㈠旅の意義・効用、二二六頁）。

『源氏物語』の遺跡をたどる旅に出たのも、まさしくこの思いからであった。現地でしか得られぬ感慨や発見がある旅はたいへん有意義で、物語理解の助けにもなる。

古典文学の研究に当たって、場面を立体的に思い描くことは重要なことであると思う。自分なりに各場面をイメージしたいと思い本文を繰り返し読み込んで理解に努めるが、紫式部のような「慎重な思索型」と言えない凡庸な私には、本文だけで各場面のイメージを思い描くことは難しい。せっかく舞台と思しき所を訪ねても、本文がすらすら思い浮かばない頭には、いにしえの面影がたどりにくく、にぎやかな現代都市京都の市街地で物語をイメージするのは困難である。そんな中かろうじて大原や横川・大津・初瀬など、静かな場所や遺跡を訪れたときに私なりの印象が持てたのは幸いである。その時々の感想を綴ったことも良い経験であった。

今までの観光はただ訪れて良い所だったと思う旅であった。古典文学を学ぶようになってからは、作品と関わる地を事前に調べ、古典の中の描写や表現と自分の感想を、現地で両方味わうという点が今までと異なる。先人はどう感じたのか、女流はどう表現したか、物語の中での扱いはどうか、その底に流れる心はいかに？　そんな思いで訪れると旅は二重三重に面白くなる。古典を学んだお蔭で旅の醍醐味と現地での味わいが増すのである。

本書では、玉鬘と浮舟の旅の心持ちがずいぶん異なることを、改めて教えられた㈥玉鬘と浮舟の旅・一三六頁〉。初めて物語を読むときはストーリーをたどるのが精一杯で、登場人物の旅に対する姿勢や心情までは思い至らなかったのである。

紫式部の場合、実際に訪れてないであろう場所も舞台となるが、その場合は描写が極端に少なく（例えば須磨・明石や筑紫の道中などはすっぱり省かれている）、物語の中で歌枕として有名な場所は、それに添う表現にとどめてある。それでも、歌枕や舞台と思しき場所をこの目で確かめることは大切と思うので、今後も遺跡と思われる場所はどこでも訪ねて行きたいと思う。この章の「結び」〈一四一頁〉にあるように、「旅に出れば思わぬ発見がある」し、旅する者の「思いがけない一面をも伝えてくれる」からである。古典文学の情景に触れ、内容への理解・親しみ・味わいが深まれば、なお旅をする甲斐があるというものだ。

十二　作り物語と歴史物語　㈠〜㈥まで六項目。

この章は、作り物語と歴史物語の位置付けの変遷と文学的評価についてである。これまでの一〜十一に比べて重い。表題の大きさから考えても当然のことか。

感心するのは、歴史物語全般を細部の違いまで念頭に置きながら網羅し、『源氏物語』とその他の作り物語とともに根気良く比べ、簡潔に述べた姿勢である。これほど広汎にわたる文学的展望を述べる人が多くいるだろうか。重箱の隅を入念につつく研究が多い昨今である。「○○について」は非常に詳しくても、○○と△△についての文学性の違いや、文学全体から見て○○の特徴を捉えるなど、「大きなテーマ」や「広い視野」の論考がなかなか見られないのではないか。それゆえ、緻密で詳細な研究はなされても、大きな視座に立ちながら平易に展開する論が稀少なのではないか、と思う。文学の道に入って日の浅い未熟な私が口に出すのもおこがましいが、訓古注釈や本文の比較に終始し、作品の理解や味わいに触れないケースなどは分かりにくくて興味のもてない論が多く、何のための研究か分からないものもある。

どの分野も専門の人は僅かである。世の中の大方は「その道」には素人である。そして「その道」はあまりに多岐にわたる。専門の人にしか分からない話では読める人が少なく内輪で終わってしまう。最先端の科学的開発なら出来上がりを形にすることも可能であろうが、文学の世界ならばやはり相手に伝わりやすく読み応えのあるものが望まれる。せっかく膨大な時間とエネルギーを掛ける研究である。僅かの人にしか分からぬ、読めぬでは、いかにももったいない。この本は、専門外の人も興味を持って手に取ることができ、面白いと思える本格的な論文であるという意味でも重要と思われる。

㈥歴史物語の文学的評価、の結論はすっきりして分かりやすい。歴史物語は作り物語の一転生（生まれ変わりの一つ）であるという。「旺盛な空想力」で真実を描いた作り物語が次第に衰えて行き、「事実という感動を標榜する歴史物語や説話文学が発生・展開し」ていった（一五九頁）。

つまり、想像力で作られた作り物語と事実に基づいて作られた歴史物語・説話は、想像力を駆使するか否かという違いはあるが、どちらも面白く感動のあるものを描いて読者に訴える創作であるという点では同じなのだ。ただ歴史物語は、時代と共に環境と人間が変化し、文学的想像力の衰えた状況から生まれた作品であるので、作り物語よりも文学的想像力が少ないぶんだけ味わいが足りず、それゆえ文学的評価が低いということなのであろう。なるほど。今まで両者の違いが解らなかったが、すっきりした気分で爽快だ。

――と、ここまでは分かるのだが、その後一か所わかりにくい所がある。

歴史物語が作り物語の一転生であることは前述した。ヘッケルは「個体発生は系統発生を繰り返す」と説いたが、これは近代の小説家でも、おうおうはじめは詩作や仮作小説に筆をふるうが、晩年になると創作力が衰えて、歴史小説やモデル小説に転ずることがあるのとよく似ている（同㈥、一五九頁）。

この唐突な一文だけで即座に文学への応用を果たすのは困難である。習ったはずの生物学ではとんとヘッケルの覚えがなく、しかも石頭の私には分かりにくい。ここは自分の理解力の無さを嘆くのみであるが、石頭なりにでも考える努力をしなくてはなるまい。

個体発生は系統発生を繰り返すとは、つまりある動物の発生の過程は、その動物の進化の過程を繰り返す形で行われるということである。

ヒトの胎児の発生初期から誕生に至るまでの経過の写真を思い浮かべてみる。ヒトは、はじめからヒトの小型ではなく、受精後細胞分裂していき、発生直後は脳と脊椎だけのシンプルな姿から、生物の進化の過程を再現するごとく、魚類、両生類、哺乳類等の姿を経て胎児の姿となり、体内で成長し月満ちて誕生する。人間が生まれるとき（個体発生）は、初期の脊椎動物から人類に進化して行く胎内の過程（つまり系統発生）を繰り返して、個体が誕生するのである。

文学に応用すると、個人の経験を包括して生まれる個々の文学作品も、それぞれ人間の発生・誕生と同じように、初期から晩年に至るまで文学作品としての進化の過程を繰り返す、ということになるだろう。

文学作品は、自由な想像力あふれるロマンチックな創作に始まり、年齢が上がるにつれだんだん現実的になり、想像力の衰えと供に、事実や歴史に作品や感動の題材を求める創作姿勢に移り変わって行くのである。人間が生まれるまでに進化をたどるように、文学作品も想像力の大きい物から小さい物へと姿を変える。個人の経験を包括し人生の所産である文学も、ヒトの進化の過程と同じように、稚拙なものから高度なものへと変化して行く。旺盛な想像力をもって描かれたロマン的な作品が花開いたあとは、想像力の衰えと供に事実に題材を求めながら人生の真実を描いて行き、終息するのである。

ヒトが生み出す文学の姿はヒトの発生の過程と同じように変化（発生→成熟→衰退）していく。文学も同じように変化していくというこの視点は、増淵氏独自のものである。古代から現代まで、さまざまな文学が生まれ、そのジャンルも作品も変化してきたが、その変化について明確な理由や変化の筋道を説明した人はいない。ヒトの発生が進化の過程を示すから、人の所産である文学も同じような過程をたどる！　なんと明快な答えであろう。この発想は師の文学的な直観を端的に示していると言えよう。ただ、もう少し詳しい説明があると不肖の弟子にはありがたい。

(三)　Ⅱ　紫式部をめぐる　について

次に、「Ⅱ　紫式部をめぐる」考察について述べる。

一　紫式部の身分　(一)～(六)まで、六項目。

この章は痛烈な批判である。内容については本文に比較的平易に書いてあるので、詳しくは述べない。六項目のタイトルは以下のとおり。

(一)『源氏物語』千年紀、(二)紫式部の居宅、(三)紫式部命婦説の批判、(四)紫式部の出仕先、

㈤『紫式部日記』に描かれた紫式部、㈥紫式部と中宮彰子

誤った前提の上に立っては、正しい結論が導けない。あるいは、どんなに詳しく考証しても間違った考証は徒労である、と戒められたのが印象的である。

研究会でも、出典や文献を良く調べるよう度々指導を受ける。研究に必要なものの中には、良く調べても全く手掛かりの探せない事項もある。複数あれば考えようもあるが、一つもないではお手上げである。そんなとき・困ったときは原典に戻ること、よくよく本文を読み込むこと。繰り返し読んで本文からヒントを得るようにと、さとされる。これは師の師、岡一男博士の教えでもあるという。誤った根拠の上にどんな建物を建てても虚しい建築となる。前提となる文献や事象の検討は慎重に、迷った時に正しい判断を下すのは文学的直観とのことである。ゆえに——正しい直観を身に付けるためにも——文学的研鑽を積まなくてはならない。駆け出しにとって研究者への道はかくも厳しく遠いものである。スタートが遅いからなおさらである。しかしどんなに遠くてもどんなに遅い歩みでも、僅かずつでも師の道に近づくと信じて進んで行く。亀でも蟻でも良いから、一ミリでも前に進みたいと思う。

二　紫式部の墓のことなど——京都恋しく——　㈠～㈨まで、九項目。

この章は、旅の一コマが論文となる面白い例である。

商売上手な寺のお守り売り場の前で、中学生が長々と「さぞかしすばらしい法話を何十分も拝聴」させられたのだろうと気の毒がり、本尊よりも収入優先の集客に「ホトケの沙汰も金次第」という「社会体験ができた」のだというくだり（㈠京都人の作法・一七二頁）には、氏独特のアイロニーが織り込まれ、読む者の笑いを誘う。

また「京都人の婉曲な物言いやあいまいさは」、「ファジィな感性」から生じ、「こうした感性は『源氏物語』や

『蜻蛉日記』『和泉式部日記』等の平安朝文学にはふんだんに見られ、日本人の性格を形作る重要な要素の一つだった」という㈡ファジィな感性・一七三頁）。この考察は、古典文学を味わう上でも重要な視点であると思う。文学が書物の中だけで展開する物でなく、生きた人間の心理作用と捉えることが欠かせないからである。文献学でない限り、文字や語彙・文章の研究にとどまっていては文学として鑑賞・考察できないであろう。

この章「京都恋しく」の論文は、読むうちに京都の小路に迷い込んで、街並みを左右に見ながら、往時と今を行きつ戻りつ散策するような趣である。「やはり現地に行かずして名所を知るのはなかなか難しい」㈢京都へのあこがれ・一七四頁）。まったくその通りなので、『源氏物語』の遺跡をたどる旅は楽しく興味が尽きない。石清水八幡宮のエジソン記念塔、清水寺下方の鳥辺野の墓地、陸奥の歌枕である末の松山、鎌倉と京都の大通寺の両方にある阿仏尼の墓など。どれも歩きながらいろいろ思いを巡らせるように連想が続く。話題が阿仏尼の墓に及び、いよいよ本題の紫式部の墓に近づいて行く。

無駄の無い文体・よどみのない語りで京都の事跡を次々俎上に載せ、思いつくまま京都の歴史や文学・生活や人について語られる。ランダムに見えて、古典文学という太い枠組みが基本にあり、さりげなく軽妙に、京都への思いと感慨が、あるいは寺社や人の在り方への疑問・辛口の評論・雑学までもが語られる。意識の底には、確かな考証と文学や人間の本質を見極めようとする鋭い観察眼が光っている。文学が人の営みと歴史の上に成り立つものだからこそ、このような観察眼も大切なのだと思われる。

以下、㈣王朝の火葬場・六道さん、㈤千本閻魔堂、㈥紫式部供養塔と墓、㈦紫式部の本来の墓、㈧紫野の式部墓の由来、㈨岡一男博士の「紫式部の遺跡」

の項目に沿って、紫式部の墓の場所が特定されていく。

摂関政治で鳴らした藤原道長の墓さえ定かには分からない現在である。文学的アプローチによって史実や記録から推定される紫式部の墓の場所について――『源氏物語』ファンならもちろん、『源氏物語』ファンならずとも、その手法をぜひ一読したい内容である。

紀行文はこのように書きたいものだと思い、手に取り何度も読み返す文章でもある。

三　紫式部再考――伝承をめぐる――　㈠〜㈣の四項目。

この章は、二〇一一年一〇月に催された「第38回法光寺日本文学・教養講座」の講演記録という。群馬県伊勢崎市にある法光寺主催の講演、講演の対象は檀家や近隣の住民で、日本文学や教養講座を楽しみに集まる一般の人々である。前述の一・二章の内容が寺で語られたものであり、文字を読むのでなく耳で聞いて分かりやすいように構成されている（テープ原稿に若干の加筆・補訂を施したもの）。

ユニバーサルデザインという言葉がある。これは、一九七四年にアメリカのメースによって提唱されたもので、障害の有無に関わりなく、すべての人が使いやすいように製品・建物・環境などをデザインすることである。学術論文にも、このような精神「すべての人にわかりやすく」が生かされると良いと思う。

専門家でなく一般人を相手に二時間話すのは大変であろう。興味の持てる話題でなくては人の集中力はそう長くは続かないからである。興味を引き付けながら分かりやすく、専門的なことも噛み砕いて順序良く、相手の反応を見ながら共感を引き出しつつ丁寧に前に進む――この講演会も市民大学の講座と同じように配慮され、講演されたものであろう。

増淵氏の講義や講演にはこの精神が生かされている。難しいことを難しいまま語るのは簡単であろう。専門家が専門家に話すならそれも良いが、一般の人にも解りやすく興味を持てるように語れば親切である。楽しく聞かせる工夫が無く、話し手の興味だけを一方的に語られる講演は退屈なものになる。平易に語られ理解ができれば、興味を持って聞くことができ、内容も心に残り、楽しく充実した時間となろう。

㈣　Ⅲ『源氏物語』周辺の作品探究

最後に、「Ⅲ『源氏物語』周辺」について述べる。

一　貴船幻想　――和泉式部をめぐる――　㈠～㈦、七項目。

この貴船幻想が、実に面白い。一見紀行文なのだが立派な論考である。参考文献が豊富で考証も詳しく丁寧に組み立てられていて分かりやすい。増淵氏はまさか歩きながら考証されたわけではあるまいが、歩く景色に沿って論考が進み、訪れた場所ごとにまとまった内容が述べられるので、読む者は一緒に名所を訪れ、よくわかるように物事を分析・説明されるような気持ちになるから愉快である。第Ⅱ部の紫式部をめぐる、「二　紫式部の墓のことなど―京都恋しく―」と同じスタイルである。

ここでは、「物思へば」は誰を思った歌か㈠「物思へば」の歌をめぐって）、次項は歌について、㈡「物思へば」の歌は貴船での作か。奔放と思われがちな和泉式部が、どういう思いで、誰に歌を詠んだのかということが理由と共に示され、歌の伝承についても詳しく述べられている（二一九～二二〇頁）。

次に㈢で「水神・貴船明神」について詳しく語られ、貴船神社の来歴や水神としての信仰が盛んだったこと、祈雨・止雨の勅使も度々だったことなど、周辺の事情がよく理解できる。以下の引用により、貴船の祭神が地名の由来と関わることを知り、目を見開いた。

古くは貴船山は高尾山より鞍馬山に至るまで山なみをなし、鞍馬は暗深山（くらみやま）といい暗龗（くらおかみ）の略、高尾は高龗（たかおかみ）の略で、いずれも貴船明神の御座所ということで神号を地名に遺したものと伝える（『貴船神社要誌』、同㈢、二二一頁）。

この後は、㈣で「貴船への道」が数種類示され、㈤貴船信仰と三社めぐりでは、「早くから鞍馬と貴船とを一体の神仏として信仰し」、また「貴船の本社として賀茂も加わ」り、「この三社を一体として信仰する風習が以前からあったらしい」（二二九頁）ことを語る。㈥和泉式部の貴船参詣・㈦貴船信仰の変遷と発展、の両項からは、水を司る神である貴船神社がどういう経緯で縁結び・祈願成就の神になったかを語り、貴船の地名は、「大地全体から生命生気である『気』が龍の如く立ち昇るところ、気の生まれる嶺、あるいは根本であるということから、気生嶺、気生根〈キフネ〉と呼ばれる」ことに由来する（前述『要誌』、同㈦、二三四頁）という。文学と歴史と信仰を合わせて貴船が語られ面白い。

貴船の気にふれ、参詣した「和泉式部自身が自分を説得・納得」できたように（同㈦、二三五頁）、師もまたここを訪れ「心身ともに軽くなったような気がし」て（同㈦、二三四頁）、それを体感したのである。本書を読んだ私も貴船の気を追体験したく、ぜひ現地の貴船を訪れたくなった。

二　『和泉式部日記』歌の一特性　㈠〜㈢、三項目。

ここでは、「君」に焦点を絞って考察がなされる。この言葉は帥宮から和泉式部へ「愛の高揚にともなって生じた相手への親しみを込めた呼びかけ」である（一『和泉式部日記』歌中の「君」、二四〇頁）。「君」、または「君」と「われ」、が詠み込まれるのは、二人の恋愛過程において「感情が高揚し、発露される際」であり、「君」と「われ」との併用は「恋愛感情が最高に発揮された場合に見られることが多い」、また、「両者の恋愛感情の推移・変転・高揚は、『日記』歌中の「君」の語に着目し、これを分析することによって、かなりその実態を解明できるように思われる」（一同、二四二頁）という。ここでは「君」と「われ」の言葉とその使い方を見据えることによって、二人の感情の高揚が鮮やかに浮かび上がるのだ。

『和泉式部日記』と対照的なのが、（二）『蜻蛉日記』歌中の「君」と、（三）『伊勢物語』や『源氏物語』の「君」、の歌である。ここでも広く平安時代の作品に目を向け、それぞれの特色をとらえた上で、『和泉式部日記』歌の特色が述べられている。愛情・感情が真に高まり発露される和泉・帥宮の歌と、むしろそれ以外に用いられる『伊勢物語』『源氏物語』の「君」とのはっきりとした対照が、面白く読める。

最後の「結び」の段に、それぞれの作品の「君」や「人」の用い方が総括され、作品ごとの特徴をいっそう明確に理解することができる（結び、二五〇～二五一頁）。

三　『堤中納言物語』小考　（一）～（六）、六項目。

『堤中納言物語』は作者別人説が多いが、増淵氏は小式部一人の書いたものであろうと結論される。「『複式構成』や起筆・擱筆の手法、日常会話的な和歌や七音・五音の語句の頻用という現象」が各編に存在し、『堤中納言物語』を「一つの統一体の小説とするのにおおいに役立って」いるという（六『堤中納言物語』の成立と作者・二六六頁）。

どの作品を捉える場合も、作品に応じたそれぞれ柔軟なアプローチの仕方である。言葉や用い方・起筆や擱筆、音韻や内容、あるいはことばに代る言う「うた」㈣『堤中納言物語』の求心性・二六三頁）など、今までの項の考察とはどれも方法が異なり、同じ方法が無い。作品によって、見方・考え方を検討し取り組むのであろう。この場合も、徹底的な深い読み込みと、俯瞰的・多面的な捉え方が重要であると思う。

四　『狭衣物語』考　――行事の描写から作者に及ぶ――　㈠～㈨、九項目。

行事の描写からなされた『狭衣物語』へのアプローチである。この項は行事の描写に焦点を絞り、作者である六条斎院宣旨による描写の分析と人物の考証から、作者の生育環境や一族の状況、斎院宣旨の環境などを論ずる。本文の分析でここまで分かるということに驚く。

『狭衣物語』の描写は、『源氏』や『枕草子』のような宮廷や貴族のみの描写に留まっていない。「主人公が牛車に乗りながら大路の光景を眺めるという」移動中の観察が生き、「町中の端午の情景を」長々と詳しく描いている㈡『狭衣物語』に描かれた年中行事・二七四頁）。また、斎院の御禊と賀茂祭が重なった賑々しい情景では、観察の対象は「市民や農民」であり、「この儀式への関心の高まりや折り重なるようにして見物する人々の姿など」が生き生きと具体的に述べられ、庶民の様子とこの具体性は、『源氏物語』葵の巻も及ばないという㈢『狭衣物語』の端午・斎院の御禊の場面、二七四頁）。

端午と斎院の御禊の場面についてのべたあと、話はこの二つに共通する役割に移る。『源氏』では御禊の車争いを、のちの六条御息所の生霊事件に連動させ、「ストーリー展開の一つの契機・道具として用いている」といえる㈣行事場面の役割・二七七頁）が、『狭衣物語』に描かれている端午の様子や斎院の御禊あるいは粉河詣でなど、「比較的描写の長く、くわしい行事の場面は、話題転換の目的で設定されていることが多い」という㈤話題転換を導く行事の場面・二七九頁)。

この論考が面白いのはこの後㈦㈧㈨項で、作者の人物像に迫っているところである。作者自身へのアプローチも、作品の特徴をつかむ上でたいへん重要である。

本文の精読により、宣旨は斎院では「一、二位を争う地位の女房」だが、斎院の御所は閉塞的で宮廷行事には疎い、しかし「神事のかかわる御禊・賀茂祭・相嘗祭等や国民的行事の端午の節供の描写にはすぐれた才能を発揮した」と、作者の立場と環境による特色と作者の個性を見抜いている㈦六条斎院宣旨を囲む環境・二八三頁)。

次に、㈧父系・源頼国の家柄、㈨母系・藤原信理女の家柄、である。

家系と一族の考証であるが、人物の来し方行く末を論じ、そこから浮かぶ人物像が立体的に語られている点が特に優れている。調べた内容から帰納的に導かれた結論か、直観による人物像を考証で演繹的に示したものか、両者渾然一体のものかは分からないが、とにかく史実や資料・官職や生没年の羅列だけでなく、それらに沿って、本文と共に示され述べられた内容を読めば、取り上げた人物像に血が通い、登場人物がイメージできる。一般的に読んで面白くない考証が多いなか、これは特筆すべきことであろう。

父「頼国は頼光を祖とする摂津(多田)源氏の嫡流であって武者として高く評価されてい」たし、「ともかくも頼国の家筋は武家の一門であった」(八、二八四〜二八五頁)。しかし、娘の宣旨は、武士を「荒るる」といい「非情なものの典型として評している」から、武家の父の家の環境には慣れ親しんでいない(九、二八五頁)。母方の祖父は有職に通じた儒者の藤原信理で学者肌の者や蔵人職に就いた者が多く「儒者一家」、文章生であった父の頼国との接点もそこにあったという(同㈨、二八六頁)。「宣旨が良家の子女のごとく、学芸や風流韻事に親しむ一方、武家的なものごとに否定的なのは、母親の信理女のもとで生育したから」であると結論されている（同㈨、二八八頁）。本文と考証でここまで人物像が描けることが分かる。師の師、岡一男博士の手法に通ずる鋭敏さが感じられる。

以上、「三『堤中納言物語』小考」、「四『狭衣物語』考」、どちらも作者についての論考である。作品の描かれ方や言葉や主題について、作者がどういう人物でどういう背景を持つかということは欠かせない。作品を解く大切なカギにもなるのだろう。

「小考・考」であるから、これ以上を望むのは一読者のわがままになるが、さらに加えて欲しいのが、両作品の鑑賞についてである。他の作品との際立った違いと、見どころ・読みどころ・考えどころもぜひ読んでみたい。

五　王朝時代の歯の話　㈠～㈩、十一項目。

この論考は、Ⅱの紫式部をめぐる、の「三　紫式部再考―伝承をめぐる―」と同じく、講演会での内容がもとになっている。神奈川歯科大学の隣の「湘南短期大学の公開講座」で、歯のことを取り上げた講演である。

現代でも健康を長く保つためには歯を大切に、と言われている。身近な歯の話、王朝時代はどうだったのかという視点から、実に多彩な文献を例に挙げながら進んでいく。

導入には、滝沢馬琴の歯の養生について（『燕石雑志』）、明の医学者の示す歯の一生『本草綱目』、反正天皇の歯が長かった話（『水鏡』）・無双の勇士足利忠綱の長い歯（『吾妻鏡』）等を皮切りに㈠歯は人生そのもの、二八九～二九一頁）、王朝時代の作品はもちろん、和歌や説話、図鑑や注釈書や辞典、歯に使う楊枝の功用の『増壹阿含経』にまで及ぶ。『九条右丞相御遺誡』には九条師輔が遺言の中で、起きたら早めに「歯の清掃をせよ」というのも面白い㈡

王朝時代の歯の健康法・二九二頁)。

この後は㈢〜㈤に「歯固め」「鏡餅」の行事、㈥「お歯黒」の風習、㈦頼朝の歯病について、㈧歯科治療や㈨入歯の出現、歯の無い人が願う㈩「みづはぐむ」「みづはさす」の言葉など、これも多彩な項目と様々な文献が出てきて驚くばかり。

歯の話が古典を通して縦横無尽に語られ、最後の項は㈩紫清両女の歯の描写。人々が歯の保存に苦心し、歯の痛みに難儀していた時代に、「紫式部や清少納言らはそういう実情を忌みきらうこともなく、かえって美的に描述しているところに、この時代の文学の特色」があり、末法第一年(一〇五二)を五〇年後に控え、「世紀末的な退廃的な傾向が、平安朝最盛期の文学作品にすでにその片鱗を見せていた」(同㈩、三一〇頁)と時代背景や文学性にふれ、結ばれている。

師の頭の中には、広大な書庫が広がっているのだと思う。膨大な資料や文献がどのように整理収納されているのか皆目見当もつかないが、散策しながら、あるいは文献を読みながら、また何かの拍子に目にするもの・耳にするものが、「!」あるいは「?」とその時々に師の感覚を刺激し、さまざまな事物が反応し、頭の中の書物の項目が明滅して信号を発するのではないかと思う。信号は、何かを見て連想されるもの、文学の中の一節と連動して新たな発想を抱かせるもの、今までのものと違った枠組みや視点から捉え直させるものなど、ある種の天啓のような、しかし言い難い何か・・・これを文学的直観というのではないか、と思う。

その直観を持たない者には、新しい視点を持つことが非常に難しい。学ぶとまねぶが同源であるように、調べて考え書いてまねびつつ覚えるしかない。恐ろしく遅い歩みである。

これについて書くなら「○○」を参考に、と聞いてひもとく師の論考はいつもお手本になる。具体的な手本が目に見えるのはありがたい。しかし毎回、とても「○○」のようには書けないなあ、というのが初発の感想である。目指す山は果てしなく遠いのである。遠すぎて、見上げる首は時々下を向く。足元を見つめてため息をつく。それでも気を取り直して再び前を向くのは、さらに上を目指して歩く姿を、師が常に示されるからである。今できるところまで頑張ろう、できるところまで書いて、できない所は何度でも書いて直せばよい。そう思い直して次に向かう。恐ろしく時間のかかる歩みではあるが。

㈤　結語——感動と面白さを探る道しるべ

この『源氏物語をめぐる』は、「何が感動をもたらすか、作品の味わいはどこにあるか」と常に作品の文芸性を問う師の、貴重な論考集である。

師の論文には文学的直観による素晴らしい発想と確かな学問の裏付けがあり、しかも読む者を引き付ける面白さと魅力がある。専門家も専門外の文学好きも楽しめる、親しみやすく読みやすい論文集である。

論考は『源氏物語』の主人公光源氏のモデルから始まり、作品の機微をときあかし作者や背景を語り、筆はなお広く周辺の作品や作者にも及び、最後は身近な歯の話題から紫式部と清少納言の描写の共通点や時代背景と文学性にふれて結ばれる。『源氏物語』をめぐり、作者をめぐり、周辺の平安文学をめぐり、また『源氏』に回帰するという面白い語られ方である。タイトルの由って来たる所以である。

地道な学問が成り難いと嘆く師は、多忙な講師の日常をこなしながら、分析・考察・研究を積み重ね、膨大な時間をかけて書き進めて来られたのだ。やさしく分かりやすいこの論文集は、師が身を削りながら仕上げた壮絶な戦いであろうと拝察する。

徹底して自己に厳しく学問への真摯な姿勢を貫く師の、一途な古典への情熱に裏打ちされた「感動と面白さを探る道しるべ」をたどりながら、今後も様々な古典をひもとき、楽しく学んで行きたいと思う。私の古典学習の原点がここにある。

広い古典の野を行きつ戻りつ『源氏物語をめぐる』をめぐる、楽しい古典の逍遥であった。

Ⅲ　日本文化の紹介

(一) はじめに

日本文化を外国人に紹介し体験の機会を作ることは、日本と外国との交流や相互理解を深める上で、重要な文化事業の一つだと思われる。微力ながら以下のような経緯で在日アメリカ人に日本の伝統行事や書道・着付け等を教授する機会があったので、その一端を報告したいと思う。本稿が外国への日本文化紹介の一助ともなれば幸甚である。

アメリカ人女性との交流は、身近な話題——季節感や天気、生活習慣や食べ物の好み、お互いの行事や習慣、あるいは趣味や関心事——から始まり、徐々に国や言葉を超えて個性と個性の交流になって行った。英語は得意でなく初めは緊張したが、じかに語り合う経験は非常に新鮮であった。仲の良い日本の友人と共に交流できたので、女同士・主婦同士、また船乗りの妻という共感もあり、国や言葉を超えて心を通わせることができた貴重な時間であった。アメリカ人との交流が深まるにつれて、自分の興味関心が日本の文化にあることに気づいた。異文化に接して初めてお互いの文化の違いや良さに思いが至る。その契機となったのが次項で述べる日米夫人会であった。日本文化紹介は、主に「横須賀日米夫人会」での活動である。

日米夫人会での経験は九年であったが、文化交流を中心に親しく言葉を交わすことができた。日米ともにポジティブな夫人の活動に励まされて実施した、折々の日本文化の紹介と気付きや感慨を記したい。

(二) 日本文化の紹介と横須賀日米夫人会

横須賀は海軍の町として知られるとおり、現在も海上自衛隊横須賀地方総監部が置かれ、アメリカ海軍の基地がある。両者は交流が深く、夫人同士も「横須賀日米夫人会」の活動を通して親しく交流している。この会は、海上自衛隊横須賀地区在住部隊等に在職の幹部自衛官夫人と、横須賀在住の米国海軍士官夫人の相互親睦を目的として、一九六〇年に創立され、今年で四六年目を迎える(二〇〇六年一二月現在)。私自身は二〇〇〇年九月に入会し、今年で六年目になる(夫の退職と共に二〇〇九年五月に退会した)。

「横須賀日米夫人会」は Japanese and American Wives' Club とも言い、通称JAWである。横須賀以外に厚木・佐世保・沖縄にも日米夫人会があるそうだ。

海上自衛官はその名の通り海の上に身を浮かべ、あるいは潜水して、仕事をする。一旦出港すれば一週間~一か月は帰らず、長い時には半年~一年も留守である。海では艦船が頼りである。船乗りは万が一の時には海で助け合う。他国の艦船も同じである。夫の仕事は大変だ。留守家族も夫が帰るまで何としても家を守らねばならない。自衛隊は陸海空の三つあるが、海自の妻が一番たくましいらしい・・・いや、そうならざるを得ない。留守家族同士も助け合う。日米夫人会はそういう船乗りの妻同士の交流でもある。したがって共感も大きい。アメリカ側の夫人は出身地もいろいろ、転勤も世界をめぐるから話題も豊富である。

横須賀日米夫人会の活動は、一〇月に始まり~翌年の五月に年度が終わる。日米夫人会全体の例会は年に四回。日米二回ずつ行事を主催し、交流を行う。また、日米夫人会の中に同好会のような有志の英会話グループがあり、例会以外の月も交流を深めようと月二回の活動（茶話会や文化交流）をしている。私もその一員だ。例会を含めて年間一六回くらいの活動である。

例会は全員参加で一〇〇人前後、規模が大きく人数も多い。英会話グループは半数くらいで四〇～五〇人、茶話会や小規模の行事や文化を一緒に体験し楽しく交流している。具体的には、お正月・七五三、クリスマス・イースター、料理・手芸、華道・茶道など。

アメリカ人と接し、異文化に触れることによって、日本の伝統や文化を改めて意識するようになり、お互いの独自性や素晴らしさを感じられるようになった。日本文化の現在の形と意味や由来、成り立ちなどを調べるうち、歴史や時代背景にも興味が及び、もっと広く深く知りたいと思うようになった。

日米夫人同士の親睦を目的とした活動は私の中で徐々に形を変え、単なる親睦にとどまらず、文化交流を通して外国の友人に日本の文化や伝統の良さと奥深さを伝えたいという思いになった。紹介するにはどのような方法・表現が良いだろう、という新しい視点もでき、語学の向上にも役立っていると思う。自国の文化を伝えるために、自分自身も学び、より向上していきたいと思う。

一　書道

㈠「書道」の紹介について

入会して六年目に、英会話グループで先輩から書道の体験講座を企画してみたいがどうかと打診された。書道をする人は今までにもいたが、学校で国語や書道を教えた経験があり書道の歴史その他について語れる人にぜひ任せたいとのことで、私が役立てるならと引き受けた。

書道体験講座は二回。そこで以下のように考えた。

まず、実際に筆で文字を書く楽しい体験中心の時間にしたい。そのために簡単ながら、書道とは何か・日本の書道について話し、書道の歴史・素材となる文字（漢字・仮名）の成り立ちや変化、書体について最小限の説明をし、鳥の足跡を見て文字を作ったという蒼頡《そうけつ》の伝説（文字の始まり）にも興味を持ってもらいたい。

また、書道の現代的意義や楽しみ方などに触れ、私の思いや書く時の注意点などを述べ、二回の講座で色紙作品を仕上げたら、形にも残り充実した体験講座になるのではないか――。あらましを話した上で大筋が決まり、英会話グループの皆さんの協力を得て、実施することになった。

（1）実施の概要

実施日時　二〇〇六年一月一七日（一時間強）、三一日（二時間）の二日間

会場　横須賀米海軍基地内の集会所

一回目…書道・用具・基本点画の説明二〇分、実技五〇分（基本点画「山川」、「永」を練習）米側参加二四名

指導…説明、書き方を見せる、練習の個別アドバイス（姿勢や筆使い・手を取って書く、添削）

二回目…字句を決め手本用意一五分、実技一一〇分（色紙作品を制作）米側参加二三名

指導…練習の個別アドバイス、添削、清書指導、名前の練習、作品作り、押印、用具の手入れと片付け

用具　日本側の準備…硯、紙、筆、墨汁、文鎮、下敷き、雑巾（硯の下に）、新聞紙（書いたものを置く）等

（2）書道紹介講座の流れ

〈第一回〉

1、書道について説明…㈠書道とは、㈡日本の書道について、㈢注意、㈣私の考え（田村担当、後述）

2、用具について説明

3、姿勢について説明

4、書き方について…基本点画「一十」「山川」や「永」を書く。書き方実演・説明

5、実践…練習の間は机間巡視・上から筆を持って一緒に書く、適宜添削

6、作品にしたい字句や意味を考える、名前をカタカナで書いてみる（日本側サポート）

7、次回インフォメーション、ティータイム
8、道具の手入れと片付け説明、片付け
〈第二回〉
1、書きたい字句を決める…季節に合う文字・好きな言葉、それに合う漢字を日本人と相談しながら決める。
2、手本の用意…事前に用意したものと、当日書いて渡したもの（田村担当）
3、実践…各自好みの文字を練習、運筆・字形など個々に指導
4、実践…朱液で添削、名前の練習
5、色紙に清書、名前を書く
6、落款…印泥でＪＡＷ印を押す…石材に田村が彫刻、書道講座用に作成
7、片付け
8、ランチをとりながらアンケート

(二) 実践と内容

（1）実践に当たって
この書道紹介講座は初めて筆を持つアメリカ人を対象とし、毛筆がどういうものか、知識よりも実際に書いて体験することに重点を置いた。それゆえ、各回約二時間の中での説明は最小限にとどめ、できるだけ実技に時間をあてた。

実技に関する指導…姿勢や運筆を教授するため筆を持って一緒に書いたり、字形の取り方や筆順を示したり、添

削したり・・・はひとりひとりに応じた方法で、各回個別に繰り返し行った。

（2）実践の内容

前述㈠の（2）の1、書道について説明…私の担当した部分を次の（3）で報告する。発表は英語で行ったが、その内容となる日本語を初めに記し、英訳をその後に置く。

はじめに書道の原義、次に日本の書道について述べ、実技での注意と、私の考えも述べた。資料として、道具や姿勢の説明・文字の成り立ち・注意点など書いたものを配布し、自作の書道年表・文字の変遷・書体の種類などを展示した。また、珍しいと思われる書道用具（大小様々の筆・文鎮数種類・下敷き大小等）や書道の本（書道史・古筆・法帖・書道展の図録など）なども、自由に見られるように持参し展示した。

発表後には質疑応答・感想なども述べられた。

なお、英訳に当たって友人の福谷美季氏のご指導・ご助言をいただいた。厚くお礼を申し上げる。

（3）書道について、説明部分の報告

以下は発表の要旨である。資料や展示物について、示しながら補足・説明を加えたものもあるが、ここでは省略する。

①書道とは

書道は中国から伝わった芸術である。そして書道は毛筆に墨を含ませ精神を統一して文字を書く芸術である。書道には約三五〇〇年の歴史がある（現存最古の文字は、殷墟から出土した紀元前一五世紀ごろの甲骨文字）。

〈英訳〉Shodo = Calligraphy

Calligraphy, which originated in China, is the art of writing pictographic characters with an ink-drenched brush and a focused mind. It has a long history of about 3500 years.

②日本の書道について

日本で最初に使われた文字は中国から伝わった「漢字」で五～六世紀ごろである。

その後八～九世紀ごろ、漢字から日本独自の「ひらがな」と「カタカナ」が生まれ、一〇〇〇年くらい前に、ほぼ今の形になった。（ここで漢字からひらがながでさる様子・・・「わ」・「み」のくずし字・・・を示す）写真A参照。（ちなみに私の卒業論文のテーマは平安時代の仮名であった。）

文字ははじめ絵のようであったが、速く書くために簡略化されそして美化され、長い時間をかけて現在私たちが使っている形に完成した。（書体の色々・・・金文・篆書・隷書・楷書・行書・草書・・・を示す）写真B参照。

〈英訳〉About the Japanese Calligraphy

The first writings to appear in Japan were created with

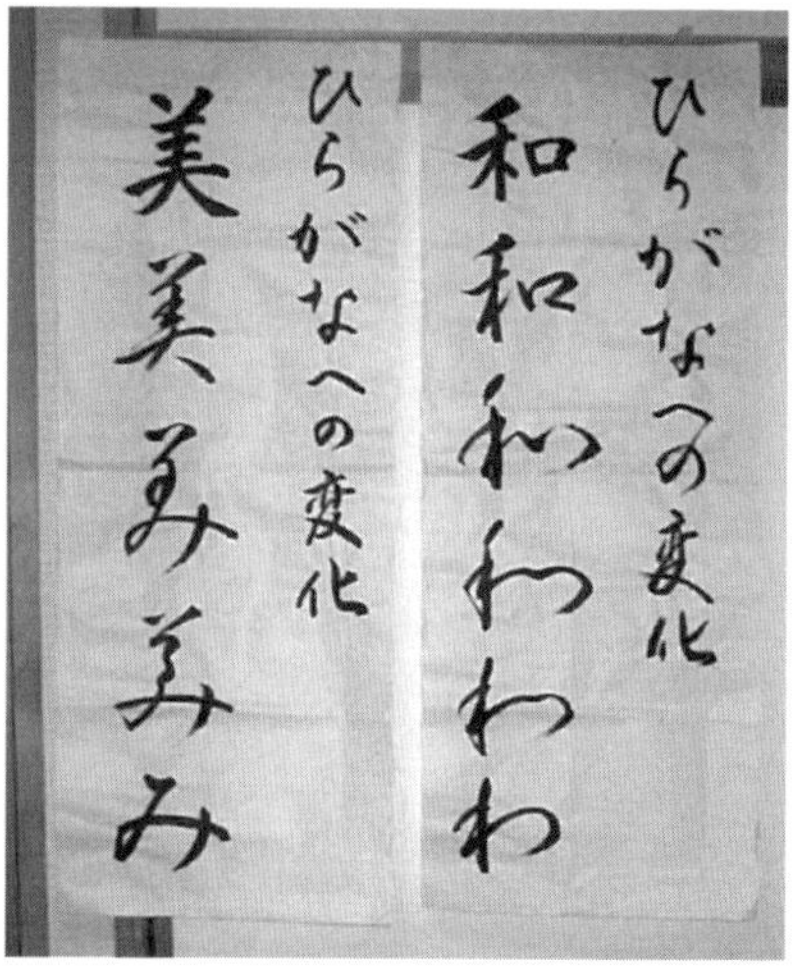

写真A：漢字からひらがなへ

写真B：色々な書体

kanji characters（pictographs）brought from China in the fifth and the sixth centuries.

Later in the eighth and the ninth centuries, hiragana and katakana gradually evolved from kanji in Japan. One thousand years ago, they became today’s style. = Photo A

（By the way, my graduation thesis was about Kana of Heian period.）

Although characters were like pictures, gradually they became simple because writing faster had been required. They were artistically made beautiful and over the years we still use them today. = Photo B

☆文字の始まりクイズ　（写真C参照）

質問１　これは何でしょう?　　答え、鳥の足跡。

質問２　この形から何という文字ができたでしょう?　　答え、わからない。

答えは「歩」という文字です。歩く、歩みを意味します（文字の始まり、蒼頡の伝説）。

〈英訳〉〈Question〉＝Photo C

Q1. What is this?　Answer…Footprint of a bird（fowl）

Q2. What character do you guess by it?　Answer…???

It became walk or step.

③注意

書道は「書く」のであって、黒く塗る絵画ではない。

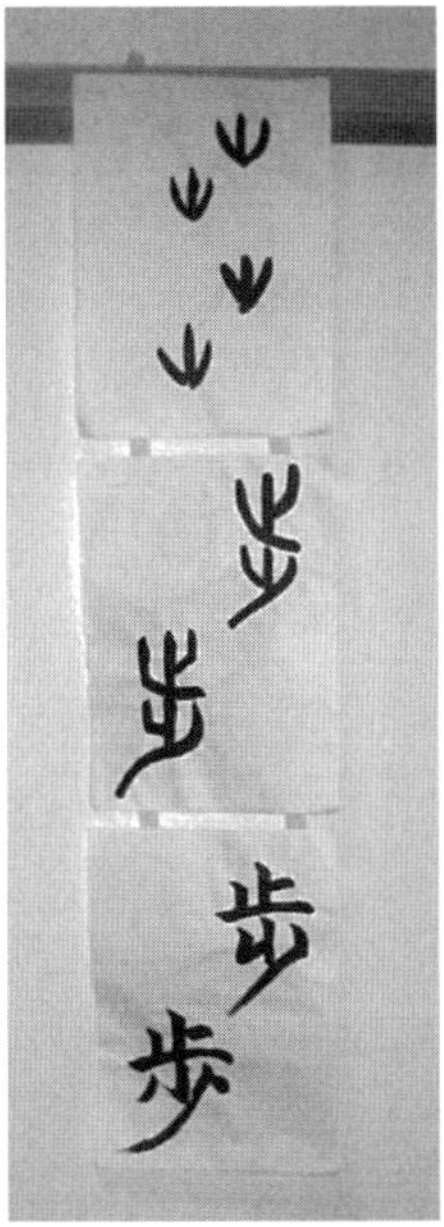

写真C：文字の始まり

はじめは筆使いや形を覚えるために、何度も書いて練習して良いが、作品を作りたいときには一回で書くべきである。書道は筆順に従って、一回きりの動きで筆が運ばれ、一気に成立する芸術だからである。

〈英訳〉Notice

Calligraphy is the artistic-writing but not painting.

First, you may learn the stroke order of a character and you may practice a lot until you remember it. Then, after all, you should write down each stroke in one motion following the order. It means that the Shodo is a performance composed by the only one sweeping.

④私の考え

書道の目的は、文字を正しく美しく習うだけでなく、さらに自分の人格と技術をより高めることにあると思う。なぜなら、書くということ・・・「どのような言葉を選び」「どのような書体で書くか」そして「作者の感興はどのように表現されたか」・・・は、作者がどう生きているかを示しているからである（書は人なりとも言われる）。

それゆえ、自分自身を磨き、より高めより深めていくことが一番大切であると思う。「形を学びながら、より高い精神性を求める」という点で、書道は茶道や武道と同じであると思う。

長い人生経験のつみ重ねは、書に深い味わいを出す。あなたの豊かな内面を、書道で表現してみよう。字は一度習って形を覚えたら終わりなのではなく、一生楽しめる趣味であり芸術である。どうぞ楽しんで、個性豊かな作品をつくって下さい。

〈英訳〉My opinion

I think there are several purposes in learning calligraphy. One of them is of course to learn how to write each character's shape and how to brush up your penmanship technically. The most important purpose I believe is to elevate your personality to maturity. That is to say, it is a training of your own character as a human.

It is very important for us to concentrate when we do calligraphy. Because all you put in your calligraphy, show not only its writing but also even, what you have in your inner self. Your way of living or your inside feeling appear by what word you choose and how you write it.

Therefore, we should train or cultivate our mentality higher and deeper through our life. On this mental point, we can say that Shodo is a typical Japanese art the same as Tea ceremony and Martial Arts.

Thus, as you understand now, accumulation of your life experiences makes your calligraphy taste rich. I can say that Shodo is an enjoyable art for displaying your great individuality. I hope that today's experience is a start for you to enjoy Shodo as a new hobby. Enjoy calligraphy and show your abundant inner feeling!

(三) 書道の紹介を終えて

JAW書道講座のまとめ

(1) 目　標　書道を体験して楽しみ、色紙作品を作る。

(2) 米側感想・・・当日の様子とアンケートから、重複を省き似たものをまとめて簡単に記す。

1、書道の体験について

良かった。楽しんだ。面白かった。良い体験であった。もっと書きたい。他の字を知りたい。習いたい。どこで習えるか。日本側のサポートに感謝する、など。

2、書について

すばらしい。美しい、など。

3、筆の感触について

やわらかい毛筆はむずかしい。種類によって書き心地が異なる。おもしろい道具だ。コントロールはむずかしいが上達したい。抑揚の仕方や筆の使い方がわからない、など。

4、興味を持ったことは

文字の成り立ち。書の歴史（蒼頡のエピソードを含む）。書の発達や書体の変遷。漢字そのもの。筆使いは難しいがおもしろい、など。

5、当日書いた文字…永、美、母、父、友、友人、桜、和、仁、など。

6、疑問・質問…机間巡視の合間に、筆を持って一緒に書く（手をとる）…田村指導。

筆使いや抑揚がわからない。…徐々に力を入れる・抜く、徐々に筆を上げる・下げる。どのくらいで墨継ぎをすればよいかわからない。…かすれて運筆が難しくなったら墨継ぎ。字がうまく書けない。…ポイントは白黒のバランス（余白が均等になるように）、平行と等間隔。

（3）日本側感想

1、良かった点

☆米側参加者が楽しんでくれた（以下、具体的な内容）。

・取り組みが積極的であった。
・概ね上手に書けて良い作品となった。
・みな同じ文字でなく、書きたい文字を選んで良かった。・・・好きな文字に意欲が増す。
・短時間であったが充実した体験（練習・清書・落款・・・作品完成）になった。
・筆や筆の文字に興味を持ち、書道に興味を持った。・・・文化交流になったと思う。

☆日本側のサポートが成功した。

・事前の展示や準備と撤収がうまくいった。
・時間配分が予定通りに運び、順調に終わった（タイムキーパーがいて安心）。
・文字を決める・道具の使い方・筆順、書き方・レイアウトのアドバイス・片付け・道具の後始末まで、手際の良さは夫人会の強み、皆さんのサポートあってこそ成り立つ講座であった。
・皆さんのサポートのおかげで、講座と指導に集中できてありがたかった。感謝します（田村）。

2、反省点

・作品は、正しい文字・筆順、作品にふさわしい字句・美しいレイアウトが理想。
・中には名前の位置や印の押し方に少し不備があった。
・文字を決め手本申請、「手をとって一緒に書く、練習・添削、仕上げ」が徹底できれば良かった。
・できるだけ机間巡視で全員個別の具体的指導に努めたが、添削に来なかった人もいたのが残念だった。
・短時間で仕上げるのは難しい。もっと書きたかったとの声もあった。

〈付記〉書道講座は、退会後の依頼を含め五度行った（講座開催は、二〇〇三・〇六・〇八・〇九・一三年）。

二　着物と着付け

(一) 着物について

今回は着物と着付けを紹介したい。着物は日本の民族衣装である。平安時代に源を発し、日本の文化と美意識に磨かれ時代と共に変化しながら、一〇〇年くらい前に今のスタイルになった。着物は日本人の生活と共にあり日常の衣装であった。しかし今はすっかり洋服が定着し、着物は特別な日に着る特別な衣装になってしまった。

帯も着物も基本的には平面仕立てである。同じ形のものを、染めや織り・色や柄の組み合せで季節ごとに様々に装う。ただ、着物は約束事が多い。季節の変化に敏感に対応し、ＴＰＯや好みによって様々な組合せを考える必要がある。着るにも手間がかかり（日常着だったはずなのに！）着た後も手入れが必要となれば、着物はあってもなかなか気楽に着ようという気にはなれなかった。

私が小学生の頃、昭和ひとケタ生まれの母の日常着はほぼ着物であった。ＴＰＯの使い分けはあっても普段着もよそ行きもおおむね着物であった。同級生の母親よりは長く着物を愛用していたように思う。家事をするときは割烹着を着ており、夕方買い物に行くときは羽織を着て買い物かごを提げて近所の商店街へ行く。私もよく一緒について行った。後年テニスをするようになって日常着は洋服になったが、それでもよそ行きやハレの場には着物を愛用していた。子ども心にも母の選ぶ色や柄は好ましく感じられ、母の着物姿も好きであった。

(二) 日米夫人会で「着物と着付け」を取り上げた経緯

日米夫人会の会員になって日も浅い頃、茶道紹介の時に久しぶりに着物を着た。が、自己流ではきれいに着られず残念に思い、それをきっかけに着付けを習った。習ってみると着方や手入れ・組合せにも色々なコツがあり、立ち居振る舞いや仕草にも気を付ける点があると分かって面白い。着付け教室ではベテランの講師から着物についてのみならず着付けにまつわる色々な話や豊富な体験談を聞くことができたのも興味深いことであった。慣れるに従って着物の良さを実感し、民族衣装としても大切にしたいと思うようになった。

ところで、横須賀日米夫人会は（これを記した当時）年四回の例会と、英会話グループによる月二回の交流があり、一年に一六回くらいの交流活動をしている。毎年多少人数の変化はあるが、夫人会全体の会員は例年八〇人～一〇〇人ほど、英会話グループは四〇～五〇人くらいである。英会話グループは二〇〇四年のこの年以前は概ねアメリカ人二〇人、日本人二五人ほどであった。近年（二〇〇五～二〇〇八年）アメリカ側の会員が増えて三〇人弱、日本側は二〇人前後である。会員数が日米同人数もしくはアメリカ側が多いときには着付けの実施はとても無理であるが、この年二〇〇四年は英会話グループのアメリカ側会員が珍しく少ない年で一二人、日本側会員は二〇人であった。英会話グループで着付けを実施すれば何とかアメリカ側をサポートできる人数なので、着付け実施に良い機会と思われた。

アメリカの夫人は着物を見ると喜び、伝統ある民族衣装に敬意を表してくれる。着物を着ていると柄やどういうときに着るものか、など問われ話も弾む。日本の着物が素晴らしいと言われて気が付いた。着物は日本人の美意識を形にしたものである。色遣いも図柄も描き方もまたその組み合わせも、季節の移り変りに敏感で繊細な日本人の感覚が伝統と共に今も着物に息づいている。衣更え、衣被ぎ、きぬぎぬ（衣衣・後朝）、衣ずれ、などの美しい和語はどれも着物を表わす衣（きぬ・ころも）から生まれた。色や模様・手触りを味わい、衣を装うことを楽しむ感覚があればこその言葉であろう。古典に親しむ折にもその感覚を実感する。

日本人が着ているのを見ても喜ぶのだから、実際に袖を通したらアメリカ人にはなお良い体験になるに違いないと考え、英会話グループで「着物と着付け」の体験講座を企画実施することになった。

(三) 着物と着付けの紹介

(1) 実施の概要

実施日時　二〇〇四年一月一三・二七日の二日、およそ二時間ずつ

会　場　横須賀米海軍基地内の集会所、および田戸台分庁舎

準　備　説明の内容、着物・帯ほか着付けに必要なもの一式、日本側が用意

内　容

一回目　着物の歴史、着物の種類と区別、着付けの説明、着付け実演（田村担当）、ティータイム

参加者二七人（米側一〇人、日本側一七人）

二回目　着物選び、アメリカ人に着付け、着物ショー、記念写真、着替え、片付け、ランチ

参加者二九人（米側一二人、日本側一九人）

（2）「着物と着付け」体験講座の流れ

〈第一回〉

1、着物の歴史について（千年前から今日に至るまで）

2、着物の種類と区別について（留袖や振り袖など、写真を見せながら説明）

礼装・略装・普段着等のＴＰＯについて、季節による区別、質疑応答など

3、着付けの順序とやり方を説明、着付け実演（日本人をモデルに実際に着付けを見せる）

補正した長襦袢姿から、着物・帯の着付けを実演する・・・田村担当（後述）

〈第二回〉

1、日程の説明

2、アメリカ人くじ引き、順番に着物を選ぶ（サイズや色の好みなどを考慮）

3、日本人二人ひと組でアメリカ人一人の着付けを行う（アメリカ人六人ずつ、二回着付け）

4、着付け終了後、順次写真撮影

5、着物ショー（一人ずつモデルとなって皆の前を歩く）

6、金屏風前で記念の集合写真を撮る

7、着物を着替え、片付け（日本側の半分が着物担当、半分はランチを担当し準備と配膳）

8、全員でランチ

(四) 実践と内容

（1）実践に当たって

着物と着付け体験講座は好奇心と興奮をもって歓迎された。しかし、ただ着ておしまいでは体験の意義も薄いので、着物の歴史・種類や区別・着方や注意点について話し、一度着付けを見てもらう、それから実際に袖を通す体験という企画にした。二〇人足らずの日本人で一二人のアメリカ人を短時間のうちに着付けて仕上げるのは大変なので、入念に準備し何度か練習をして臨んだ。アメリカ人用の肌着までは用意できないので、代わりにVネックのTシャツやペチコート、白いソックスを着用して参加するように呼び掛けた。

（2）実践の内容について

1、着物の歴史について…平安の頃から現在までの形や着方の変化を簡単に（省略）

2、着物の種類と区別について…礼装から普段着まで色々な着方と組み合わせの写真を見せて説明（省略）

3、着付けの順序とやり方について…実際に着付けながら説明した内容を、次の（3）で報告する。

なお、英訳は友人の岩﨑千恵氏と石村美紀子氏がご担当くださった。厚くお礼を申し上げる。

（3）着付けの順序とやり方について　説明部分の報告

Now Akemi has already worn Nagajuban
and Tabi.
Put on Hadajuban under Nagajuban.
Juban means underclothing in Portuguese.

Pad with towels around breast, waist
and hip between Hadajuban and Nagajuban.
Kimono is made up flat.
It dose not have tucks or darts.
That is easy to put away in rectangle bag.

Therefore make bodyline smooth
into cylinder using towels.
It could be seen finely.
This is Hosei.

There are many kinds of articles using

今、暁美さんは、長襦袢を着て
足袋をはいています。
長襦袢の下には肌襦袢を着ています。
襦袢はポルトガル語で肌着を意味する
ジバンからきています

肌襦袢と長襦袢の間には、胸・ウエスト・
腰にタオルをおいて、形を整えてあります。
着物は、平面に仕立ててあります。
タックもダーツもないので、しまう時
も四角におさまります。

それ故、着るときにはタオルなどを使って体を
円筒に近い形に整えます。
こうすると見映えも良く着付けもしやすくなります。
これを補正と言います。

着付けの方法・小物の使い方には

everything.

There are three points of elegant dressing Kimono.

① Erimoto-----The contrast of white and colorful collars.

② Emon--------To pull down the back of neck.

③ Susosen-----Sideline is straight. Hemline is slighter than hip line.

To see the toe a little is beautiful.

Now we would like to start Dressing Kimono.

Put Kimono on the shoulder and slide the collar of Kimono over Nagajuban.

At first, put the right part on the body then wrap the left part over the right part.

Be careful the position of Susoline.

Lower position is the best one in this case.

いろいろなやり方があります。

着物を美しく装うには三つのポイントがあります。

①襟元・・・長襦袢と着物の襟の出し方

②衣紋・・・衣紋の抜き方、後ろが少し下がること

③裾線・・・サイドはまっすぐで少し裾つぼまり。

つま先が少し見えるくらいが美しい。

では、着物を着付けていきます。

着物を肩に掛け、襟元を長襦袢にそわせながら着せる。

裾線を気にしつつ前をあわせる。

先ず下前（右側）を決め、その上に上前（左側）を重ねる。この着物（小紋）の場合、裾線は普段着より少し長めにする。

Tie with Koshihimo tighten.
It is the point.
Arrange around collars.
It is the best contrast that the white collar comes out 2cm.

Arrange Ohashori tucked part.
Tie the Munahimo not so tighten.
And, wear Datejime.
Smooth out wrinkles to both sides.

Wear Obi.
Put Obi under the breast, roll twice, put Obiita into Obi, put it the back, fold it small, Screw it other side; pass through behind the back, flatten out wrinkles and put Obimakura on the knot, cover it with Obiage and tie it above the Obi center of the front.

Fix by extra-belt,　turn back the other side

腰ひもを打つ（結ぶ）。着付けの要なので強めに結ぶ。
襟元を整える。
長襦袢の白襟が二センチ位でるように襟元をあわせる。

お端折を整える。
胸ひもを打つ（腰ひもほど強く結ばなくて良い）。
伊達締めを締める。
左右の脇のしわを取る。

帯を結ぶ。
胸下で二回巻いて帯板を入れ
後ろで手先をたたんでたれ先と交差させて
結ぶ。しわを伸ばして平らにし結び目の上
に帯枕をのせて固定する。
帯枕に帯揚げをかけ前の真ん中で結ぶ。

仮ひもでお太鼓の大きさを決める。手先

and put it into Otaiko,　Tie with Obijime,
を整え帯締めを締める。

Remove extra-belt.
仮紐をはずす

Check up some part.
手直しをする。

We complete dressing Kimono.
着付け終了！

㈤「着物と着付け」の体験講座を終えて

今回アメリカ人に着付けをするために、まず日本側の会員が集まってお互いをモデルに着付けの練習をした。長襦袢や着物一式は会員の持ち寄りで用意し、厚木の日米夫人会からサイズの大きい着物を借りてゲストが着物を選べるよう工夫した。練習や準備は大変であったが、その甲斐あって着付けのイベントは大変喜ばれた。日本人に比べて体格の差が大きいので必ずしも全員にサイズの合う着物は揃えられなかったが、用意した着物の中でできる限り着物の良さを楽しんでもらおうという意図は十分に汲んでもらえたようである。

せっかく着物を着たので、静かな歩き方・二の腕が見えない仕草・袂に気を付けることなど着物に似合う立ち居振る舞いなどもアドバイスし、一人ずつモデルのように静々と歩いてゆっくりターンし笑顔でお辞儀をする、着物ショーをした。その姿を金屏風の前で一人ずつカメラに収め、最後には全員の記念写真を残した。

その後しばらく歓談し着物談議に花を咲かせた。米側参加者の表情は華やいで明るい。着物を脱ぐのが名残惜しそうではあったが、ランチの前には着替え片付け、座って和やかに着物のあれこれを話しながらの食事となった。

この企画をきっかけに日本側の会員が着物に親しむようになった。せっかく着付けを練習したから着物で出掛けよ

う と日本人同士の親睦も深まった。伝統を意識し、着物の良さを見直し身近にできたという点で、日本人にとっても有意義な企画であった。着物は日本の民族衣装である。たまには着物に袖を通して着物を楽しみ、日本人であることを豊かに意識しつつ、しずしずと行動したいものである。

着物を楽しむようになってから母の着物をいくつか譲り受けた。母の着物を着ると、その着物を着ていた頃の母のことやそれにまつわる様々な思い出も蘇る。それを話題に母と話が弾むことも多い。母の愛用していた普段着の大島と羽織を着て支度を終え、ふと姿見に顔を向けると目の前に母が映っているような錯覚を覚え、驚いた。

考えてみれば料理の仕方や味付けも着物の好みも母譲りである。日米夫人会でアメリカ人に日本のことを伝えるのも有意義であるが、和食の味や書道や着物の文化・伝統を、母として日本人として次世代に伝えなくてはなるまい。祖母から母へ、母から私に伝えられたように、今年（二〇〇八年）成人式を迎え私と同じ振袖を着た娘に、私の生きた証を伝えたい。日本人である誇りと喜びを持って。

三　短歌と若山牧水

(一)　若山牧水の紹介

はじめて日本文化の紹介として取り上げたのは、この項の若山牧水（一八八五～一九二八）であった。牧水を取り上げた理由は二つある。

一つは私自身が牧水の短歌が好きであること。中学で初めて知った「しら鳥はかなしからずや海のあをそらのあをにもそまずたよふ」や、大学の時に知った「幾山河こえさりゆかば寂しさのはてなむ国ぞけふも旅ゆく」などが特に好きである（後述）。

いま一つは、牧水がかつて横須賀の北下浦に住んでいたこと（一九一五年〈大正四〉三月～一九一六年〈同五〉一二月）。病気の妻喜志子のため移転。この三年前（一九一二年〈大正元〉五月）、新婚旅行で三浦半島を訪れている。

夫の転勤で神奈川県横須賀市の久里浜に住んで初めてそれを知り、横須賀市長沢にある若山牧水資料館を訪れ、牧水の人となりを身近に感じるようになったためである。以下、具体的な紹介内容を報告する。

(二) 横須賀日米夫人会

日米夫人会に入会して二年目の二〇〇二年六月の末、横須賀に住んだ縁で初めて親しくなったアメリカの友人が本国に帰る前に、身近な場所を案内しようと五人のミニツアーを企画した。温泉と文学散歩である。温泉は神奈川県三浦市の三浦半島南西部にある波の静かな入り江の油壺、文学散歩は同じ三浦半島南西端の城ヶ島公園（台地状の城ヶ島にある公園）と、長沢にある牧水の歌碑と資料館の紹介である。その紹介の折に書いたものの一部が、後述の拙い作文である。

内容は、短歌についての説明、牧水の生涯について、牧水の短歌三首についての説明と、私なりの鑑賞を加えたものである。

(三) 牧水の紹介について概要

実施の概要は以下の通り。

実施日時　二〇〇二年六月二九日（土）午前九時～午後三時半
場　所　三浦市と横須賀市
参加者　米側友人二人、日本側友人二人と私、計五人
内　容　五人で一台の車に乗り、横須賀市内から三浦市の城ヶ島大橋を渡り県立城ヶ島公園へ。

公園でコーヒータイム（公園や北原白秋についての説明）。続いて油壺の温泉へ赴き（海洋深層水や温泉などの説明をし）入浴。和食のランチをとったあと、横須賀市長沢二丁目の海岸で牧水の歌碑を見て牧水資料館を見学。資料館前のベンチに座り、海を見ながら牧水の短歌の風景や心情を説明し鑑賞。

㈣　説明内容についての報告

説明した内容を日本語で記し、その後に英語の文を添える。

①短歌についての説明

短歌は、五・七・五・七・七の三一音の定型を持ち、人々の心情を短い言葉の中で表現している。
八世紀の『万葉集』以降、『古今和歌集』『新古今和歌集』などに多くの素晴らしい作品が収められている。
明治・大正・昭和時代（一八六八～一九八九）は、西洋文化の影響を受け、個性的な人間の生き方を描いた文学が生まれた。

〈英訳〉 **Tannka is …**

Tanka is a short poetic form consisting of a 5-7-5-7-7 syllabic structure in which the poet expresses one's feelings.
It originated in the Manyoushu an 8th century anthology, which was followed by the Kokin wakashu and Shin kokin wakashu, anthologies full of beautiful, skillful tanka.
Meiji, Taishou and Shouwa Periods(1868~1989) ...New literature was created, focusing on individual characters under the

influence of Western culture.

②短歌のイメージ

短歌は非常に短い。多くを表現していない。優れた短歌は、少ない言葉でもクリアなイメージを抱かせる。私は、これらの作品が牧水によって作られたときの状況を詳しくは知らない。しかし私なりのイメージは持っている。一〇〇人いたら一〇〇の短歌のイメージがあるだろう。どうぞ、あなたの世界を想像して下さい。あなたのイメージに任せます。

〈英訳〉 **Image of Tannka**

Tanka is too short.　It doesn't use many words.　Splendid tanka gives us a very clear image with little words.　I don't know well the situations of these tanka that　were made by Bokusui.　But I have my images from Bokusui's tanka.
If there are a hundred people they have a hundred different images. Please, image your world. I leave it to your imaginations.

③牧水の生涯について

若山牧水は明治一八年（一八八五）宮崎県生まれ。昭和三年（一九二八）、四四歳で没す。彼は、明治・大正・昭和の歌壇で最も愛された歌人の一人である。多くの歌碑が全国に建てられた。牧水の歌碑は全国に二七五ある（平成八年現在）。

彼は山間の小さな村で生まれた。彼は樹木の豊かな森林と渓流の中で育った。彼はその村と母を生涯深く愛した。中でも雨・霧・渓流・滝など、とりわけ水の風景を愛した。彼の雅号「牧水」は、母の名「まき」と水からできた。

彼が七歳のとき初めて海を見た経験は、彼にとって思いがけないことで印象的な出来事であった。彼が愛した渓流は海に注ぎ込む。初めて海を見て以来、彼の心の中には海の強烈なイメージが生涯、生き続けた。海に対する憧れと懐かしさも生涯持ち続けた。海は彼の心の原点となった。彼は生涯、海と人と旅と酒と孤独を愛した。彼は繊細な感覚で素晴らしい短歌を多く作った。彼は心の機微を表現できる繊細な詩人である。

〈英訳〉**The life of Bokusui**

He was born in 1885 at Miyazaki Prefecture. He died 1928 when he was 44 years old. He was one of the poets most loved by the people of the Meiji, Taishou and Shouwa periods, the world of tanka poetry. Many stone monuments inscribed with a tanka were built.　There are 275 monuments in Japan（As of 1996）.

He was born in the small village in a valley in the hills. He had grown up in a forest abundant in trees and mountain streams. He deeply loved his home village and his mother all his life. He loved water scenery especially, rain, mist, stream, fall and so on, so his name "Bokusui" includes water and his mother's name; "Maki".

When he was 7 years old, a first sighting of the sea was an unexpected occurrence to him. The river he loved flows down into the sea. The strong image of the sea lived in his mind all his life from his first viewing. His yearning and loving for the sea lived in his mind. The sea became a focal point in his mind. He loved the sea, humans, travel, alcohol and solitude. He made a lot of splendid tanka with his delicate mind. He was a delicate poet who was expressible of the nicety of the mind.

④牧水の短歌の鑑賞

1、白鳥は哀しからずや　海のあを空のあをにも染まずただよふ

白い鳥〔かもめ〕は哀しそうだ。そうではないか？　青い海にも溶け込まず、青い空にも交わらない。鳥は流れに、潮に、風に、寂しく漂っている。これは青と白の色の対比である。穏やかな風景と彼の孤独が、対比で一層目立っている。彼は白を青で際立たせている。この句は、まるで一枚の美しい絵画のように鮮やかなイメージをくれる。

〈英訳〉Appreciations of Bokusui's Tannka

1、Shiratori wa kanashi karazuya sora no ao umi no ao nimo somazu tadayou.

The white fowl (seagull) looks lonely, doesn't it? It doesn't mix with the blue ocean or blue sky. It drifts away, floats with the tide, hangs over the wind, very lonely.

It is a color contrast, blue and white. It gains by contrast, calm view and his loneliness. He sets white against blue. It gives me a very clear image like a beautiful picture.

2、幾山河越えさりゆかば　寂しさの果てなむ国ぞ　今日も旅行く

幾つの山や川があるのだろう。私は心の平安を見つけられるのか。長い道程を来たが、私は心の平安を見つけられなかった。私は今日も明日も旅を続ける。私は何処へ行くのだろう。…彼の愛した山も川も彼を癒すことは出来なかった。

しかし、彼は人生に絶望してはいない。そこがいい。好きである。

〈英訳〉Appreciations of Bokusui's Tannka

2、Iku yamakawa koesari yukaba sabisisa no hatenan kuni zo kyou mo tabi yuku.

How many mountains and rivers are there on my way? Can I find peace in mind? I came a very long way, but I couldn't find it. I'll continue this journey today and tomorrow. Where do I go? . . .The mountains and rivers which he loved couldn't heal him.

But he is not hopeless. That's good. I love it.

3、白玉の歯にしみとほる　秋の夜の酒は　静かに飲むべかりける

秋は日が沈むとすぐに日が暮れる。そして静かになる。我々は、静かに黙って落ち着いて、ゆっくり酒を飲むべきだ。酒は私の白い歯に染み込むように通り過ぎていく。私はゆっくりそれを味わう。

（この歌は、酒を愛した牧水の酒の飲み方とその心を表したものと言えよう。）

〈英訳〉Appreciations of Bokusui's Tannka

3、Shiratama no ha ni simitooru aki no yo no sake wa sizuka ni nomu bekari keru.

In fall, darkness comes quickly after sunset. It becomes quiet. We should drink alcohol quietly, silently, composedly and slowly. The alcohol flows over my white teeth. I savor it.

㈤　牧水の紹介を終えて

初めて親しくなったアメリカの友人に、私の好きな詩人で横須賀に住んだこともある若山牧水について話したいと思いツアーを企画した。牧水の生い立ちや年譜を調べ、生涯をなぞり、「しら鳥は・・・」や「幾山河・・・」はもちろん、

それ以外の短歌もたくさん読んで味わい、たくさんの歌の中から選んだのが前述の三首であった。友人に話すため自分なりのイメージを言葉にしていくのは楽しい作業だった。が、詩や鑑賞はおよそ主観的なものなので、それを異なる文化圏の友人に、しかも慣れない英語で伝えるのは大変だった。また牧水が当地横須賀市長沢に住んだ理由なども伝えられなかった。

城ヶ島では白秋について語り、見晴らしの良い丘から海を眺めた。温泉と食事のあとに横須賀市長沢の海岸で牧水の歌碑を見て資料館を見学し、資料館前のベンチで海を見ながらまた語り合った。友人は、少ない語彙で詰まりながら語る私をじっと見つめ、頷きながら根気よく聞き、しばらく一緒に景色を眺めイメージを膨らませているようだった。白鳥の歌は、色のコントラストと目の前の風景でイメージしやすく印象的だと言い、こんなに短いフレーズで詩ができることも興味深いと言った。

ミニツアーを終え、帰途につく時の一言も忘れられない。

「楽しいツアーをありがとう。ユミコはロマンチストね。」……落ち着いたアルトの声、にこやかな笑顔と優しいグレーの瞳が、今も鮮やかに思い浮かぶ。私にとっても楽しく有意義な夏のひと日であった。

四　縁日を楽しむ「田戸台まつり」

㈠　日本文化の紹介「まつり」

今回は日米夫人会英会話グループではなくラージグループ、つまり横須賀日米夫人会全体の例会で実施した、縁日ふうの行事を紹介したい。横須賀にある海上自衛隊の田戸台分庁舎で実施したので、名づけて「田戸台まつり」である。

縁日とは、有縁日（うえんにち）の意味で、神仏の降誕・示現など特別の縁があるとして祭典や供養をする日である。特定の日（毎月、五日を水天宮、二五日を天満宮、八日を薬師、一八日を観音、二八日を不動尊）に参詣すると大きな功徳があるとされる。いわゆるお祭りで、神社やお寺の参道には参詣人をめあてに露店が出て賑わう。

会場には神社やお寺はないが、会員の手作りによる露店ふうの遊びや手作りコーナー、食べ物もまつりに合う焼きそばなどを用意し、日本の文化である「おまつり」を体験してもらおうという内容である。

縁日はアメリカ人にとっては秋の収穫祭や fair・festival に当たるものであろうか。ところ変われば品変わる、日本風の「まつり」を手作りしてアメリカの友人との親睦を図った。

(二) 横須賀日米夫人会

横須賀日米夫人会は、横須賀地区勤務の幹部海上自衛官夫人と横須賀在住の米国海軍士官夫人の相互親睦を目的に活動し、四九年になる(二〇〇八年現在)。日本側会員は多いときには一〇〇人を超えていたが、近年は減少し五〇人前後から四〇人弱となっている。しかし、会員が減少しても四九年もの間続いた日米の親睦と文化交流の灯を絶やしたくないという思いは皆同じである。

例年は会員を二班にわけて前期・後期の担当を決めるが、二〇〇八年前期は砕氷艦しらせを見学した。後期は全員で「田戸台まつり」を担当し、会員手作りのお祭りに取り組むこととなった。例会は参加人数が多いので、まずは入念な打ち合せの上、準備にかかる。

(三) 「田戸台まつり」の紹介

(1) 実施の概要

実施日時　二〇〇八年二月八日(金)　九時~午後一時
会　場　海上自衛隊田戸台分庁舎(横須賀市)
準　備　日本側、手作りのレクレーションとランチ
参加者　米　側・・・二八人(申込は三五人、本人や子供の風邪などで当日七人欠席)

日本側・・・三六人（申込は三七人、当日一人欠席）

内　容　縁日ふうの遊びを体験し、焼きそばその他を食べ、日米ともに「まつり」で楽しく交流する

（2）「田戸台まつり」実施の流れ

〈前日準備〉二〇〇八年二月七日　**木曜日**

1、担当者ごと七班（食事班とレクレーション六班）に分かれ、打合せ・準備

2、全体ミーティング、本番の流れと各班相互の段取りを確認

3、会場全体の飾り付け、コーナーごとの会場セッティング

4、担当者ごとの細部打合せ・準備

〈当日〉二〇〇八年二月八日　**金曜日**

1、集合、受付

2、全員の写真撮影

3、開会の挨拶、スケジュール説明

4、ゲームごとのコーナー（6か所）で遊び、ローテーションする

射的・魚釣り・アーチェリー・ヨーヨー釣り・バルーンアート・姉様人形作り

5、ゲーム片づけ、ランチの準備

6、焼きそば実演（ホットプレートで六人分を作る、後の九人分はキッチンで作って提供）

7、ランチ（手作りと購入したものでビュッフェ、楽しく食事をする）

8、くじ引き（当りの人には和風小物のプレゼント）
9、閉会の挨拶、米側による次回行事の案内
10、米側会員にお土産を渡す（和風ポーチ）、米側会員を見送る
11、日本側会員の反省会
12、片づけ、解散

(四) 実践と内容

(1) 実践に当って

今回は歴史や解説などややこしい理屈は抜きにして、日米みんなで手作りのおまつりを楽しむことに主眼を置き、一緒に楽しむ気持ちで取り組んだ。前日は準備のため会場に集まり詳細な打合せとセッティング、用意万端整えた。会場には紅白幕二枚と提灯三五張を飾りハッピ三〇枚を着用（田戸台分庁舎と総務課上曹会から借り受けたもの）、BGMに祭囃子を流してまつりの気分を盛り上げた。ランチ班は揃いのエプロンと三角巾でチームワークの良さと料理への意気込みを示し、一流シュフ（シェフにあらず）の腕前を披露した。

当日は短い時間に全部を体験してもらえるようグループ分けして誘導、時間配分にも気を付けゆっくり食事を楽しむ時間を確保した。遊びのコーナーごとに景品の工夫をし、高価ではないがくじ引きや選べるお土産（和風のポーチ・ペンケース・小銭入れのうち一つ）なども用意し、お楽しみ会のような要素も取り入れた。

（２）実践の内容

☆縁日ふうの遊び六班（四人ずつで担当）

・**射的**…割箸と輪ゴムでゴム鉄砲を作り、棚に並べたお菓子を狙って輪ゴムを飛ばす。輪ゴムは一人五本ずつ、お菓子は大・中・小あり、当たって倒れたら貰える。

・**魚釣り**…Ｂ４色画用紙で様々な形の魚を作りお菓子を入れて閉じ口にクリップを付け、園芸用の棒の先にひもでクリップを付けた釣竿で釣る。魚の中に二〇匹ほど当り札を入れ、当たりの人には紙風船やコマなどの和風玩具をプレゼント。

・**ヨーヨー釣り**…ビニールプールに水を張り、水風船を浮かべ、クリップ付きの紙縒（こより）で釣る。紙縒が切れるまでたくさん釣って良いが、持ち帰りは一人一～二個。

・**バルーンアート**…細長い風船を膨らませ、花や帽子・人形・動物など作る。会員の指導で簡単なものから数個の風船を使う複雑なものまで、好みのものを作る。

・**姉様人形**…予め日本髪と顔型のついた胴体を作っておき、好みの千代紙の着物と帯を着せ、紐の帯締めを結んで糊付けする。人形は本のしおりになるくらいの大きさ。

・**アーチェリー**…吸盤付きの矢を的に当て、的の点数に応じたお菓子を貰う。なかなか的に吸盤が付かず、難易度の高いゲームとなった。

☆ランチ班（担当者一〇人）メニューは以下の通り

・サンドイッチ・フライ・オードブル・細巻き・果物…以上は購入。

〈**手作りメニュー**〉けんちん汁・豚汁・焼きそば・炊き込みご飯・洋風煮物・サラダコーナー（野菜類とドレッシン

グ数種類）・漬物・フルーツ盛り合せ・ケーキやババロアなどのデザート七種類

・**飲み物**は、コーヒー・紅茶・緑茶・ウーロン茶・水を用意。

…遊びの片づけが済んでから中央大テーブルに料理を並べビュッフェ形式で取り分ける。会員が各コーナーの椅子に腰かけたところで、ランチ班が熱い汁物を配る。食事をしながら自由に歓談。

㈤　会員の感想

（1）米側感想

・全体を通して…とにかく楽しかった。日本のお祭りは面白い。時間があっという間に過ぎた。提灯やハッピがまつりらしくて良いムードだった、など。

・射的はエキサイティングだった（当り外れに沸いて一番賑やかで盛り上がった）。

・ヨーヨー釣りがおまつりらしい。

・姉様人形は難しい。難しいけどかわいい、と好評。丁寧に教えてもらいながら自分で仕上げたので嬉しい。千代紙の色合わせが楽しい。

・魚釣りは魚の形が面白い。イカが人気だった。

・バルーンアートは風船が割れないかドキドキした。初めてでもうまくできて嬉しい。バルーンは失敗（風船が割れてびっくり！）しても楽しい。

・食事がおいしかった。サラダバー（好みの野菜を各自盛り付け、トッピングをして好きなドレッシングを選ぶ）が良かった。手作りデザートが種類豊富でおいしい。
・準備はさぞ大変だったことであろう。楽しいおもてなしに感謝する、など。

（2）日本側感想
・全体を通して・・・米側会員が喜んだので嬉しい。一日中良く笑った。一緒に遊ぶことで楽しさを共有し仲良くなれた。行事を終えて達成感を感じる、など
・数回のミーティングや事前準備で日本側会員同士の親睦が深まり、準備段階から楽しめた。
・難しい説明はなく、実際にやって見せるので気が楽だった。
・ゲームの用意で道具の準備や景品の工夫が楽しかった。
・姉様人形は難しいので心配だったが喜んで貰えて良かった。人形のパーツ作り準備に手間が掛かった。
・食事が好評で安心した。食べ物が足りなくなるかと心配だった。
・焼きそばの実演は好評であった。家でも作ってみたいと作り方を熱心に聞く米側会員もいた。

（3）反省点（日本側の反省会での意見）
・スナップ写真が少なかったので写真係を決めておけば良かった。
・当日の米側欠席者へ、お土産を渡す連絡を徹底すべきだった。
・料理すべてにメニューの名札をつけると良かった。和食の料理名や素材がわかればより興味を持って味わえたと思う。
・宗教や習慣によって食べられない食材があるかどうかを確認しておくことも大切である、など。

㈥「田戸台まつり」を終えて

縁日ふうの遊びは、言葉をこえて文句なく楽しく受け入れられた。どのコーナーも、当たった・外れた・釣れた・できた・・・など賑やかに声が上がり、見る方も体験する方も始終笑顔で和やかであった。日米双方が楽しみ交流ができたのでまつりは成功である。

ランチ班のメニューや味と工夫も大変好評であった。おいしい手作りの食事は親睦を深め話題を広げ、身体と心を温める。お祭りらしい食べ物として、当初は焼き鳥・団子・いなり寿司・太巻き・おにぎりなども上がったが、試食や検討を重ねた結果、当日その場でおいしく提供することが難しいと判断し取り止めた。こういう試行錯誤も当日の成功のために大変重要であったと思う。

肉について、メニュー上の留意点を一つ記しておきたい。カソリックの人はイースター前の四〇日間の金曜日は肉を食べない習慣があるそうだ。事前にはそれを知らなかったが、冬季なので熱い汁物をと、豚汁とけんちん汁の二種類を用意したことが幸いした。カソリックの人には肉の入らないけんちん汁が喜ばれた。異なる習慣も知っていれば安心である。

個人的なことになるが、私は前年（二〇〇七年）の一二月に父を亡くし、田戸台まつりの少し前に広島の実家で四九日の法要を終えての参加であった。一一月、一二月、一月の夫人会行事は欠席し、父の付き添いや葬儀・法要で過ごした。塞いだままの気持ちで年を越し、まつりという気分には至らないままではあったが、まつり参加を迷いながら準備だけでもと思い、三ヶ月ぶりの夫人会行事に向かった。

しかし準備と当日の二日間参加したおかげで、気持ちの上で大変好ましい変化があった。それを少し述べておきたい。

まつり前日の日米夫人会は眩しかった。準備のために集まった日本側会員は活気に溢れ生き生きと輝いていたからである。父を見送り喪に籠っていた生活とは別世界であった。

どうすればより楽しく有意義な行事になるか、どうすれば参加者が気持ち良く過ごせるか、そして自分にできることは何か、会員は常にそれを自問し自主的に動く。積極的なおもてなしの心である。人任せでなく「○○は私がやりますので、どなたかお手伝いをお願いします」という言葉に奉仕の精神と前向きな姿勢が表れている。会員は主体的に参加しみんなのために喜んで動く。解決が必要な問題にも良いアイデアがどんどん出て展開も早く、それらはすぐ実行に移される。事前打ち合わせのスムーズなことは、驚くほどであった。

久しぶりに参加した傷心の私には、心に響く共感と労りの言葉…夫人たちの言動には思い遣りが溢れていた。ああ、なんと温かい人々の集まりだろうと、父の喪に服していた私は改めてそれを実感した。そして内に籠りがちであった気持ちが少しずつ外界に向いていくのを感じた。いま私にできることは何か、何から始めよう…。前向きで温かい先輩や友人に囲まれ一緒に活動するうち、喪失感にこわばっていた気持ちがほぐれ徐々に明るくなって行った。忌明けのまつり参加にはためらいもあったが、参加して良かった。思い遣りのある明るい言動は人を力づけるのだとしみじみ感じ、親睦行事に止まらず人間的にも素晴らしい女性の集まりであるところも、日米夫人会の大きな魅力であると思った。素晴らしいお手本を間近に見ることができ充実した行事であった。

後年古典を学び、講座仲間と自主活動を実施するようになった。その際いつも私の念頭にあるのは、この日米夫人会の先輩や友人の思いやりに溢れた積極的な行動である。「どうすればより楽しく有意義な行事になるか、どうすれば参加者が気持ち良く過ごせるか、そして自分にできることは何か――」常に自問しながらの活動を、と心掛けている。自主活動は温厚で経験豊かな仲間に恵まれ大変充実し、様々な出会いに感謝している。

五 『伊勢物語』を薦める

(一) 古典文学『伊勢物語』の紹介

今回は、『伊勢物語』を取り上げた。あるパーティーで同席した日米夫人会のアメリカ側の友人に、「日本の古典を読みたいが何を読んだら良いか?」と質問され、後日それに答えた内容である。経緯は以下の通りである。

二〇〇八年九月中旬、夕刻から米海軍横須賀基地内でガーデンパーティーがあった。パーティーは小規模で参加者五〇人ほど。米海軍基地司令官主催で地元と米海軍の懇親を目的とし、逗子市と横須賀市の関係者数人と、横須賀勤務の海上自衛官も数人招待された。いつもの夫人会行事とは異なり親しい友人もいない初めてのガーデンパーティー、ためらったが夫婦同伴が望ましいよし、私も参加することにした。

夕方米軍基地に行くと、思いがけず日米夫人会英会話グループのアメリカ側夫人が四人いた。みな夫婦同伴の参加でそれぞれに挨拶を交わし、夫同士は初対面の挨拶、妻同士は五月のお別れ会以来四カ月ぶりの再会を喜んだ。折しも中秋前夜の十四夜、月は明るく華やかに差し昇り空は高く澄みわたる。前日まで吹いていた風もおさまり、虫の音が風情を添える静かな夜であった。

顔見知りの米夫人とはもちろん、初対面のアメリカ人とも何人か拙い会話を交わした後、テーブルについて食事となった。その時同席した日米夫人会アメリカ側の友人と食事をしながらゆっくり話をし、親しみが増した。お月見を話題にしたあと話が日本文学に及び、件の質問を受けた。

日本の古典を読むのに何が良いか。もちろん古典文学の筆頭は『源氏物語』であろう。しかしまだ勉強中で自分自身が最後まで読んでいない作品を人に薦めるのはためらわれた。長大であるし、難解でもある。最初に頭に浮かんだのは『伊勢物語』である。私の大好きな古典、歌物語である。もし詩が好きな人ならぜひ薦めたい。そう思って詩が好きか問うと答えは「イエス」であった。それだけを確かめ、次に会う時までに用意すると約束して、少し待ってもらうことにした。何しろその場で即答できるほどの語彙も英語力もない。これを契機に自分なりに『伊勢物語』の良さを考え、薦める理由を整理しようと思ったのである。師である増淵勝一先生にも指導を仰ぎ『伊勢物語』の文学的価値や魅力を再確認したいとも思った。

このガーデンパーティの翌月、二〇〇八年一〇月中旬、横須賀日米夫人会の英会話グループの新年度が始まった。日本側が茶菓を用意し、ウエルカムパーティーで米会員を歓迎する初日である。

アメリカ側の友人には、拙いながら約束通り日本の古典を薦める内容を準備して行った。以下はその内容である。

(二)『伊勢物語』を薦める

前半は会話を再現し質問と答えを文字にした。後半は『伊勢物語』を薦める理由を簡単に示すために箇条書きにした。英文と日本文は必ずしも一致しないが、部分的に説明を補足しながら『伊勢物語』の良さを伝えようと試みた。

日本語のあとに英文を記しておく。

質問　「何か日本の古典を読んでみたいです。何が一番良いですか？　やはり『源氏物語』ですか？」

答え　「そうですね…。『源氏物語』は日本最高の文学であり、もっとも優れた文化遺産だと思います。けれども『源氏物語』は長くて複雑で、日本人にとっても難しい作品です。何しろ今の日常生活は当時の貴族の生活とは千年もの隔たりがある上に、社会背景や思想などもまったく違うからです。

あなたは詩が好きですか？（はい。）もし詩が好きなら、私は『伊勢物語』を薦めたいです。『源氏物語』ほど世界的に有名ではありませんが、日本の古典では有名であり重要な作品で、大切にされています。私も『伊勢物語』は大好きです。」

〈英訳〉

Q. I want to read some Japanese Classic literature. Which one is the best? "The tale of Genji"…?

A. Well… I think "The tale of Genji" is the best literary work and cultural heritage of Japan. But it's very long, complex and difficult to understand even for Japanese. Because our daily life is far from 1000 years ago the life of the noble class, also different from their social background and thought.

Do you like poetry?（Yes.） If you like poetry, I recommend that you read "Ise monogatari"（"The tales of Ise"）. It is not as famous as "Genji", but it's a very famous and important Japanese Classic. And it's a cherished story, I love it very much.

『伊勢物語』を薦める理由は以下のとおり。

1、簡素な話、理解しやすいストーリーであること。

2、『竹取物語』（かぐやひめ）と共に日本で最も古い物語であること。『伊勢物語』と『竹取物語』は今から約一一〇〇年前に書かれたもので、『源氏物語』よりも一〇〇年くらい前の作品である。

3、『伊勢物語』は約一二五の説話があり、短歌を中心として話は展開する（それは一般に「うた物語」といわれている）。内容は様々な愛の話・・・恋愛、友情、親子、主従・・・などである。どの話も味わい深く、読後に余韻があってよい。

4、各話は長短にかかわらず、ほぼ同じ文章「昔、男ありけり」で始まる。主人公は古来六歌仙の一人である在原業平と思われ読まれてきた。業平は歌が上手で、美男で、心やさしい貴公子であった。光源氏のモデルの一人とも考えられている。

5、日本の最高傑作と言われる『源氏物語』はこの『伊勢物語』の影響がとても大きい。『伊勢物語』を読めば『源氏物語』の理解にも大いに役立つし、より深く『源氏物語』を理解できると思う。

〈英訳〉Reason to recommend

1、It is a simple and easy story to understand.

2、“Ise” is as old of a story as “Taketori monogatari (The Tale of the Old Bamboo Cutter)”. It was written about 1100 years ago. It’s older than “Genji;” by 100 years.

3、“Ise” has 125 stories with poems (tanka). The subject matter is a variety of loves--love affair, friendship, parent and child, homage, and so on… After reading, the story set me imagination working.

4、Without regard to long or short, every story starts with almost same phrase “Long ago there lived a young man.” The hero was an elegant, handsome and gentle nobleman who had wide appeal. He also was a good poet. It was thought that the hero of "Ise" is Ariwara no Narihira who was one of the best six poets in early Heian period. Besides, Narihira is thought that one of the model of Hikaru Genji.

5、"Genji" is said to be the best literary work. "Ise" had a great influence on "Genji". If you read "Ise", you will get great help from it to read "Genji". You'll be able to understand "Genji" better.

(三)『伊勢物語』の紹介を終えて

『伊勢物語』を紹介するきっかけとなった初めてのガーデンパーティーは、中秋前夜、虫の音が風情を添える月夜であった。同席の米側友人たちに虫の音を鑑賞する習慣があるか尋ねてみると、答えは「ノー」だった。アメリカ人にとって虫の音は単なるノイズに過ぎず風情は感じないそうである。虫の音を鑑賞の対象として考えることもないし、まして鑑賞することは更にない、とのこと。物の感じ方や捉え方にもお国柄があるのだとおもしろく感じ、不思議でもあった。意見が一致したのはその夜がガーデンパーティーに最高の環境だったこと。秋の情趣たっぷり、興あるガーデンパーティーであった。

一〇月に『伊勢物語』の紹介をじっくり聞いてくれた友人は、その後も英会話グループの活動にずっと参加したので、同席でない時も行事の合間に話をし、会うたびに親しみを増した。

二か月ほどたって『伊勢物語』を読んだと聞き、非常に嬉しく思った。感想を聞いてみると、分かりやすい話に好感を持ち、一部でなく全部読み通したとのことだった。ハッピーエンドの話もあって安心した、読んでいてハッピーになったとにこやかに言う。『伊勢物語』を気に入ったようで、薦めた私も嬉しくなった。驚いたのは感想が『源氏物語』との比較に及んだことである。『源氏』も紐といてくれたのだ！　『源氏』はシリアスで悲しい。重苦しい内容なので読んでいて辛くなる、その点、『伊勢』は短編で分かりやすくバラエティー豊かで幸せなものもあるので良かったという。ベース内の図書館で借りたよし、その時は残念ながら英訳者を確かめられなかった。英訳も余韻のあるなだらかで美しい表現なのであろうか。

翌二〇〇九年二月、その友人はアメリカに帰ることになり夫人会を後にした。私が講師をつとめた書道講座が最後になった。喜んで参加してくれたので話も弾み、書道にも興味を持ったようだった。日米夫人会には二年足らずの在籍であった。

あなたが好きな詩があったら教えて欲しいと尋ねたところ、「Dan 11」、一一段の詩との答えだった。

『伊勢物語』一一段の本文は、詞書と歌一首だけの短い段である。

昔おとこ、あづまへ行きけるに、ともだちに、道よりいひをこせける、

忘るなよ　ほどは雲居になりぬとも　そら行く月のめぐりあふまで

一一段〈英訳〉

Do not forget me! / As far distant as the clouds / are we now: and yet, / like the moon that rides the sky / back again, will I meet you. ("The TALES of ISE" / translated by H. Jay Harris/1972).

雲居とアメリカ、場所も時代も違うけれど、言葉も国をも越えて友への思いは同じであった。文学紹介を通して触れあった繊細なあなたを、私もずっと忘れない・・・。思いが溢れ多くの言葉は交せなかった。私の目頭も熱くなり、涙ぐむ友人と無言で抱擁し合い別れを惜しんだ。栗色の豊かな巻毛と理知的な瞳、ふくよかで物静かな、魅力ある女

性であった。お別れに自作の短歌を書いた扇子を贈った。

「海と国　言葉をこえて触れあひし　友の幸ひ　祈るはなむけ」　（ゆみこ）

これにはうれしい後日談がある。五年後の秋（二〇一四年一〇月）再来日した件の友人と、空行く月のように再び巡り合うことができた。二人の思い出を語り合い、詩のように再会できたことを喜びあい、『伊勢物語』一一段の紹介が掲載された『並木の里』七二号をプレゼントした。

六　月見について

㈠　日本の行事「月見」

今回は日本の身近な伝統行事、月見を取り上げる。秋は暑さも和らぎ気候が良くなり、実りの季節でもある。満月は毎月あるが、「中秋の名月」の言葉もある通り、陰暦八月一五日（現在の九月一五日前後）の満月が一番親しみのある月見である。日本人の月見の過ごし方や、「月にウサギ」の伝承などにも思いを馳せ、月見の紹介をしたい。

㈡　日米夫人会英会話グループの「ウエルカムパーティー」

二〇〇八年（平成二〇年）一〇月一四日火曜日、横須賀日米夫人会の英会話グループの新年度が始まった。五月に前年度のお別れ会をしてから五か月ぶりの顔合わせである。年度始まりは会員の移動があり、特にアメリカ側の顔ぶれは数カ月でがらりと変わる。ひと月前のガーデンパーティー（五『伊勢物語』を薦める、参照）で話した数人以外はほとんど新しいメンバーである。

新年度の英会話グループは、いつも日本側主催の「ウエルカムパーティー」で始まる。田戸台分庁舎を会場に茶菓を用意し、全員が自己紹介カードと家族やお気に入りの写真を持ち寄り、それを会話のきっかけにして会員が和やかに懇談する。ゲームやクイズでリラックスして友達づきあいが始まり、月二回の会合で徐々に仲良くなって行く。

初回の参加者は日本側一九人、米側二五人、計四四人であった。日本に来て日が浅いアメリカ側の友人に、少しでも日本のことを知ってほしいと思い話題を一つ用意した。日本の秋の伝統行事である月見についての簡単な紹介である。

(三) 月見について

以下の文章は月見紹介の内容である。九月のガーデンパーティーでも同様の話をした。質問はその時にアメリカ側から問われたものを再現した。言葉だけの説明よりも絵を見ればより具体的なイメージが抱けると思い、月見のミニキルトを数枚用意（自作とパッチワーク仲間の作品を借りて展示）した。満月の下に団子とススキを供えた図柄である。作者の個性によって、デザインが多少異なるのも面白い。紹介した日本語のあとに英語訳を記しておく。

（1）月見

月見を知っていますか？　ツキは月を表し、ミは見るという意味です。

月見は秋、九月の十五夜満月の夜に行います。今年（二〇〇八年）の十五夜は九月一四日です。満月は毎月ありますが、陰暦八月の満月を中秋の名月といって特にめでて、月見をします。秋の収穫を祝う行事でもあります。

月見には団子とススキ・季節の花などを供えます。月を賞讃し、その後でお団子を食べます。お酒を飲む人もあります。

花見、月見、雪見など、日本人は季節の移ろいをめでながら暮らしています。

〈英訳〉Tsukimi

Do you know “tsukimi”…moon viewing? Tsuki means moon, mi（ru）means viewing.

Moon viewing is held at the full moon in September. This year（2008）is September 14th. There is full moon every month. But we admire September’s full moon at mid-autumn especially. Japanese enjoy viewing the full moon and celebrating the harvest.

We display Tsukimi dango（rice dumplings）, Susuki（Japanese pampas grass）, flowers and vegetables. We admire the moon. After that we eat dango, someone drinks sake.

Hanami…cherry blossom-viewing picnic, Tsukimi, Yukimi…snow viewing. Japanese love the natural world and enjoy seasonal changes.

（2）団子

質問　団子はどうするのですか?　作るの、買うの?

答え　子供が小さい頃は子供と一緒に団子を作って楽しみ、月見をしていました。近年子供たちも大きくなり忙しいので買い、たまに作ります。団子は好きなので月見に限らず良く食べます。欲しいときには近所にある西友やさいか屋で買って来ます。

〈英訳〉Dango

Q. How do you get the dango? Do you make it, buy it?

A. When my children were small, I made it with them. After displaying and admiring the moon we enjoy eating. Recently they grew up and became busy. So now I buy, occasionally I make. We eat dango often. When we want dango, we buy it at Seiyu or Saikaya.

（3）ウサギ

質問　日本では月には動物がいるといいますね？　ウサギかしら？

答え　はい、そうです。ウサギです。月にはウサギがいて満月の夜には餅をついていると信じられていました。

遠い昔にはＴＶもロケットも望遠鏡もありません。夜は今より暗く、長くそして静かでした。先祖たちは空を見上げ、月の表面の影や模様を見てそう考えたのです。

ちなみに、日本人は円満で欠けるところのない完全な形〈円や丸〉を好みます。満月も団子も、お正月に供える重ね餅も丸くめでたいものと思われています。

〈英訳〉Rabbit

Q. What is the animal on the moon?　Is it Rabbit?

A. Yes, it's rabbit. It is folklore. It was believed that there are rabbits on the full moon. They are pounding rice.

In the past, there was no astronomical telescope, no TV and no rocket. The night was completely dark. The night was longer than now and quieter. Ancestor looked at the moon and imaged fantasy scene from the shadows of the moon surface.

By the way, Japanese think that circles and balls are auspicious objects. They are symbols of completion and eternity. Japanese like circles and round shapes. So rice cakes of New year's are round in shape. Also dango are same at moon viewing.

（4）月にウサギがいるという伝承について

インド仏教文学ご専門の伊藤千賀子氏によると、月にウサギがいるという伝承のもとになる最初の話は、三世紀ごろインドで生まれたそうです。伝承には色々な種類の話があります。いわゆる「捨身布施」の伝承です。多少の差を省いて簡単に言うと・・・

猿、キツネ、ウサギなど何匹かの動物が飢えた聖人（仏陀）にそれぞれ食べ物を探したが、ウサギだけは努力の甲斐なく何も得られなかったので、自分の体を食べ物にと炎の中に身を投げた。仏陀はウサギの深い思いと自己犠牲に心打たれ涙を流した。仏陀はウサギを哀れに思い、その命がけの尊い自己犠牲を後世に伝えるため月に昇らせた。

という内容です。この伝説は仏教の経典と共に中国を経て日本に伝えられました。日本で広く知られるようになったのは一二世紀末ごろです。

ところで、「満月の夜、月の上ではウサギが餅をついている」という伝承はインドや中国にはなく、日本にしかありません。その根拠は定かではありませんが、満月を表す望月〈もちづき〉と餅つき〈もちつき〉の音韻が似通っているためか、と思われます（伊藤千賀子氏著『仏教説話の展開と変容』二〇〇八年三月・ノンブル社刊）。

〈英訳〉Legend of Rabbit on the full moon

According to the scholar of the Buddhism story (Chikako Itoh) …The original story was born in India about the 3rd century.

There are many varying stories. But to put it shortly —— there were some animals. They looked for something to eat for Buddha and offered. Only rabbit offered himself into the fire to eat for Buddha. Because the rabbit could not look for anything, he had nothing to give to eat for Buddha. Buddha was moved to tears by his deep heart and self-devotion. Buddha felt pity for rabbit; he set the rabbit on the moon to be an unforgettable symbol of his deadly offering.

The story came down from India by way of China to Japan with scriptures of Buddhism. It spread widely in Japan in about the late 12th century.

"Rabbit pounds steamed rice into cake on the full moon." This story（or legend）is held only Japan. Now we can't know the source of it. But seemingly the phrase "mochitsuki（pounding rice）" resembles "mochizuki（it means full moon）".

(四)　月見に団子を供えるのはなぜか

月見の紹介では触れなかったが、日本の月見はなぜ団子か、自分なりに考えてみた。

参考にしたのは柳田国男氏の著書で、彼が日本の年中行事を考える上で常に念頭に置いていたのが、月の満ち欠け（特に満月）が生活の目安であったことと、稲作農業が生業の基本だったことである。

年中行事は満月の日、すなわち旧暦の十五日が重要な日であったとし、まず一月一五日（小正月）や七月一五日（お盆）を挙げ、地域によっては二月一五日（仏教行事と結合しヤショウマの団子などを作る）、三月一五日（関東の梅若ゴトなど）、六月一五日（水神祭りなど）、八月一五日（月見）、一一月一五日（七五三、油祝い）や九月一三日（月見）、一二月一三日（煤払い、門松迎え）など、一五日前後を重要な日と考えている所が多いようだ。

「暦が普及する前は、月の盈虚によって農事を進め、その中でも望の夜、すなわち十五夜は祭の行われる最も大切な折目であった。八月の名月の夜は、正月一五日と共に大切な折目であったことが推測される」（『年中行事図説』一九五四年一月二〇日・岩崎書店刊）とし、月見と小正月の密接な関わりが示されている。

満月の日は、本来的には神祭りをする日で、目に見えぬ神々（柳田氏は先祖神と田の神であろう、とする）に対して供え物をし、「同じ単位の飲食物、たとえば一つの甕に醸した酒、一つの甑で蒸した強飯、一つの臼の餅や一畠の大根」を神と人が分けあって食べることで「眼に見えぬ力の連鎖を作る」大切な機会であった。満月のころは、その祭の中心となる日だったのである（『年中行事覚書』昭和五二年三月一〇日・講談社学術文庫）。また餅は「鏡とかオソナエとかいって、大きな円い一重ねを作」り、中心となる神・人・物に供するが、団子は「一粒二粒といって数多く、めいめいがほしいほど取って食べる」もので、特に中心はないという（同著）。

供え方に差はあるが餅と団子の作り方にほとんど差はなく、子供が団子をとって食べることを公認していた月見の行事であれば、大きな餅でなく小さく取りやすい団子の形になったのも自然と思われる。月見の名月も正月一五日（小正月）も十五夜、つまり望（もち）の夜であり、餅を供え皆で食べる日であった。中国では中秋節（八月一五日）に焼き菓子の月餅を食べるが、稲作農業中心の日本では、米で作った餅である。つまり、月見も小正月も十五夜、望だから餅なのだ。そして月見はとって食べやすい小さな団子、なのであろう。

なお「団子は里芋をかたどったもの」とする説がある。これは、里芋をはじめとする農作物を月見の日には他の村人にも分けるという、共済精神が発揮された時代の名残を伝えるものと考えられる。

(五)　月見の紹介を終えて

「並木の里の会」の縁で、伊藤千賀子氏から「月とウサギ」の伝承について直接お話しを伺う幸運に恵まれた。膨大な研究を端折っての紹介はもったいないながら、著書も興味深く読み、月見の紹介に生かすことができた。ウサギと餅搗きのルーツが納得でき私自身も嬉しい。多忙のなか時間を割いてくださった伊藤千賀子氏に深く感謝する。

「月見について」の反省点は、日本の月の伝承を伝えると同時に外国の伝承にはどんなものがあるか、アメリカの友人に直接聞いておけばよかったという点である。機会があれば問うてみたい。

☆**参考**　月の影に何を見るか

日本では月の影に餅をつくウサギを見るが、日本以外の国は何を見るのだろうか。これも月見の紹介の時には触れなかった話題であるが、国や地域によって月の影部分のとらえ方が異なり面白い。以下に簡単に記しておく。

カナダインディアン…バケツを運ぶ少女、バイキング（北ヨーロッパ）…水を担ぐ男女

北ヨーロッパ…本を読むおばあさん、南ヨーロッパ…大きなハサミのカニ、

東ヨーロッパ…横向きの女性、ドイツ…薪を担ぐ男、アラビア…吠えているライオン、など。

以上、藤井旭氏著『太陽と月の星ものがたり』（二〇〇三年八月・誠文堂新光社刊）による。

七　和のキルト —— Japanese Quilt ——

㈠　日本のパッチワーク・キルト

今回は、日本の手作り文化の中から「和のパッチワーク・キルト」を取り上げた。横須賀日米夫人会とは異なる活動の場で、趣味の手芸を通して、日本のパッチワーク・キルトと交流体験を紹介したい。

二〇一〇年一一月二一日（日）に横須賀国際交流協会のイベント「第一六回ジャパン フェスティバル イン よこすか」が催された。そこで横須賀パッチワーク・キルト協会として「和のキルト」を紹介したのでその内容を報告する。

（1）パッチワーク・キルト（Patchwork & Quilt）について

Patchは「継ぎ」や「当て布」を意味し、「布切れ」の意味もある。さまざまな布を縫い繋ぐことをパッチワークと言い、繋いで一枚になった表布と裏布の間に薄い綿を挟んで三枚を縫い合せ、保温と補強を兼ねたものをパッチワーク・キルト、あるいは単にキルトとも言う。パッチワーク・キルトは外国から来た手作り文化の一つで布を使った手芸である。

（2）アメリカン・パッチワーク・キルトと日本のキルトの相違について

雑誌『日本の色とかたち　和のキルト新作一〇〇人展』（二〇一〇年一〇月・国際アート刊）には、日本のキルト（Japanese Quilt）が世界のキルト界から高く評価されているとして以下のような記述がある。

アメリカン・パッチワーク・キルトが日本にもたらされ（一九七〇年ごろ）ておよそ四〇年。当初は外国作品の模倣一辺倒でしたが、一九八〇年代末に日本の着物地を素材にしたキルトや、日本の伝統模様を活用したアートキルトがアメリカで発表されるや、それまでにはなかった革新的なキルトとして、熱い注目を集めました。それから二〇年、日本のキルトに対する評価はますます高まり、和のキルトはいまや世界のキルト界をリードしていると言っても、決して過言ではない存在になっています。

「パッチワーク」は、小説『赤毛のアン』の中で「継ぎ物」という日本語に訳されている。アンは「継ぎ物」が嫌いだった。マリラに言われて仕方なく取り掛かったのだ。はじめてアンを読んだ時は継ぎ物がどんな物かイメージがわかなかったが、今は空想好きでイメージ豊かなアンがなぜパッチワークを楽しまなかったかと残念である。継ぎ物は一度洋服などに仕立てて使った布のうち、まだ使える部分だけを再利用して別のもの（家族を包むベッドカバーや実用小物など）に仕立てたのであった。アンが少女だった頃、継ぎ物は実用のみで、配色や形を楽しむ発想や布を選ぶ余地などなかったのかもしれない。

何度か放映されたアメリカのテレビドラマ『大草原の小さな家』（ローラ・インガルス原作）はインガルス一家の成長が物語の柱である。パッチワークを始めたのちに再びこの番組を見ると、物の少ない開拓時代に、布がいかに貴重であるか、また生活の場でパッチワークがどのように使われていたかが随所に見られて興味深かった。

(3) 和のキルト

日本でも端切れ(はぎれ)を用いた手芸は昔からあった。お手玉や人形・つまみ絵・押し絵・巾着、補強にもなる当て布や刺し子など。帯や着物では切嵌(きりばめ)というアップリケに似た手法がある。毛糸やレースで小さなモチーフを編んで繋いでいくのも継ぎ物、広く言えばパッチワークであろう。素材を生かして大切に使う技法は、洋の東西を問わず、生活の知恵として長く伝わっているのである。もとからあるものに異文化の良さを取り入れ融合発展させていく、日本の伝統的な文化吸収の方法である。文字しかり、政道しかり、仏教しかり、枚挙にいとまがない。

使える布の再利用から始まったパッチワーク、その外国の模倣から始まった日本の手芸は、外国の技法やデザインを十分に消化吸収し日本独自の意匠を加えて熟成・発展し、物の豊かな近年では手芸のあらゆる技法を含んで実用小物から芸術的大作まで布を素材とする幅広いアートとなっている。現在では全国各地で定期的にコンテストや作品展などが催され、日本のアートの一分野である。

ここで紹介する「和のキルト」とは、様々な種類のパッチワーク・キルトの中で、日本風のパッチワーク・キルトを意味する。厳密な定義ではない。着物や帯など和布を使ったものはもちろん、図柄や模様に和の意匠を用いたものや着想や印象が日本的なもの、あるいは日本を感じさせるパッチワーク・キルト全般を指す。

(二) 横須賀パッチワーク・キルト協会

横須賀パッチワーク・キルト協会は、横須賀文化協会に加盟する二六団体(二〇一〇年三月現在、三八二〇人)の一つで会員八〇名。一一教室を指導する藤田貴世美氏を理事長とするパッチワーク・キルト愛好家の集まりで、二〇一二年に創立三〇周年を迎える。藤田氏はアメリカン・パッチワーク・キルトを学んだあと独自の作風を樹立し、能を題材とする作品を多く手掛けている。着物地や打ち掛け・帯などの和布で心象世界を表現し、古布に命を吹き込み蘇らせる作品は海外でも評価が高い。

パッチワークは転勤生活の合間に習ったり自作したりしていた。横須賀では日米夫人会の仲良しに誘われ二〇〇〇年に入会した。入会時は三人だったクラスは一〇人になり、日米夫人会の仲間も加わり和気あいあいのグループである。毎月一回の教室で小物や大作を計画的に作り、作品展で発表する。毎年の課題や大作のテーマ・作り方は、グループや個人の経験・進度・希望などによって決めていく。

協会の主な活動は隔年の市民文化祭作品展と協会独自の作品展である。他には市民活動である「のたろんフェア」参加、作品作りの参考に美術館を訪れる隔年の研修旅行、協会運営とクラスを越えた懇親のための新年会・総会などがある。理事長をトップに一一教室の仲間が力を合せて運営していくので、毎月の役員会で会議検討しながら詰めていく。作品作りの魅力もさることながら、会議や作品展のたびに理事長も含めた会員同士が親密の度を加え、クラスを越えた人の和も大きな魅力となっている。

(三) 横須賀国際交流協会

夫の退職に伴い横須賀日米夫人会を退会して一年半、外国人との交流の機会はもうないと思っていたが、新たな場ができた。前述の横須賀パッチワーク・キルト協会が二〇一〇年四月から横須賀国際交流協会に加入したのである。

横須賀パッチワーク・キルト協会の会員は八〇名。会員のうち国際交流協会担当者は一四人。クラスや役員の枠を越えて国際交流協会での活動を始めることになった。

横須賀国際交流協会は特定非営利活動法人である。活動目的は以下のとおり。

横須賀市の都市像「国際海の手文化都市」の実現を支援するために、市民の国際感覚を高め、市民レベルの多文化共生社会をめざす国際交流事業を推し進める。

1、自国の文化を知るとともに、多様な文化への理解を深め、多文化共生の街づくりをめざす。

2、すべての人々の人権が尊重され、ひとりひとりが大切にされる社会づくりに貢献する。

3、各人が持つ能力や経験を生かし、明るく楽しいボランティア活動ができる場をつくる。

（NPO法人横須賀国際交流協会のパンフレットより引用）

国際交流協会の活動にはいくつか種類があり、支援活動・啓発活動・交流活動などのほか、会議運営・情報誌作りなどがある。私たちの活動は交流活動に当たる。横須賀パッチワーク・キルト協会はキルトを通して右の1と3に貢献することになった。春からいくつかの国際交流協会の行事（総会や講演会、懇親会など）に個人参加したのち、次項にあげる一一月の交流行事に横須賀パッチワーク・キルト協会として初めて団体参加することになった。実施内容は「和のキルト」の展示紹介と小物作り体験講座による交流である。

㈣　紹介の場「ジャパン フェスティバル イン よこすか」

「よこすかから広げよう　人と文化と交流の和」を合言葉に、横須賀市では毎年ジャパンフェスティバルが開かれている。㈢で述べた横須賀国際交流協会のメインイベントで、横須賀市との共催である。横須賀総合福祉会館を会場に今年で一六回目、市内在住の外国人にも周知の行事となり参加者は年々増えているそうだ。サブタイトルの「みんなで交流、文化と遊び」の言葉どおり、文化と遊びを通して日本人と外国人が触れ合い、外国の文化にも触れて交流しようという行事である。その内容を以下に述べる。

(1)「第一六回ジャパン フェスティバル イン よこすか」の概要

実施日時　二〇一〇年一一月二一日（日）午前一〇時～午後四時（前日に会場の準備）

場所　横須賀市総合福祉会館五・六階

主催　横須賀市・NPO法人横須賀国際交流協会

内容　ステージやホール・大小の部屋を使って、発表・展示・体験コーナー・喫茶・食事などを実施

1、ステージ発表…太鼓・横須賀甲冑隊・武道（空手・居合）の演技、米海軍第7艦隊バンドほか演奏、外国のダンスや音楽、日米小学生のダンスの発表や交流会など

2、体験（五階会場）…書道、生け花、折り紙、囲碁、着物（展示説明）・別室にて着付け

3、体験（六階会場）…茶道、大正琴、日本舞踊、琴、甲冑隊、空手、居合、絵手紙、パッチワーク、遊びのコーナー（手作りおもちゃ・日本の遊び・こま）

4、展示…横須賀の歴史（英語ボランティア）、防災、姉妹都市交換留学生のパネル展

5、フェアトレードのコーヒー・カレー・手打ちそばの販売

(2) 横須賀パッチワーク・キルト協会担当、「和のキルト」紹介(右記3の傍線部について)
展示 市制百周年記念紅白キルト、着物・帯地作品、和柄・和布作品、屏風・額絵作品など一〇点、干支作品・
動物・置物、季節の小物など約三〇点
体験コーナー 着物地を使った『ドングリのストラップ作り』の実施 参加料一〇〇円(材料費)

(五) 「和のキルト」紹介の実践

横須賀パッチワーク・キルト協会が「第一六回ジャパン フェスティバル イン よこすか」で実施した交流行事の目的は、まず手作りの和キルトを見て楽しんでもらうこと。次いで短時間でできる小物作りを通して交流し、来場者に布地を楽しんでもらうことである。その次第と内容を以下に述べる。

(1) 前日準備 一一月二〇日(土)五階体育館にて午後三時～六時、九人で実施
①展示 和のパッチワーク・キルトの大・中作品を壁面に飾り、机やコーナーに小作品を飾る。
大作品…能『邯鄲』をテーマとする創作キルト(藤田貴世美氏制作)。打掛けで制作された『よこすか市制百周年記念』紅白キルト・純白キルト。アメリカン・パッチワークの伝統的図柄(トラディショナルパターンという。以下「 」内はパターン名)を用いながら着物・帯・和布・USA木綿を使って和風に仕上げたもの…「糸巻き」・「星」・「扇」・「四角つなぎ」。

中作品…干支をあしらった茶席用風炉先屏風の創作キルト『稚児行列 十二支面』(藤田氏制作)。

その他…つるし雛、近江の寺・『源氏物語』(鈴虫の巻)絵キルト(田村作)、季節のキルト・小物、机上展示品は、花・干支のミニキルトやクッション、動物・果物・季節等の立体小物など。

②体験コーナー　中央にテーブルと椅子を置き、ドングリストラップ作りの体験コーナーを設置する。

用意した物　体験セット五〇組(絹地、手芸綿、根付ひも、鈴)・ドングリのかさ(真ん中に穴を開け金具を通すための輪を付けたもの)・裁縫道具・目打ち・布用接着剤・爪楊枝・ペンチなど。

(2)当日一一月二日(日)　午前一〇時~午後四時まで、八人で実施

1、展示…作品の紹介・説明、質問があれば適宜応答する。

2、体験コーナー…見本を何点か置き、希望者にドングリストラップの作り方を指導する。

(3)ドングリストラップの作り方

1、好みの色のセットを選ぶ(直径五センチほどの円形の着物地一枚、手芸綿、根付ひも、鈴)

2、円形の布の五ミリ内側を三~五ミリの針目で円形にぐし縫いする。

3、表地を外側にして中に手芸綿を詰め縫い目を引き絞り、中心を通して二・三回対角線に糸を渡し、ゆるまないよう縫い閉じる。

4、綿を詰めた絹地に合う大きさのドングリのかさを選び、内側に爪楊枝で接着剤を満遍なく塗る。

5、綿を入れた③の縫い目が、㈣のドングリのかさの中に隠れるように入れ、形を整えながら接着する。

6、接着剤がはみ出たら楊枝で取り、乾くまで五分くらい待つ。

7、ドングリのかさの上に出ている輪に円形金具を通し、根付ひもと鈴を通してペンチで止めて、完成。

（4）気を付けたこと

＊針の数を常に確認して見失わないようにする（けがや事故防止のため）

＊なるべく本人が仕上げるよう（手を貸すのは最小限）にする。

＊分かるまで何度でも説明する。

＊制作過程のもの（二のぐし縫い・三の綿を入れたもの）を二・三個用意して、こんなふうに作ると具体例を示す。実物があれば一目瞭然、日本人でなくても「オーケー」と了解してくれる。

＊接着剤が乾くまでドングリが取れないように気を付けて、と一言添えて小袋に入れて渡す。

(六)「和のキルト」の紹介を終えて

「ジャパン フェスティバル イン よこすか」の来場者は、外国人五八九人・日本人四〇三人で合計九九二人、さらにボランティア二六〇人を加えて参加総数は一二五二人であった（二〇一〇年一二月二〇日の反省会にて発表された人数）。

横須賀国際交流協会に団体加入して初めてのフェスティバル参加なので例年の様子はわからないが、会場はどこも活気があって賑やかだった。来場者は興味のあるコーナーで思い思いに過ごして楽しんでいた。

外国人に大人気なのは、やはり異文化の民族衣装を体験できる着物の着付けであった。例年希望者が多くて順番待ちのよし、混雑するので整理券を配布しおよその時間を指定するようだ。美容師が髪の毛をアップに結い髪飾りを付けたあと、着付けはベテランの人々が振袖や七五三の着物を着せるので本格的である。これを目当てに来る親子連れも多い。

生け花や折り紙は日本人も多く、居合や甲冑隊は外国人男性に人気であった。

私たち「和のキルト」のコーナーは初参加、出足はゆっくりであった。体育館の奥なので入口からは遠いが、作品が見えたからと三々五々見学者が訪れた。体験者も少しずつながら切れ間なくあり、五〇組用意したドングリのストラップは全部体験コーナーで使われた。

就学前の六歳男児から人生のベテラン八五歳女性まで、男女・国籍を問わず文字通り幅広い層の体験者が訪れたので実施の甲斐があり、担当者みなで喜んだ。針を持つ頻度の高い人ほど「ぐし縫い」の作業はスムーズであったが、あとは工作のように接着剤と金具を止めて仕上げるので裁縫経験の差はあまり問題にならず、安心して見守ることができた。体験者にも好評で、全員が仕上げ完成した。完成したときの喜びは格別で、みんな晴れ晴れとした笑顔であった。物を作り上げる喜びを改めて実感した。見守る私たちも完成を一緒に喜ぶことができ、楽しい体験コーナーとなった。

感想で一番多かったのは、ジャパニーズキルトは美しい、という声であった。視覚に訴える布の作品であるから、図柄や内容の説明など不要であった。ひと目見て感心し、気に入って眺めるうち疑問が浮かんだら質問、という具合である。

次いでの感想は、日本の布はすてき、絹地が美しい、柄や刺繍が繊細だ、など。外国人は布そのものにも魅力を感じたようだ。便利な道具「糸通し」には、日本人・外国人ともに驚いたという声があった（針先を上にして穴に針を入れ、溝に糸を渡してボタンを押すと糸が通る仕組み）。私自身も初めて便利な糸通しを使ったときは驚き感心しきりだったので、来場者の驚きに共感できて愉快だった。

作品に関する質問と応答は以下のとおり。

何の絵か…風景・物語の場面、あるいは能のイメージなど。

元はどういう布か…思い出の着物・帯・和風の木綿など。

作るのにどれくらい掛かるか…数か月～数年。ここで感歎の声「ワオ！」「アメイジング！」など。

手縫いか、ミシンか…ほとんどが手縫い。ここでも感歎の声。

このキルトはどこで買えるか…という質問もあった。手作りの展示品だが売り物ではない、それぞれの宝物だからと答えると、そんなに大切なのか、残念だが仕方ないと肩をすくめるので、苦笑した。

初めての「和のキルト」紹介は良い体験であった。私たち日本人が何気なく見て触れている日本の絹地は、染め・織り・模様・刺繍などどれも繊細な手仕事からできる工芸品であり、日本の文化と伝統を受け継いでいる素材なのだと再認識した。最近は市販の木綿にも和柄が多く取り入れられ、一〇年前に比べて色柄も種類もずいぶん豊富になった。そんな和布や手作りを糸口に、日本人・外国人と触れ合う新鮮な行事であった。

私が初めて手芸用の布を求めたのは、息子が二歳のときだった。娘が生まれて「お兄ちゃん」になった息子の外出用に、おやつと着替えが入る小さなリュックを作った。次が幼稚園で使うためのコップ袋とランチョンマット。どちらも無地の木綿だった。無地のままではつまらないので絵本の象の顔をまねて作り、アップリケした。「象さんのリュック」は息子のお気に入りとなりどこに行くにも一緒、息子の希望でランチョンマットにも息子の印「象さん」の顔をつけた。必要な物を自分の手で作る、私の手作り第一歩であった。手間は掛かるが世の中にたった一つの品物で使い勝手も良い。相手が喜べば手作りは楽しい作業である。

創造の喜びは人間ならではの精神活動であろう。衣食住が満たされて文化的活動が可能となる。その活動で自己表現が可能なら、これに勝る方法はない。そういう意味では文学もキルトも、文字と布という違いはあっても自己表現という点は共通である。

縫い物は遅いほうだが、一〇年の間にはいろいろなタイプのキルト作品に取り組んだ。大・小、和・洋、実用物・装飾物、複雑・単純、平面・立体、模倣・独自の物など。パターン（図案や模様）も丸・三角・四角・不定形などいろいろ試みた。私が一番好きなのは最も素朴な「四角つなぎ」である。そればかり作るのでは面白くないから、布が生きるようにあれこれ工夫する。

色は心を軽くもし重くもする。布は手触りという感覚にも訴える。見て美しく触れて心地よい布はもちろん、思い出の布やお気に入りの布が心を癒すなら、なおうれしい。実際に作っていて使っていて、そういう心理的効果があると思う。そんなキルトで家族を包むことができれば毎日の暮らしが心安らぐものとなるであろう。パッチワーク・キルトの原点もここにある。家族に対する温かい思い、キルト作りはこれに尽きる。相手にベストな構図と配色を考え、私自身は色を楽しみながら、楽しく心地よい実用の物を作るのである。

好きで集めたたくさんの布をどう使おうか、しばしば考える。独自の表現方法はないか、とも考える。配色やパターンで多少の個性は出せるが、既成の図案の模倣には限界がある。

最近は布で古典の世界を表現したいと思うようになった。増淵勝一先生の古典講座で『源氏物語』の面白さに目覚めてからである。どの場面をどのように描くか、決まるまでには何度も読んで考えイメージを膨らませ、下絵を描き、布を吟味する。時間は掛かるが、制作過程で古典の鑑賞が深まり作品もオリジナルで一石二鳥である。古典研究のための文献や源氏以外の名作も良い刺激となる。政治や思想・生活は千年たてば変わるが、人間の感情は今も昔も変わらない。絵キルトにしようと考えながら読むと古典の味わいも増してさらに楽しい。

子供用のリュックに始まった布の手作りは、ぬいぐるみや着せ替え・育児の実用品から、幼稚園や学校で必要な袋物になり、主人が職場や車で使う座布団やカバー類、あるいは八回の転居でサイズの合わないカーテンやマットなど生活の物になり、作るサイズも小さい物から敷物・ベッドカバーなどだんだん大物になっていった。子育てを終えた今はもう必需品ではないけれど、時々は家族からリクエストがあり何かしら作っている。娘の化粧ポーチや息子の小銭入れ、家族のお弁当入れや書類バッグなどは今も現役である。家で使う物・必要な物も家族の成長につれて変わって行く。

四歳の娘に作った「ドレスデンと三角つなぎ」の小さなバッグが、今も娘の部屋にしまってあるのには驚いた。お気に入りだったから捨てられないと聞くとなんだか嬉しい。キルトは我が家の小さな生活史でもある。今は針を持つ時間が少ないので作るものも数が少ない。今後は古典研究の傍らその絵画的イメージをキルトに具現化していきたい。古典を題材にした絵キルトや身近に使う物など、いつもどこかに布小物、そんな我が家流を続けたい。

今回は布好きのキルト仲間と共に、和のキルトを通して様々な人々と触れ合うことができて有意義だった。キルトについて考える良い機会にもなった。担当の合間に会場内で他団体の展示や体験コーナーを見学して来場者の視点で日本文化のいろいろに触れ、このレポートを書きながら自分の今と来し方・行く末をも考えることになった。有意義な「ジャパン フェスティバル イン よこすか」である。

「和のキルト」が日本文化の紹介の最終日となった。日本文化の紹介の活動では、日米夫人会とパッチワーク共通の友人である品川寿世氏にいつもご協力を頂いた。温かい思いやりと友情に厚くお礼を申し上げる。

所収論文発表要目

凡例

（1）各論文は、発表当時の形を基本として、一冊にまとめるために再編成し、訂正・加筆等を行った。
（2）発表要目は、掲載書誌名・原題の順に記した。本書中の表題と原題名とが同じ場合には、掲載書誌名だけをあげた。
（3）ついで適宜、補足説明事項・成稿年月日等を記した。

Ⅰ　日本文学の原風景

一　近江紀行
『並木の里』第七十一号（二〇〇九年一二月刊）

二　竹生島紀行——近江、ふたたび——
『並木の里』第七十四号（二〇一一年九月刊）「近江、ふたたび——竹生島紀行——」

三　知るも知らぬも逢坂の関——みたび、近江——
『並木の里』第八十号（二〇一五年七月刊）「みたび、近江——知るも知らぬも逢坂の関——」、並木の里懇話会で口頭発表「知るも知らぬも逢坂の関」（二〇一四・一一・二一）

四　鳴るは滝の水
『並木の里』第八十一号（二〇一五年一二月刊）、懇話会で口頭発表「かげろふ日記に見る鳴滝と般若寺」（二〇一四・一二・一九）

五　初瀬紀行――心うるおす水の旅――
『並木の里』第七十六号（二〇一二年九月刊）、懇話会で口頭発表「玉蔓の大銀杏について」（二〇一二・六・二七）、「古典に見る初瀬」（同年七・三一）

六　比叡への道――源信追慕の旅――
『並木の里』第七十七号（二〇一三年四月刊）

七　三尾――青もみじ紀行――
『並木の里』第七十八号（二〇一四年三月刊）、懇話会で口頭発表「三尾、青もみじ紀行」（二〇一三・七・三一）

八　京阪紀行――阪南と洛西の旅――
『並木の里』第七十九号（二〇一四年一一月刊）、懇話会で口頭発表「阪南紀行―信太の森・堺ほか」（二〇一四・六・二〇）

九　大原にて惟喬親王を思う
『並木の里』第八十五号（二〇一七年一二月刊）、懇話会で口頭発表（二〇一七・一〇・五）

十　歌枕と伝承の地をたずねて（1）――大江山、酒呑童子の霊験――
『並木の里』第八十九号（二〇一九年一二月刊）、懇話会で口頭発表（二〇一九・九・二〇）

十一　歌枕と伝承の地をたずねて（2）――ちはやぶる神代も聞かぬ、竜田川――
『並木の里』第八十八号（二〇一九年一〇月刊）、懇話会で口頭発表「竜田川を訪ねて」（二〇一九・七・二六）・「岩瀬の森・白山神社と竜田川」（同年・八・一六）

Ⅱ　日本文学の原点

一　五十嵐力博士著『国語の愛護』の再評価
『並木の里』第八十四号（二〇一七年七月刊）、並木の里懇話会で口頭発表「五十嵐力博士著『国語の愛護』について一」（二〇一六・八・一九）、「五十嵐力博士著『国語の愛護』について二」（同・九・一六）

二　『源氏物語』「須磨」の巻をめぐる――人生の真実、「須磨」の巻の味わい――
『並木の里』第八十七号（二〇一八年一二月刊）

三　古典学習への道――増淵勝一氏著『源氏物語をめぐる』をめぐる――
『並木の里』第八十号（二〇一五年七月刊）〈書評〉増淵勝一氏著『源氏物語をめぐる』をめぐる

Ⅲ　日本文化の紹介（全編に加筆補訂を施した）

一　書道
『並木の里』第六十五号（二〇〇六年一二月刊）「日本文化の紹介（1）――書道――」

二　着物と着付け
『並木の里』第六十八号（二〇〇八年八月刊）「日本文化の紹介（2）――着物と着付け――」

三　短歌と若山牧水

『並木の里』第六十九号（二〇〇八年一二月刊）「日本文化の紹介（3）――短歌と若山牧水――」

四　縁日を楽しむ「田戸台まつり」

『並木の里』第七十号（二〇〇九年八月刊）「日本文化の紹介（4）――縁日を楽しむ〔田戸台まつり〕――」

五　『伊勢物語』を薦める

『並木の里』第六十八号（二〇一〇年八月刊）「日本文化の紹介（5）――『伊勢物語』を薦める――」

六　月見について

『並木の里』第七十五号（二〇一二年四月刊）「日本文化の紹介（7）――月見について――」

七　和のキルト

『並木の里』第七十三号（二〇一一年四月刊）「日本文化の紹介（6）――和のキルト――」

あとがき

「並木の里の会」で学ぶようになって十四年が経った。過ぎてみればあっという間だった。古典を学んで、日本の良さを再発見したように思う。私が大切に思う日本の文化――書道や茶道・華道に着物・文学や芸術など――さらに季節感や天象・繊細な感じ方や描写を含め、日本の伝統や文化の根っこが平安文学に色濃く表れているように思われ、平安文学の中でも、とりわけ『源氏物語』に心が惹かれる。物語に学んだことや気付きを記し、日本の風土や感性・日本の良さを記したい、今の思いを書き留めておきたい……そんな気持ちでずっと学び続け書き続けて来た。

きっかけは恩師の言葉だった。――『源氏物語』は素晴らしい作品だから、一生に一度は全巻を読むように。現代語訳でなく原典で――。安田女子大学二年のとき、『源氏物語』の「夕顔」巻を講義された森田先生の言葉である。文法は苦手だったが、素晴らしい作品ならいつか学びたいと長く心の中であたためていた。

横須賀に住んでから、市民大学講座で増淵勝一先生の源氏物語講座を受講できたのは幸運だった。作品の面白さや読む楽しさ・文学的な味わいを教えて頂き、古くて難しいと思っていた古典が身近になり楽しくなった。さらに古典の感動を深く学びたいと願い研究会に加えて頂いた。

「並木の里の会」では、増淵先生を始め高橋貢先生・松村武夫先生・高嶋和子先生・増古和子先生・藤城憲児先生方、諸先輩のお導きを得て、遅まきのスタートながら輪講会も個人発表も徐々に慣れて充実し、学ぶ楽しさを味わうことができ心から感謝申し上げる。

毎月の発表と年二回の『並木の里』のためにコツコツ書いてきたものが思いがけず書物という形になり、感無量である。初心者を一からご指導下さった増淵教授に深く感謝申し上げるとともに、出版社にご紹介頂いたことにも感謝申し上げたい。

写真の掲載を許可していただいた寺社――石山寺・竹生島神社・蝉丸神社下社・奈良長谷寺・延暦寺（恵心堂）・神護寺・住吉大社・首塚大明神社、ならびに惟喬親王御墓管理の宮内庁書陵部・般若寺跡所有の木村様に深謝申し上げる。

また出版にあたって、武蔵野書院の本橋典丈様には何から何まで大変お世話になり、親身にご指導をいただき、心より御礼申し上げる。原稿が書物になるまでには様々な準備と仕事が必要と分かり、出版社のご苦労も偲ばれ感謝に堪えない。本が出版されるまでのご苦労を思うと手に取る愛読書がますますいとおしくなり、執筆に全力を注ごうと姿勢を正した。たいへん勉強になり、貴重な経験ともなった。

今年は忘れられない一年になった。今までに経験のない新型コロナが一月から蔓延し、十月になった今も収束していない。活動の自粛が日常となって友人との語らいが大切なことを実感した。秋には卒寿を祝って間もない母が急逝し、その少し後に娘が第二子を出産した。時代が変わっても続く、命の不思議と連鎖を思う。そんな中、私が生きた証ともなる本ができる。私の経験と記録が、古典の愛好者や後学の方の参考にもなれば幸甚である。

静かに古典に取り組む時間は至福のときであり、心を豊かに耕す生き甲斐でもある。熱中すると時間を忘れてしまう私を、いつも温かく見守ってくれている夫博義と子供たちにも感謝する。

たくさんの出会いとご縁に感謝しつつ、これからも古典に学びながら日本の文化と伝統を大切にし、今日ある命を大切に生きて行きたい。

二〇二〇年十月吉日

田村由美子

索引

あ

い

う

さ

し

す

《著者紹介》

田村由美子（たむら　ゆみこ）

1959年4月　広島県呉市に生まれる。
安田女子大学文学部日本文学科書道専修卒業。
広島県安芸郡熊野町立熊野中学校書道講師、同町立熊野東中学校国語・書道講師。
横須賀日米夫人会参加、9年間在籍。
その後、横須賀市民大学の源氏物語講座等を約20年間受講、現在に至る。
現在　古典研究誌『並木の里』事務局担当。
論文　「円融院御集精講」「古典に見る『虫の音』」など。

日本文学の原風景

2020年11月22日　初版第1刷発行

著　者：田村由美子
発行者：前田智彦
装　幀：武蔵野書院装幀室
発行所：武蔵野書院
〒101-0054
東京都千代田区神田錦町3-11　電話03-3291-4859　FAX 03-3291-4839

印刷製本：三美印刷㈱

ISBN 978-4-8386-0491-3　Printed in Japan